本色文丛·柳鸣九 主编

纸上风雅
——李国文散文随笔精选

李国文／著

海天出版社（中国·深圳）

图书在版编目（CIP）数据

纸上风雅：李国文散文随笔精选 / 李国文著；柳鸣九主编.
—深圳：海天出版社，2014.8
（本色文丛）
ISBN 978-7-5507-1056-6

Ⅰ.①纸… Ⅱ.①李… ②柳… Ⅲ.①散文集—中国—当代 Ⅳ.①I267

中国版本图书馆CIP数据核字（2014）第079425号

纸 上 风 雅
ZHISHANG FENGYA

出 品 人　陈新亮
责任编辑　梁　萍　林星海
责任技编　蔡梅琴
装帧设计　深圳斯迈德设计　0755-83144228

出版发行	海天出版社
地　　址	深圳市彩田南路海天大厦（518033）
网　　址	www.htph.com.cn
订购电话	0755-83460293（批发）0755-83460397（邮购）
印　　刷	深圳市华信图文印务有限公司
开　　本	787mm×1092mm　1/32
印　　张	10.75
字　　数	170千
版　　次	2014年8月第1版
印　　次	2014年8月第1次
定　　价	30.00元

海天版图书版权所有，侵权必究。
海天版图书凡有印装质量问题，请随时向承印厂调换。

李国文,著名作家。1930年出生于上海,原籍江苏盐城。

上过戏剧学校,当过文工团员,去过朝鲜战场,做过文艺编辑,并担任过《小说选刊》主编,现为中国作家协会离休干部。

著有长篇小说《冬天里的春天》《花园街五号》《危楼记事》等;中短篇小说集《没意思的故事》《电梯谋杀案》《涅槃》等;随笔散文集《骂人的艺术》《淡之美》《大雅村言》《楼外谈红》《中国文人的非正常死亡》《中国文人的活法》《李国文说唐》《李国文说宋》等。

作品多次获奖。

总序一

深圳市海天出版社似乎颇有点"散文随笔情结",前几年,他们请季羡林先生主编了一套"当代中国散文八大家"丛书,效果甚好。于是,他们再接再厉,又策划出新的书系"世界散文八大家"。可惜此时季老先生已经仙逝,他们只好退而求其次,请柳某出面张罗。此"世界散文八大家",召集实不易,漂洋过海,总算陆续抵岸。接着,海天出版社又策划了一套新的文丛,以现今健在的著名文化人的散文随笔为内容。大概是因为柳某与海天出版社有过愉快的合作,自己也常写点散文随笔,又身居"人杰地灵"的北京,便于"以文会友",于是,他们又要柳某出面张罗。这便是这套书系产生的来由。

什么是散文随笔?前几年,一位被尊为大师的权威人士曾斩钉截铁地谓之为"写身边琐事"。我曾努力去领悟其要义,但就自己有限的文化见识,总觉得这个定义似乎不大靠谱。就"身边"而言,散文随笔的确多写与自己有关的人或事,但远离自己的人与事入文而成经典散文者实不胜枚举;就"琐事"而言,散文随笔写人写事的确讲究具体而入微,见微知著,以小见大。但以经国大业、社稷宏观、高妙艺文、深奥哲理为内容的名篇也常见于史册。不难看出，对于散文随笔而言，"题材不是问题"，任何事物皆可入散文，凡心智所能触及的范围与对象，无一不可成就散文也。故此，窃以为个人心智倒是散文的核心成分。

那么，究竟何谓散文呢？散文的基本要素究竟是什么呢？如果用定义式的语言来说，散文就是自我心智以比较坦直的方式呈现于一定文学形式中，而自我心智者，或为较隽永深刻的自我知性，或为较深切真挚的自我感情。说白了，如果是思想见解，当非人云亦云，而多少要有点独特性，多少要有点嚼头与回味；如果是情感心绪，那就必须是真实的、自然的、本色的、率性的，而要少一些矫饰，少一些虚假，少一些夸张。是的，尽可能少一些，如果不能完全杜绝的话。诗歌中常有的那种提升的、强化的、扩大的感情似乎不宜入散文，还是让它得其所哉，待在诗歌里吧。

至于"一定的语言文学形式"，不外意味着两点，一是非韵文的，这是散文有别于诗歌的最明显的标志；二是要有一定的修饰技巧，一定的艺术化，这则是散文随笔不同于公文告示、法律条文、科普说明以及各种"大白话"的重要标志。

这便是我所理解的散文随笔。我在自己的学术专业之外也经常写一些散文随笔，就是按照自己以上的理解来"炮制"的。今天，我被委以主编重任，也是按照自己以上的理解来操作的，至于我在自己的散文随笔中是否完全实践了自己的理念，是否达到自己的理念，在这次主编工作中是否有不合理、不入情的要求与安排,那就很难说了。呜呼,知与行的脱节与矛盾,人的永恒悲剧也。

出版社在策划这个书系的时候,规定约稿对象为当今的文化名家。当今的文化名家种类何其多也:有在荧屏上煽情与讲道的主持人,有靠摆pose与哭功而大富特富的影视大腕,有靠搞笑与搞怪出位的演艺奇才……人人都在写散文随笔,这大有成为当今散文随笔的主旋律之势。但按我个人的理解,这里所讲的文化名家不外是两种人,即具有作家文笔的著名学者与具有学者底蕴的著名作家,这两者的所长正是我对何为散文理解中所谓的"心智"这一大成分。

由于我自己的圈子所限,第一辑的约稿对象全是上述的第一种人,即具有作家文笔的著名学者,而且基本上都是弄西学的学者或游学国外多年的学者,多散发出一点"洋味"的人。

学者写散文似乎有点"不务正业",有点越界,侵入了文学家地盘。但对于学者来说,特别是对人文学者来说,却完全是性之所致,是一种必然。他本来就有人文关怀、人文视角、人文感情,这种心智状态、心智功能,一触及世间万物,就莫不碰撞出火花。只要有一点舞文弄墨的兴趣、冲动与技能,自然而然就会产生出有点意思的散文随笔了。虽说舞文弄墨也是一种专门技能,需要培养与操练,但对于弄西学的人文学者来说,整天在世界文库里打滚,耳濡目染,这点技能是可以无师自通的。况且,人文学者于散文创作更有自己的优势,毕竟,他的知性是向全人类精神文化领域敞开的,他的目光是向全世界各种事物投射的。其散文随笔的题材,自是更为丰富多样,投射观察的目光自是更为开阔高远。而得益于世界各种精神文化的滋养,其可调配的颜色自是更为丰富多彩;说不定,也许我们这个时代有意思的散文随笔正是出自学者笔下呢,学者散文实不容当代文学史家忽视也……

所以,我有理由相信,这一套"本色文丛"多多少少会给文化读者带来一点不一样的感觉。

柳鸣九
2012年5月于北京

总序二

"本色文丛"的缘起，我已经在前序中做了说明。只不过，在受托张罗此事的当时，我只把它当作一笔"一次性的小额订单"：仅此一辑，八种书而已，并无任何后续的念头与扩展膨胀的规划。于是，就近在本学界里找了几位对散文随笔写作颇感兴趣、颇有积累的友人，组成了文丛第一辑共八种。出版后不久，我正沉浸在终结了一项劳务后的愉悦感之际，海天社出我意料之外地又提出了新的要求：要柳某把"本色文丛"继续搞下去，而且不排除"做到一定规模"的可能……看来，我最初的感觉没有错：海天社确有散文情结，不是系于一般散文的"情结"，而是系于"文化散文"的情结。而且，也不仅仅于此一点点"情结"，而是一种意愿，一种志趣，一种谋划，一种努力的方向，一种执着的决断。

果然，最近我从海天社那里得到确认，他们要在深圳这块物质财富生产的宝地上，营造出更多的郁郁葱葱的人文绿意，这是海天社近年来特别致力的目标。

在物欲横流、急功近利、浮躁成性、人文精神滑落、正能量价值观有时也不免被侧目而视的社会环境中，在低俗文化、恶俗文化、恶搞文化、各种色调的（纯白的、大红色的、金黄色的）作秀文化大行于道、满天飞舞的时尚中，在书店一片倒闭声中，有一家出版社以人文文化积累为目的，颇愿下大力气，从推出"世界散文八大家"丛书再进而打造一套"本色文丛"，这种见识、这份执着、这份勇气是格外令人瞩目的。

海天出版社要的文化散文，不言而喻，即文化人的精神文化产品。关于文化人，我在前序中有过这样的理解：主要是指有作家文笔的学者与有学者底蕴的作家。如果说"本色文丛"第一辑的作者，基本上是前一种人，第二辑则基本上都是第二种人。这样，"本色文丛"总算齐备了文化散文的两种基本的作者类型，有了自己的两个主要的基石，形成了一个初步的平台。

不论这两种类别的人有哪些差别，但都是以关注社会的人文状况与人文课题为业。其不同于以经济民生、科技工艺、权谋为政、运营操作为业者，也不同于穿着文化彩色衣装而在时尚娱乐潮流中的弄潮者，也可以说，这两种人甚至是以关注人文状况与人文课题为生，以靠充当"精神苦役"（巴尔扎克语）出卖气力为生，即俗称的"爬格子者"。他们远离社会权位和财富利益的持有与分配，其存在状态中也较少地掺和着权谋与物质利益的杂质，因而其对社会、人生、人文，对自我、对人生价值也就可能有更为广泛，更为深刻，更为真挚的认知、感受与思考。

在时下这个物质功利主义张扬、人文精神滑落的时代环境中，且提供一些真实的，不掺杂土与沙子的人文感受、人文思考，为我们这个时代留下一份份真情实感的记录，留下一段段心灵原本感受的再现，留下一幅幅人文人生的掠影，这便是"本色文丛"所希望做到的。

柳鸣九

2014年1月于北京

目录 CONTENTS

陈州绝粮 ………………………………… 1

屈原之死 ………………………………… 16

莼鲈之思 ………………………………… 34

白行简的《大乐赋》 …………………… 51

撒马尔罕的金桃 ………………………… 65

风流陶学士 ……………………………… 83

文人的浪漫 ……………………………… 105

两面董其昌 ……………………………… 119

品味张人复 ……………………………… 136

傅山的风节 ……………………………… 156

一生抬杠毛奇龄 ………………………… 176

慈禧躺着也中枪 ………………………… 195

十年前死为完人 ·················· 214

话说辜鸿铭 ····················· 231

沉渣的泛起 ····················· 246

孤直梁鼎芬 ····················· 260

嚣张叶德辉 ····················· 277

从哈渥斯到多赛特 ················ 295

他为什么迷上巴黎? ··············· 306

陈州绝粮

公元前489年,孔子在陈州绝粮。

与他一起被围而饿肚子的,还有他的学生颜渊、闵子骞、冉伯牛、仲弓、宰予、子贡、冉有、季路、子游、子夏,共10人,也称"孔门十杰"。

在《论语》中,关于这件事,有33个字的简略记载:"在陈绝粮,从者病,莫能兴。子路愠见曰:'君子亦有穷乎?'子曰:'君子固穷,小人穷斯滥矣。'"孔子的意思是:君子陷于困境之中,穷而弥坚,不失志节;而小人到了穷途末路之时,就无所顾忌,什么事情都会做得出来。在陈州的明代古碑《厄台碑》上,将孔子陈州绝粮与"天地厄于晦月,日月厄于薄蚀,帝舜厄于历山,大禹厄于洪水,成汤厄于夏台,文王厄于羑里"相提并论。由此可证,百炼成钢,不淬火无以锋利坚硬;剖璞为玉,不雕琢很难晶莹剔透。古往今来的先贤绝圣,达者通儒,巨匠国手,仁人志士,无不要经历艰苦卓绝的磨炼,无不要受到生死存亡的考验，才能达到凤凰涅槃、浴火重生的蜕变。发生在孔子和他门徒身上的这次磨难，也就是所谓的"厄"，对于他们思想境界的提高，精神品质的升华，人生视野的开阔，学问阅历的增长，不但起到飞跃的推动作用，而且，对其一生，都有很大的影响。

孔夫子一生，不算走运，落魄的时候，甚至被人嘲笑为"丧家之犬"。不过，他的志向，他的追求，堪称伟大。其目标是要在广泛和普遍的范围内，贯彻其治国平天下的儒家思想。一般来讲，伟大之所以伟大，就是因为其难以实现。如果一蹴即就，顷刻间神鬼附体，顿成不朽；如果阿猫阿狗忽然间人五人六，领袖群

吴道子作孔子像

伦，如同时下那些一脱而红的过气明星，一炒而火的钻营作家，一抄而名的无聊学者，一炮而响的讲坛才子，像二踢脚那样制造轰动效应以后，随即销声匿迹，也就谈不上什么伟大了。在有生之年，孔子一直为这个理想世界奔走，然而，一、其命不济；二、其时不应；三、小人太多；四、到处碰壁。古往今来，所有应该伟大而没有伟大的人，都因为这四大不顺而埋没一生。孔夫子更惨，差一点饿死在陈州。

由于汉武帝刘彻用董仲舒之议，"罢黜百家，独尊儒术"，孔子死后500年，坟头冒烟，开始陡起来，封为至圣先师，尊之百代素王，历代帝王都跑到山东曲阜的孔庙里给他磕头。中国文人从来是磕头的命，给当官的磕，给有钱的磕，更给拿刀拿枪的磕，甚至给拿板子的衙役磕，因为那板子专打文人的屁股，但是所有这些当官的、有钱的、拿刀拿枪拿板子的，都得朝孔夫子磕，也实在是给中国文人出了口气。

孔子生前很伟小，没想到死后却伟大起来，一直到辛亥革命，五四运动，打倒孔家店，他才不怎么吃香；后来到"文化大革命"，批林批孔，批宋江架空晁盖，他更是灰头土脸。幸好，新世纪以来，他老人家的行情似乎逐渐看涨，一帮子自己读不好文言文的名流，竟鼓捣小孩子穿上长袍马褂读经；一帮子自己不成器却望子成龙的家长，非要逼孩子磕头拜师读私塾；一帮子浑不论礼义廉耻的所谓孔孟之徒，竟打着圣人的旗子招摇撞骗……看来，孔子的利用价值，还大有潜力可挖。记得耄耋老人季羡林还未仙逝前，在病房里提出把孔子抬到奥运会上去，绕场一周，以弘扬儒家文化云云，可见2600多岁的圣人，有与时俱进的永久生命力。孟子说过，孔子乃"圣之时者也"，这话是有一定道理的。"圣之时者也"这句话，20世纪30年代被鲁迅译成"摩登圣人"，不过，他也认为："孔夫子做定了'摩登圣人'是死了以后的事。活着的时候却是颇吃苦头的。"

"颇吃苦头的"孔丘，生于公元前551年，逝于公元前479年，鲁昌平乡陬邑（今山东曲阜东南）人。父早亡，寡母持家，艰辛度日。做过乘田（看管牛羊）和委吏（主管会计），相当于区乡干部，待遇一般，勉强糊口。直到鲁定公十年（前500年）才出现转机，为中都宰（熬到区长一级），所以很卖力气，擢任小司寇，随后就发达了。也许是大器晚成吧，竟然做到鲁国的大司寇，相当于司法部长的高官，这年他52岁。第二年，鲁定公十一年（前499年），"由大司寇行摄相事"。相，乃主宰一国之总理，圣人的仕途达到最高峰，没想到"面有喜色"的他，还未来得及得意，官运到此戛然止步。不过也好，多少尝到一点成功的味道，能够在发号施令的位置上，得以实践他的理想抱负。这一点很重要，从此，信心十足，只要给他以权力，他就能做到他想做的一切。

《史记·孔子世家第十七》称他在这短暂的辉煌中，也曾大刀阔斧干成几件事，很是了得，很是神气。"诛少正卯，与闻国政三月，粥羔豚者弗饰贾……涂不拾遗……四方之客至乎邑者不求有司，皆予之以归"，可以说100天左右的"新政"，是他一生中最为"牛叉"的日子。鲁定公十三年（前497年），鲁国的利益阶层跟他闹翻，他想给特权人物以颜色，没想到对手早就要收拾他。加之齐国挑拨离间，美女也来了，骏马也来了。子路一看到来势凶猛的糖衣炮弹，便替圣人担忧，劝说他："夫子可以行矣！"不要再恋栈了。孔子说且慢，"鲁今且郊，如致膰于大夫，吾犹可以止"。知识分子处事，总是机会主义，未必吧，不至于吧，哪能呢？把事情往好处想，结果，当年郊祭，国君居然连祭祀的腊肉，也未照例送给孔子一份，这实在太不开面了。

此事放在今天，算个屁，不给就不给，可夫子一气之下，率其弟子出走了。

这就是中国文人好不容易挤进权力盛宴中，却又轻易地被挤出饭桌的悲剧了。说白了，从古至今，文人在当道者眼里，不过摆设罢了，用得着就摆，用不着就不摆。所以，挤上台面的文人，第一，争口气，坐上主位，让列席者仰着脸马屁你；第二，如果坐不上主位，至少也要靠近主位，近到可以附耳而言，让入座者不敢小觑你。否则，老兄，那就够你一受，即使你有请柬，你有VIP卡，同席者与你握手时，避不住会桌子底下拿脚踹你。孔夫子学问虽大，脸皮却薄，既然不给俺这份脩肉，对不起，那就拜拜再见。虽然郊祭上供的猪头肉脏兮兮的，给俺也未必吃，不给却不行，攸关脸面，这就逼得俺非走不可，于是，匆忙上路。

在中国，不要脸的文人活得比要脸的文人好，就在要不要这张脸上见分晓。

要面子的圣人只有离开鲁国，好在有一大帮门生跟随着他，虽然有的中途退出，有的半路参加，但始终坚持下来的铁杆，有十数人，抱着传道的决心，怀着必胜的信念，迈着整齐的步伐，鼓起无比的勇气，开始周游列国。希望能找到接受其政治主张和儒家思想的国度，好继续实现其以仁为本的治国理念。由于走得仓促，也没有进行必要的调查研究，人家欢迎你这不速之客吗？此乃一；人家不担心你们这个工作队来者不善吗？此乃二；人家过去跟你有交情现在跟你有联系吗？你是老几？你算老几？你觉得自己是块料，人家未必当你是块料,此乃三。敲了好多的锁,尝了好多的闭门羹,好不容易敲开的门,你还没转身,人家马上就关上了。再接着走下去,热情开始下降,劲头逐渐衰减,这支队伍的行进速度,日见缓慢。

最最主要的原因,春秋末期,当时的大形势是礼崩乐坏,各自为政,互相倾轧,纲纪不存。诸侯崇信森林法则(The Law of the Jungle),不是弱肉强食,就是强衰弱食,怎么想办法食人而不被人食,自己的国不灭而能灭别人的国,是生存的第一要务。孔圣人提倡克己复礼,跟人家南辕北辙,背道而驰,温良恭俭让那一套,嘴上标榜,倒也无妨,真正实行,坐等倒霉。所以,从鲁定公十三年(前497年)到鲁哀公十一年(前484年),共14年间,孔子和他的门生,一直马不停蹄地东奔西走,做广告,递名片,讲道理,做工作,套近乎,拉关系,走后门,装可怜,硬是无人搭理,更谈不到赏识。最初出发前的动员会上,何其信心满满,以为一出鲁国国门,鲜花铺路,红毡迎宾,马上就会有人延之为客卿,待之若上宾,提供政治试验田,由着你施展雄才大略,此刻来看,只是一个破灭的梦了。

那时的道路很糟糕,在秦始皇以前,各诸侯国的统治者修长城积极,修路不积极,对行路人来说,那可真是辛苦劳累。鲁迅就考证出来，圣人所以"食不厌精，脍不厌细"，就是因为这14年的行路难，颠簸出胃下垂的病，才不得不如此讲究，而并非老人家摆什么穷谱。据《史记》，他至少周游了大半个中国，这其中包括卫、陈、匡、蒲、曹、宋、郑、蔡、叶、楚等诸侯国，行程数千里，木屐不知磨穿多少双，牛车不知坐坏多少辆，那都是圣人之所以成为圣人，其让后人肃然起敬的地方。这种政治"走穴"，可不是当下那些没落明星和野路子模特的走穴，只有脱得多，露得多，便无往而不利。孔子周游列国，自带干粮不说，还得背上铺盖卷。一路上，东碰钉子，西招不是，不是惹非议，就是受辱骂。尽管如此，九死不悔，百折不回，非要找到得以兜售其治国理念、推销其仁政思想的下脚之地，师生们就不信，天下这么大，难道就没有识货的买主？但行路之人，有目的地，走一步，少一步，脚底有劲；这支队伍，无目的地，总是走不到终点，精神全无。但有一条可以肯定，师生们不停地走，他们绝不回头。夫子这份执着，让人敬重；而他的主要弟子，鞍前马后，追随左右，不离不弃，不开小差，他老人家的这份魅力，就尤其令人钦佩了。

不过，我一直妄自判断，孔夫子离开他的发源地鲁国，是最大错。鲁国再不济，经营多年，有人脉基础，有故土情谊，有家族信誉，有乡亲支持，这等资源何其可贵？一个人要是没丢了根本，以为他的名望、学问、人品、政绩，走到哪儿都应该是香饽饽。舍本逐末，大谬而特谬矣！所谓品牌效应，系对熟知的消费群体而言；所谓名人效应，系对特定的环境空间而言。距离根本越远，知名度越低，而知名度打不出去，推销难度必然大大增加。再加上贸贸然愤而出走，事先准备不足，包装宣传不足，舆论造势不足，财政支持不足，匆忙上路，打一枪换个地方，你要人家接受你的仁政思想，你要人家按照你的办法治国平天下，第一，三言两语，说不清楚；第二，远水近火，救不得急；第三，陈、蔡、卫、叶，基本上是处于大国夹缝中的瘪三国家，仰人鼻息都来不及，哪敢接纳孔夫子这样的庞然大物呀！

好了，鲁哀公六年（前489年），"吴伐陈。楚救陈，军于城父。闻孔子在陈、蔡之间，楚使人聘孔子"。楚，春秋五霸之一，大国礼请，夫子觉得很有面子，弟子们也都扬眉吐气，再次踏上征程。告别的时候，主客双方假惺惺的惜别场面，是少不了的。我估计，离去的一方，未免春风得意，露于形色；送行的一方，自然是陈、蔡两国的上层，脸上五官挪位，心底五味杂陈，大不得劲。孔夫子一生犯小人，而陈、蔡这些小诸侯国的小官僚，一个个小屁虫子，比小人还小人。他们很担心这支团队抵达楚国以后，得到重用，夫子手下，文有颜渊，武有子路，理财有子贡，外交有宰予，这样一个领导班子，掌握实权，绝对不会对陈、蔡持友好态度。他们说："孔子圣贤，其所刺讥皆中诸侯之病，若用于楚，则陈、蔡危矣！"因此，一致决议，不能放虎归山，不能纵龙下海，他们要在楚国得意，我们就得饱受凌辱。这帮虫子商量好久，杀和关，都不是最好的办法，只有发动群众，围住他们，困死他们，饿死他们。将来楚国要人的话，唯老百姓是问好了。

这主意太阴了，陈、蔡两国的卿大夫够卑鄙，躲在幕后当黑手，挑起这场绝粮事件。凡浪荡于江湖，混迹于官场，厮混于市井，裹乱于文坛的中国人，正经本领，通常不大，挑拨离间，无不一等。在他们的教唆煽动下，那些起哄架秧、啸聚好事之辈，那些趁火打劫、泼皮亡命之徒，那些寻衅找碴、无恶不作之流，那些唯恐不乱、心性歹毒之人，也就是孔子所说的"群氓""小人儒"，毛主席所说的"痞子先锋""流氓无产者"，蜂拥而至，吆五喝六，层层包围，水泄不通；挡住去路，堵住来路，前进不得，后退不成。

中国的老百姓虽然善良，但被蛊惑到跳大神的错乱程度，那也未必善良。孔夫子碰上这样一次类似"文革"式的批斗场面，也真是活该倒霉了。若围夫子一个人，三五壮汉足矣，而要围夫子及其弟子，没有三五十人，百十把人，恐怕不易奏效。因此，面对气势汹汹的数百愚民，他老人家相当镇静，还能够抚琴弄弦，歌之咏之，这也就是"厄于陈、蔡，弦歌不绝"的由来。

陈州，即今之周口市淮阳县，县城里至今犹有一座四合院式的古建筑，为该地观光名胜，即夫子临危不惧，临难不苟，体现出万世师表风范的弦歌台。

我是不大相信精神至上主义的，精神吃饱了不可以变物质，肚子里没有食，饿得咕咕叫，绝对是一个唯物主义者。所以对夫子又拉又唱，或又弹又唱的弦歌行为，持怀疑态度。第一，绝粮一周，夫子有没有力气弦歌？第二，面对暴徒，夫子有没有勇气弦歌？第三，弟子反感，夫子有没有心气弦歌？都是值得打个问号的。而绝粮事件的最早版本《论语》，那33个字中未见"厄于陈、蔡，弦歌不绝"字样，这本由孔门弟子编纂的典籍，其具有的权威性无可置疑。"弦歌"说，显然，这是后来人的演绎了。

孔子陈州绝粮，除《论语》外，还在其他古籍中出现过，如《庄子》中的《让王》《山木》，如《孔子家语》中的《困誓》《困厄》，如《荀子》中的《宥坐》，如《墨子》中的《非儒下》，如《史记》中的《孔子世家》，如《孔丛子》中的《诘墨》，如《吕氏春秋》中的《任数》，等等。

庄周的《让王》就是从孔子的弦歌说起：

"孔子穷于陈蔡之间，七日不火食（不加热而食），藜（野菜）羹不糁（连小米粒也没有），颜色甚惫，而弦歌于室。颜回（掌厨）择菜，子路、子贡相与言曰：'夫子再逐于鲁，削迹于卫（在卫国受到铲除足迹的侮辱），伐树于宋（在宋国连他休息遮阴的大树也被砍掉），穷于商周，（一系列的倒霉碰壁之后）围于陈蔡，杀夫子者无罪，藉夫子者无禁。（这算是一个什么世界啊？可我们夫子却若无其事地）弦歌鼓琴，未尝绝音，君子之无耻（这两个字可真是说重了，说狠了）也若此乎？'颜回无以应，入告孔子。孔子推琴，喟然而叹曰：'由与赐，细（见识短浅）人也。召而来，吾语之。'子路、子贡入。子路曰：'如此者可谓穷矣！'（混到如此穷途末路的地步，先生怎么还有心思弦歌）孔子曰：'是何言也！君子通于道之谓通，穷于道之谓穷。（一个人大方向明确就是通，大方向不明确才是穷）今丘抱仁义之道以遭乱世之患，其何穷之为！故内省（头脑保持清醒）而不穷于道，临难而不失其德（操守坚定不变）。天寒既至，霜雪既降，吾是以知松柏之茂也。陈蔡之隘（隘即厄难),(这种磨炼)于丘其幸乎。'孔子削然(悄然)反琴而弦歌,(终于明白事理的)子路扢然(用力地)执干(盾牌)而舞。(终于觉悟的)子贡曰:'吾不知天之高也,地之下也。'(庄周总结说:)古之得道者,穷亦乐,通亦乐,所乐非穷通也,道德于此,则穷通为寒暑风雨之序矣。(庄周是持出世观点的,在他看来,穷和通乃是一种有规律的变化。不赞成持积极入世观点的孔子,把穷、通看得太重。他认为,因为能够适应这种穷通之变化)故许由(古隐士)娱于颍阳而共伯(即共伯和,曾一度被推为西周执政)得志乎共首。"

荀况的《宥坐》,则继续他们师生间的这个穷和通、达和不遇的话题:

"孔子南适楚,厄于陈蔡之间,七日不火食,藜羹不糁(同糁),弟子皆有饥色。子路进而问之曰:'由(子路自称)闻之,为善者天报之以福,为不善者天报之以祸,今夫子累德、积义、怀美,行之日久矣,奚(为什么)居(处)之隐(困顿状态)也?'孔子曰:'由不识,吾语女(汝)。女以知者为必用邪?王子比干不见剖心乎!女以忠者为必用邪?关龙逢(夏之大臣,因正直而为桀所杀)不见刑乎!女以谏者为必用邪?伍子胥不磔于姑苏东门乎!夫遇不遇（得不得到重用）者，时（时机）也；贤不肖（能力的大和小）者，材（才能）也；君子博学深谋，不遇时者多矣！由是观之，不遇世者众矣，何独丘也哉？且夫，芷兰生于深林，非以无人而不芳。君子之学，非为通也，为穷而不困，忧而意不衰也，知祸福终始而心不惑也。夫贤不肖者，材也；为不为（做不做）者，人也；遇不遇者，时也；死生者，命也。今有其人，不遇其时，虽贤，其能行乎？苟遇其时，何难之有？故君子博学深谋，修身端行，以俟其时。'孔子曰：'由！居（坐下来）！吾语女。昔晋公子重耳霸心生于曹，越王勾践霸心生于会稽，齐桓公小白霸心生于莒，故居（所处的环境）不隐（穷困没落）者思不远，身不佚（通逸，奔走逃亡状态下）者志不广；女庸安（怎么）知吾不得之桑落（残秋败落，喻窘迫不堪）之下！'"

《孔子家语》的《困誓》记录这支遭遇绝粮的队伍，在夫子的循循善诱下，全部成员思想得到提升：

"孔子遭厄于陈蔡之间，绝粮七日，弟子馁（通馁，即饥饿）病，孔子弦歌。子路入见曰：'夫子之歌，礼乎？'孔子弗应。曲终而曰：'由（子路）来！吾语汝。君子好乐，为无骄（防止骄傲）也；小人好乐，为无慑（消除惧怕）也。其谁之子不我知而从我者乎（你是谁家的孩子，不了解我，却跟从着我呀）？'子路悦，援（持）戚（兵器，斧之一种，亦作舞具）而舞，三终而出。明日，免于厄，子贡执辔，曰：'二三子从夫子而遭此难也，其弗忘矣！'孔子曰：'善恶何也，夫陈蔡之间，丘之幸也。二三子从丘者，皆幸也。吾闻之，君不困不成王，烈士不困行不彰，庸知其非激愤厉志之始于是乎在。'"

磨难不可怕，可怕的是在磨难面前跌倒趴下。经过陈蔡绝粮的考验，肚子饿了，精神不垮，身体弱了，气势不竭，生命危殆，雄心犹在，刀枪威慑，凛然不屈，由此所激发出来的非凡能量，才是圣人和他的门徒这一行的最大收获。

人称"西方孔子"的苏格拉底有句名言："逆境是磨炼人的最高学府。"自古以来，中国文人所受到的磨难，可谓多矣。虽然，磨难不是一件愉快的事情，但是不经磨难，哪能造就中国文学的辉煌，这也是历史证明的真理。太快活了，太惬意了，太舒适了，太幸福了，就必然"好吃不过饺子，坐着不如躺着"地懒下来，就必然不想去奋斗，去争取，去发奋，去努力了。《国语·鲁语下》载："沃土之民不材，淫也；瘠土之民向义，劳也。"这恐怕也是时下出不了大文人和大作品的缘故。尽管放眼文坛，大师满街走，名流多于狗，其实，这种热闹的背后，不过是一堆泡沫而已。

屈原之死

中国非正常死亡的文人名单上，排在前列的就有屈原。

可有史以来，文人能够享受到将其忌辰列为全国性节日，全民为之年年纪念，获此殊荣者，只有屈原。

中国老百姓对文人的敬重，以此为最，这也说明中国文化传统精神之根深蒂固，之历史久远。也许某一个朝代，某一段岁月，灭绝文化的沙尘暴，会刮得乌天黑日，万马俱喑，然而，值得我们为之额手称庆的，中国文化生命力之顽强，世所罕见，史所罕见。即使书焚尽，儒坑尽，即使四旧皆除尽，然而，云消雾散，霁天空阔，春风润泽，万物复苏，依旧是朗朗乾坤，文化中华。到了端阳这天，高悬艾叶，遍洒雄黄，龙舟竞渡，米粽飘香。

这就是中国文人的厉害了，死了，还活着，而且活得会比所有皇帝加在一起的年纪更长久。皇帝，总是要去他妈的，但是屈原，中国人都记得住。

"屈原者，名平，楚之同姓也。"这是司马迁《史记·屈原贾生列传》的第一句。所谓"楚之同姓",因为他和楚王一样,原先都姓芈。这个稀见字读mǐ,字典的解释为"羊的叫声"和"姓氏"。芈姓,熊氏,后来改为昭、屈、景三姓,为楚国三大族。管理这三姓事务的官,就是三闾大夫。屈原被免掉左徒以后,一直到死,担任着这个类似清朝宗人府的长官。第一,绝对的闲差;第二,绝对的清水衙门。这使出身于贵族门第、担任过政府要职、操作过国家大事的屈原,有点郁闷。

屈原刻像

文人分两种,一种得意,一种不得意。得意者,怕郁闷;不得意者,无所谓郁闷。屈原相当得意过,所以感到相当郁闷。

其实,"左徒"不过是谏议国政的高官而已,政府的一个职能部门,类似于现在的纪检委。但屈原的实际权力还要更大一点,国事、外交一身挑,做到类似美国国务卿那样重要的岗位,起到左右楚怀王的作用。所以,为左徒时的屈原,很牛,很陡。那时,楚国的都城在郢(今湖北江陵),城不大,人不多,前呼后拥的屈原,出现在街头,既风流,又潇洒,是引领时代潮流的明星人物,很引人瞩目。何况他是一个如兰似芷、洁身自好的男子汉呢!连楚怀王都十分欣赏他的风度和气派。

后来,诗人碰上了小人,最大的小人就是这个楚怀王了,不幸也就随之而来,左徒免了,去做三闾大夫,失落是当然的。任何人,再有涵养,再有胸怀,都受不了这突如其来的遭遇、云泥之分的差别。屈原是诗人,诗人的感情本来要比常人丰富,而诗写得好的诗人,不是那种写顺口溜、写大白话、写标语口号式诗歌的诗人,其那澎湃的、洋溢的、泛滥的、汹涌的感情,更是不可抑制,唯其难以忍受这种碧落黄泉式跌宕,为此感到受不了,为此而写出不朽之作《离骚》是可想而知的事,也是可以理解的事。

司马迁说:"屈平之作《离骚》,盖自怨生也。"太史公本人也是经历过由沸点到冰点的人生体验,有过极深刻的体会，一锤定音，正好说到了点子上。

屈平（前340～前278），字原。虽然，他在《离骚》中称自己"名余曰正则兮，字余曰灵均"，但是，数千年来，公众习惯称作屈原。他是楚国丹阳（今湖北秭归）人，最早的祖先为有熊氏，从北方迁徙到楚地。《史记》称他"为楚怀王左徒，博闻强志，明于治乱，娴于辞令。入则与王图议国事，以出号令；出则接遇宾客，应对诸侯。王甚任之"。

像屈原这样在朝当官的中国文人，并非他一人。应该看到，2000多年的封建社会里，能够称得上文人者，百分之九十都是在朝的。我们都很熟悉的唐宋八大家，无一不具官员身份。也许所任的官职，可能有大，大如王安石为副宰相；可能有小，小如苏洵为县里的主事。无论如何，有个官家的差使干干，得到一份吃穿不愁的俸禄，对于文人，还是挺有诱惑力的。正因如此，悲剧也就来了，这就注定中国文人无法养成独立生存的能力，同时，也注定了中国文人必须依附国家机器，必须仰仗统治阶级，必须听命于上级、上司、上峰，及上面的意志、命令、训示、指导。必须按照共同遵守的游戏规则，在一定的空间中，一定的时间内，做可以做的事情，而不做不可以做的事情。

这自然很不爽，可你别忘了老百姓有句谚语："端谁的碗，服谁管"，"吃谁的饭，为谁干"，在这个世界上，只有伙计听老板的，没有老板听伙计的。

对统治者而言，你是文人，不错，但你更是陛下的臣仆。作为文人，也许你是自由的；作为臣仆，你就没有资格跟陛下谈自由了。这也是中国皇帝不停收拾文人的原因，就在于你得到文人的自由时，常常忘却你作为臣仆的不自由。从这个意义上考校，绝对在野、自食其力、不领国家工资、不吃公家口粮的文人，应该拥有相对多得多的自由。然而，这样的在野文人过去少之又少，即使在今天依然如此，还是少之又少。因为，文人要靠稿费生活，别说老婆养不起，连填饱自己肚皮，都难。因此，历朝历代，在野的削尖脑袋想成为在朝的，在朝的时刻担心犯错成为在野的；在野的为了挤进利益集团必须干掉在朝的，在朝的为巩固自己必须提防在野的，都是大家心照不宣的潜规则。况且，谁在野，谁在朝，都非终身制，而是在不停演变之中。今天在野，招安了，委任了，体制内了，黄马褂穿上了，明天就算是在朝之辈。同样，今天在朝，流放了，开除了，体制外了，扫地出门遣返回乡了，明天成为在野人士，也是常见的事。

因此，中国文人，无论在朝的、在野的，都明白屈原得到"王甚任之"这四个字的斤两。何谓任？第一，责任之任也；第二，任务之任也；第三，信任之任也；最后，也是最能体现这四个字的含金量者，落到实处的任命之任也。一个文人从陛下那儿得到这个任字，还愁没有权力可用，没有轿车可坐，没有银子可拿，没有待遇可享吗？反之，若多一个"不"字，"王不甚任之"，就意味着老坐冷板凳，不得烟儿抽，看上面白眼，受他人排挤。再反之，如果"王不待见"，甚至憎你恨你，那你就等着吧，好则扫地出门，充军发配；坏则开刀问斩，脑袋搬家。

诗人屈原，正好亲身经历过从"王甚任之"，到"王不甚任之"，再到"王不待见"的三阶段。最后，只有一条路可走，那就是投汨罗江了。

楚怀王叫芈槐，也叫熊槐，是个昏君。中国出过200多个皇帝，其中一大半属于昏君，熊槐则是其中最自以为是、最乱作主张、最不知深浅、最自取灭亡的一个。昏君的最大特点，都患有一种叫做选择性耳聋的大头病。君子想要陛下听的，他听不进，装疯卖傻，置若罔闻，小人想要陛下听的，他听得进，句句入耳，如闻纶音。这种病的临床症状表现为：只听甜言蜜语，不听直言谠论；只听顺耳之语，不听逆耳之言。而这个熊槐犯起病来，绝对是老百姓所讽刺的"拿着屎橛当麻花""死爹哭妈"的主。如果熊槐和他儿子熊横,也就是屈原碰上的楚怀王和楚顷襄王,智商提高一点,头脑清醒一点,屈原在跳江前也许会踌躇一下,楚国还有救吗?楚国还能救吗?一想起他老姐女媭那句绝望的话,本来,听蝲蝲蛄叫唤,你还不种地了呢!可现在,楚国都没有了,老弟啊,你还种个屁。于是,走上自沉之路。

战国后期,群雄纷争,七国之中,秦和楚,地盘大,人口多,都具有相当实力,而且是拥有领袖野心的大国。秦国东进,要一统天下,楚国北上,也未尝不想一统天下。

但是,秦为一流强国,楚为二流强国,二流当然干不过一流。然而,二流加三流加四流,肯定大于一流,这是傻子也能算得出来的题。"横则秦帝,纵则楚王"八个字,乃当时的大形势,屈原终于让这个昏君学会傻子也会做的算术题。熊槐开窍了,好吧,你就放手干吧!屈原的政治主张,说来也很简单,对内变法图强,对外联合抗秦。经他反复奔走,多次说服,终于将齐、燕、赵、韩、魏五国首脑,连蒙带唬,连骗带诈,加之许愿、收买、塞红包、给好处费等,聚会于楚国京城郢都,结成反秦联盟,楚怀王被推为盟主。江陵这个城市,现在也不大,那时就更不大,满街都是来自各国的贵宾和他们的侍卫、随从,因为没有实行普通话这一说,作为这个联盟秘书长的屈原,必须精通各地方言,安排吃住，组织观摩，准备礼品，送往迎来，忙得诗人差点吐血。

春秋战国时期，谁要能够一呼百应，纠合诸侯，歃血为盟，谁就是无上荣光的诸侯共主，最为人企羡。熊槐得到了空前的虚荣，马上觉得堪与祖先楚庄王媲美，高兴得挂不住汁，脸上五官挪位，更加赏识和重用屈原，对他言听计从，百依百顺，弄得自己的老婆郑袖好一个吃醋。此时的郢都，最快活、最得意的人，莫过于屈原，文人快活得意的标志，就是不再用功，不再写作，即或提起笔来，也是游戏笔墨。我记不得是否为老托尔斯泰的名言：一个在赌场得意的人，他在情场必然是要失意的。政治上进步，文学上退步，是自古以来文人难以治愈的痼疾。我在文坛厮混这么多年，颇见识一些朋友，自从仕途上一路顺风以后，他们的文学人生，也就迅速进入了更年期，基本完蛋。也许还会写，却都属无用功，正如一个子宫萎缩、停止排卵的女人，还要她怀孕生育，那不是违背自然规律么？这就是《离骚》中所写的"惟草木之零落兮，恐美人之迟暮"，时令不饶人，花期不再来，除非发生奇迹，上帝托梦，才能让他恢复文学青春。

当上诸侯共主的楚怀王，遂将国家交给屈原全权处理，入则议国事，出则会诸侯，忙得一塌糊涂。那些日子里，他一句诗也写不出来了，作为博导的他，连学生宋玉、唐勒、景差所交的作业，也抽不出工夫批改。中国的文人在政治上得意的时候，文学就会出现短板；相反，在文学上成功的时候，政治就会失聪。这是中国文人很难两全的症结，也是我们在文学史上常常读到的案例，文学大成功，政治大失败，因而丢了脑袋，送了性命，屈原就是首例。他在"王甚任之"的时候，作为文人所特有超乎常人的品质，如独到的观察角度，如敏锐的感知反应，如提前的预知能力，如应激的防范措施，统统置诸脑后。他不知道他在替楚怀王发布旨令增强国力时，他的敌人在摩拳擦掌；他不知道他在为抗秦联盟加紧团结而努力时，他的反对派在磨刀霍霍。这个世界上，有益虫，就有害虫；有家畜，就有野兽；有君子，就有小人；有爱国志士，就有汉奸走狗。通常情况下，地球上生物链的构成，维持在一比一的平衡状态，而在诗人屈原的左右，老天爷好像特别眷顾他，一比三，这就是打小报告的上官大夫靳尚，搞小动作的公子子兰，贪小便宜的王后郑袖，结成了一个反屈原的铁三角联盟。

　　他自然了解铁三角在他背后搞的一些名堂，但是，他最大的疏忽，是毫不介意那个昏君耳朵根子软得选择性耳聋，认为步楚庄王后尘当上诸侯共主的楚怀王感激他都来不及，岂有马上变脸翻牌的可能？诗人啊诗人，这就大错而特错了,对于王八蛋,对于那些具有王八蛋倾向的人,千万不能抱有幻想,尤其不能因为他一时之间居然不王八蛋了,就认为从此往后他永远不王八蛋,那才真是百分百地痴人说梦,这恐怕是诗人最为失算的地方。屈原作为楚国的特命全权大使,游说除秦以外的五国,也是纵横捭阖、得心应手、运筹帷幄、决策千里的高段级谋士,但应对这个充满邪恶的铁三角,却无能为力,乏善可陈。既未采取任何防范措施,也未实施有效的反击。顶多感叹两声,"何灵魂之信直兮,人之心不与吾心同",那可真是连屁用都不顶的。

诗人宣泄感情的手段,当然就是做诗,其实到了正面冲突的时候,比诗歌更有力的是拳头。可完美主义者屈原,理想主义者屈原,不是该出手时就出手,而是吟诗作赋,这就注定他难逃失败的命运。他不会妥协认输,不会向恶黑势力低头,这是可以肯定的。但是,他也不会采取以其人之道,还治其人之身的办法,进行回击。他们告你的状,为什么你就不能告他们的状呢?他们无中生有地陷害你,为什么你不以牙还牙地中伤他们呢?他们不君子,你何必君子?再说了,铁三角真的就那么铁吗?为什么你不下点功夫,分而治之,拉住一个,稳住一个,集中火力打击第三个呢?对这班明码标价的小人,你姑且小人一回又何妨?

在狼的世界里，是按照"丛林法则"行事的，不是弱肉强食，就是强衰弱食。而在人类社会里，强弱之外，更有卑鄙，这就是人不如狼或者狼不如人之处。他卑鄙，你不卑鄙，你就被他干掉；他卑鄙，你也卑鄙，双方打成平手；他卑鄙，你更卑鄙，你就占了上风。中国知识分子最了不起的品质，就是清高，然而，害了中国知识分子终于做不成大事的，也是这个清高。凡清高者，不能降贵纡尊，不能营私逐利，不能藏污纳垢，不能低级趣味，因之贱不可为，俗不可为，浊不可为，恶不可为……当铁三角一心一意以除掉他为快时，主张孤高、主张洁净、主张纯真、主张正直的他，也只毫无作为，毫不作为，唯有以诗明志，以诗感言："吾不能变心以从俗兮，固将愁苦而终穷。""苟余心之端直兮，虽僻远其何伤？""世溷浊莫吾知，人心不可谓兮。"对诗人的书生气，真有夫复何言之感。

屈原所以还能沉得住气，因为他对这个楚怀王抱有信心，"王甚任之"这四个字，给了他勇气和力量。

然而，在封建社会里，中国人的全部不幸都是由于所碰上的皇帝智商并不比白痴、低能儿高明多少，才造成民不聊生的灾难，才出现暗无天日的岁月。司马迁在《史记·屈原贾生列传》中记述诗人由"王甚任之"，到"王不甚任之"

的过程，只是极其简单的两行字。为什么如此草草，因为他很气愤，靳尚编造谎言，太低级，挑拨手段，太拙劣；而熊槐信之不疑，太离谱，断然处置，太幼稚。大臣混账，国王更混账，太史公大概觉得不值得为这一对混账多费文墨，故而一笔带过。"上官大夫与之同列，争宠而心害其能。怀王使屈原造为宪令，屈平属草稿未定。上官大夫见而欲夺之，屈平不与，因谗之曰：'王使屈平为令，众莫不知。每一令出，平伐其功，曰：以为非我莫能为也。'王怒而疏屈平。"

于是，屈原被降为三闾大夫，开始郁闷。

话说回来，郁闷对诗人来讲，并非坏事，不正好是创作的最好契机吗？尤其进了这个坐冷板凳的清水衙门，连创作假也不用请，还不笔走龙蛇，神驰八极，作你的诗赋。然而，屈原却写不出一行字，整日忧心忡忡。连他老姐女嬃也劝他：你不要再对他们抱有什么指望了。屈原说：老姐啊老姐，我是觉得楚国快要完蛋了，才坐立不安的呀！其实，那时的楚国离灭亡还远，但诗人先知先觉的神经，已经预感到祸祟将临，灾难即至，似乎危机就在眼前。中国文人也许确如人所形容：百无一用乃书生。其实，最挂牵大地山河的，是文人；最惦记祖国母亲的，是文人。历朝历代，当父老乡亲，陷于水深火热，当同胞兄弟，沦为刀俎鱼肉，站出来投笔从戎、救亡奋斗、为国为民、杀身成仁的文人，不知有几多。在20世纪40年代，当日本帝国主义侵略中国时，多少大师、学者，多少名流、教授，多少作家、诗人，甚至多少文学青年，走向延安重庆，奔赴抗日前线。虽然，在北平的周作人，粉墨登场，变节卖身；虽然，在孤岛的张爱玲，勾搭汉奸，为虎作伥；虽然，时下一班嗜痂癖者，出于反共情结，屁颠屁颠抬轿，想方设法吹捧，但是，请记住，中国文人对于祖国的热爱，对于土地的眷恋，从屈原开始，从来就是历史的主流。

果然，诗人不幸言中，秦国的谋士张仪，出现在郢都的迎宾馆，楚国从此江河日下，国将不国。

怀王十五年（前314年），熊槐再一次出现严重的选择性耳聋，竟然不听谏阻，糊涂到了不可救药的程度，相信张仪的鬼话。"秦甚憎齐，齐与楚从亲，楚诚能绝齐，秦愿献商、於之地六百里"。"齐楚联盟"是屈原多年来苦心经营的政治规划，也是常保楚地安泰的国策，秦国之所以千方百计地加以离间，正因为一加一等于二，甚至大于二，令其望而生畏。正因为二比一，强秦不敢轻举妄动。《史记》写道："楚怀王贪而信张仪，遂绝齐。使使如秦受地，张仪诈之曰：'仪与王约六里，不闻六百里。'楚使怒去，归告怀王,怀王怒,大兴师伐秦。"

世界上竟有这样的笨蛋,而这样的笨蛋居然坐在一国之主的位子上,老百姓只能欲哭无泪。第一,你拿到了这六百里地,再与齐毁约背盟也来得及的呀!第二,如果张仪坚持齐楚联盟不解散,六百里地不给,那你完全可以不见兔子不撒鹰,反正秦是有求于楚呀!第三,即使上当了,秦国的土地没有得到,你也没损失什么,齐国的友谊泡了汤,还可以重修旧好,你一个二流强国,单打独挑,逞匹夫之勇,与一流强国较量,岂不是找挨打吗?

结果,熊槐被秦国打得灰头土脸,原来通过屈原做的工作,成为其盟友的国家,也趁火打劫,落井下石一番。"秦发兵击之,大破楚师于丹、淅,斩首八万,虏楚将屈丐,遂取楚之汉中地。怀王乃悉发国中兵以深入击秦,战于蓝田。魏闻之,袭楚至邓,楚兵惧,自秦归。而齐竟怒不救楚,楚大困。"现在弄不清楚是熊槐觉悟到齐楚联盟的重要性,指派屈原使齐呢?还是心急如焚的屈原说服熊槐,由他出使齐国恢复联盟呢?秦国很在意楚国的这个动向,马上表示,将所侵占的汉中地还给楚国,表示友好。"秦割汉中地与楚以和。楚王曰:'不愿得地,愿得张仪而甘心焉。'张仪闻,乃曰:'以一仪而当汉中地,臣请往如楚。'"张仪,是何许人也？他和苏秦，乃中国历史上最著名的两张名嘴，可以毫不夸大地说，凡战国时期所有大大小小的战争，无不经由这两张嘴的挑拨、调唆、忽悠、撺掇而打得不亦乐乎。他俩而后，中国再无一张嘴具有如此大的法力，所向披靡，无往不胜。

张仪"如楚，又因厚币用事者臣靳尚，而设诡辩于怀王之宠姬郑袖，怀王竟听郑袖，复释去张仪。是时屈原既疏，不复在位，使于齐，顾反，谏怀王曰：'何不杀张仪？'怀王悔，追张仪不及"。这就是为什么屈原总是输给张仪的缘故了，因为文学家玩政治，哪能玩得过真正的政治家呢？据说，张仪初到郢都，观察了"王甚任之"的屈原，便对郑袖说："南后啊，您真是天下第一，世间无二的美人，然而，你知道吗，齐国通过屈左徒，正准备献给怀王陛下一打或者两打，不一定有您漂亮但一定比您年轻的姑娘，以示两国通好呢！"可想而知，熊槐尽管非常赏识屈原，但哪禁得起铁三角的联合攻势。略施小技的张仪，就把诗人摆平了。

怀王二十四年（前305年）秦楚签订"黄棘之盟"，本来与齐为盟，转而向秦靠拢，基本国策改变，屈原当然是要竭力反对的。楚国的有识之士，也认为这是不平等条约，如果说过去的齐楚联盟是兄弟关系，那么现在的秦楚联盟则绝对是主从关系,这不是卖国吗?一时舆论大哗。楚怀王也好,铁三角也好,都觉得将屈原留在郢都,碍手碍脚,于是将他流放到汉北。

在封建社会里,处置异议文人,无非杀、关、管三道,杀,即杀头;关,即坐牢;管,即流放。关是要供给人犯吃喝的,管则是限定在一定区域之内,允许自由行动,吃喝政府不管,是生是死,全看流放者命大还是福薄了。也许因为流放,从经济角度看,省钱;从管理角度看,省事。所以,中国的清朝,俄国的沙皇,都热衷于将异议文人,流放到人烟稀少、荒凉边僻之地。清朝到乌苏里江,沙俄到西伯利亚,那都是不死也得剥层皮的地狱绝境,文人发配到了那儿,基本上很难活着回来。

屈原比较走运,6年以后,怀王三十年(前299年),他从汉北回到郢都。让他的所有朋友,他的敌人惊讶的是,他还是他,还是那个毫不顾惜自己的安危,敢于犯颜直言的诗人,虽然他早就不再是"左徒",官职让楚怀王免去多年,但一日"左徒",终身谏诤。第一,他忠君;第二,他爱国,有话不说,有言不发,那不是屈原的性格。大家这才明白,汉北的流放,不是挫折了他,而是锻炼了他。他请求面见熊槐,对这位正兴冲冲要赴秦土"武关之会"的怀王,提出谏阻的意见。秦国乃背信弃义之国，武关乃权谋苟且之会，陛下已经上过当，为什么不接受教训，还要自投罗网呢？《史记》载："怀王欲行，屈平曰：'秦，虎狼之国，不可信，不如毋行。'怀王稚子子兰劝王行：'奈何绝秦欢！'怀王卒行。入武关，秦伏兵绝其后，因留怀王，以求割地。怀王怒，不听。亡走赵，赵不内。复之秦，竟死于秦而归葬。"

"身死而天下笑"，就是这位极糊涂、极白痴、极混账、极愚蠢的昏君下场。

怀王死，其子熊横继位，是为顷襄王。顷襄王六年（前293年），秦将白起扬言讨伐楚国，熊横计穷，无奈，只有向杀父之国告饶。屈原写诗反对再度向秦求和，并表明他尽管受到迫害打击无论何时，无论何地，眷恋楚国，心系怀王，不忘欲反的忠诚感情，至死不渝。他提醒顷襄王熊横，王考所以落得尸横外国的结果，是由于"其所谓忠者不忠，而所谓贤者不贤也"。楚国的老百姓也认为，如果不是子兰的催促，如果听信屈原的劝阻，怀王不会死在异国他乡，这对令尹子兰构成很大压力。于是，这个坏蛋唆使另一个坏蛋，也就是靳尚，在顷襄王面前谗害屈原，铁三角再次发挥作用，欲置屈原于死地，更何况熊横与他老子熊槐可谓一丘之貉。

于是，一纸诏令，永远流放，不得再进国门。从此，屈原再也没有回到郢都，他老姐女媭天天倚门等待，直到泪尽，直到老迈，也未能盼到她弟弟归来。

如果说，他的第一次流放，是对楚怀王的完全绝望；那么，他的第二次流放，则是对楚国的完全绝望。

顷襄王二十一年（前278年），秦将白起攻破楚都，满城都是枭悍秦兵，楚国臣民哪见过这等阵仗，只有拱手降服。次年，消息传到流放途中的屈原耳边，这位爱国诗人终于舍不得离开故土，也不愿意他心爱的故国灭亡在他眼前，悲愤交加，自沉汨罗，以死殉国。

司马迁在这篇列传的最后，这样写道，"太史公曰：'余读《离骚》《天问》《招魂》《哀郢》，悲其志。适长沙，过屈原所自沉渊，未尝不垂涕，想见其为人。及见贾生吊之，又怪屈原以彼其材游诸侯，何国不容？而自令若是！读《鵩鸟赋》，同死生，轻去就，又爽然自失矣。'"

"同死生，轻去就"，就是中国文人对于生养自己的土地，那一份眷顾之情；也是中国文人对于抚育自己的祖国，那一份热爱之心。此情、此心，便是中国文人的精神所在，也是我们每年的端午节，都要向爱国诗人屈原肃然致敬的理由。

莼鲈之思

自从西晋张翰的"莼鲈之思"以后,本是小事一桩的文人吃喝,就与政治密切挂钩了。

中国有历史可查的3000多年来,政治几乎无处不在。人人政治,事事政治,在其位者政治,不在其位者也被政治。统治者的威权政治,更是厉害,方方面面,无所不顾,大大小小,巨细不漏。于是,做文人者,即使非常谨慎小心,也难逃法眼。找碴问罪,犯事获咎,轻则充军,重则杀头,简直防不胜防。因之,在文学史上,便常常看到一些聪明的文人,为了免得陷进漩涡,而努力避开权力;为了逃脱是非纠缠,而尽量摆脱官场。由于吃喝本乃人之常事,以此为挡箭牌,为障眼法,为遁身术,为回旋计,制造一点烟幕背景,打个马虎眼什么的,用以转移当局视线,说不定还是避灾躲劫的手段呢!

张翰的"莼鲈之思",就是这样一个成功的例子。

张翰,字季鹰,吴郡吴县人,生卒年不详。为江东文

欧阳询《张翰帖》

人,《晋史》有传,称他"善属文"。观其散见于唐代类书《艺文类聚》中的《首丘赋》《豆羹赋》《杖赋》《秋风歌》等作品,看来,此人以赋见长,不过诗也写得很出色。有一首情深意婉的《思吴江歌》,寄托了游子对家乡风物的怀念,他的莼鲈之思,说不定是由此而生发的呢!

秋风起兮木叶飞，
吴江水兮鲈正肥。
三千里兮家未归，
恨难禁兮仰天悲。

他残存的诗作不多，但却有脍炙人口的诗句。最负盛名者，莫过于形容盛开油菜花的"黄花如散金"了。凡在南方生活过的人，凡在春天田野里驻足过的人，凡在一望无际的油菜花花海里沉醉过的人，无不感到这个极其生动、极为准确、极富色彩感的形象，譬喻生动，巧思传神，堪称绝妙无伦。唐代诗人李白，何其眼高，何其拔份，也不由得佩服："张翰黄金句，风流五百年。"据说，唐代科举取士，甚至以此诗句，为试卷命题，可见影响深远。我想，一个文人，不管你写了千千万万，你还没有死，那千千万万先你而亡，真不如张翰传世的这一句诗。

有这五个字，对以文谋生者来讲，归天以后，还能活下来，也就足够了。

张翰出生的三国时期，魏蜀吴鼎立，除了打仗，就是打仗，打了将近一个世纪，最后，一概狗屁着凉，全部完蛋。先是蜀亡于魏，后是魏亡于晋，而吴，气数略长一些。晋当然强，吴也不弱。唯其不弱，所以，坚持到最后才俯首称臣。263年，蜀亡；265年，魏亡。吴隔江对峙强邻，竟然牵延将近30年，直到280年，司马炎借东吴孙皓的荒淫败乱，暴虐贪腐，而兴师灭吴，实现全境统一。不过，吴虽亡，不服输的力量犹在，因为，晋是士族政治，讲门阀，尚精神，全凭嘴皮功夫；吴是豪族统治，讲实力，重物质，有枪就是草头王。这些地方实力，时有"复兴"故国之意，常作蠢蠢欲动之举，弄得洛阳当局心神不宁。于是，吴亡以后的第一个十年（280～290）间，晋武帝南下视察，途经广陵，向一位叫华谭的名士请教。

他问这位耆宿："吴人趑雎，屡作妖寇"，怎么办？"吴人轻锐，易动难安"，怎么办？"今将欲绥靖新附，何以为先？"请先生示之。

华谭沉思片刻回答："所安之计，当先筹其人士，使其云翔闾阖，进其贤才，待以异礼，明选牧伯，致以威风，轻其赋敛，将顺咸悦。"

魏晋风流的主角，就是这些表面不政治、内心极政治的名士，一部《世说新语》说尽了这些名士的迪脱圆熟，究其底里，名士其实最政治，不过，永远让你看不透罢了。这就是中国文人的厉害了，数千年来，你硬他软，你软他硬，若无此等软硬通吃和软硬统统不吃的太极功夫，中国文人早就绝了种了。华谭不喜欢司马炎口中的"绥靖"二字，但又不好劝陛下"绥靖"不得。而要"绥靖"的话，自然是软硬两手齐上，怀柔镇压并举，难免荼毒东南生灵，势必伤害江左利益。这才深入浅出，委婉开导，司马炎尽管弱智，此刻尚未昏聩，这些属于政治ABC之类的常识，也还能听得头头是道。这才有颁诏聘贤，派船迎宾之盛举，将江东头面人士，一股脑儿统统召入洛阳。

我估计张翰入都，在批次上要稍晚于顾荣、周处、戴渊、纪瞻等人。而陆机、陆云兄弟，南方人士中的拔尖人物，早在太康十年，就是洛阳城里风度翩翩、文章出色的秀场明星了。大司空张华，西晋政权要人，很欣赏东吴的两位大牌文人归顺中央，赞曰："伐吴之役，利获两俊。"凡要人，无不爱抢麦克风，也无不嘴大，或者大嘴，乱说一气。尤其这位老夫子，嘴上没个把门的，如同当下那些狗屁评论家（因为他们基本放狗屁，故而获此雅号）动不动把"大师"啊，"不朽"啊，"巨著"啊，"传世"啊，一顶顶桂冠扣在作家头上一样，成为文坛笑话。试想，司马炎聚数十万水陆将士，积二十年军事准备，拿下东吴，只是为了得到这哥儿俩，未免过甚其辞。幸好张华是司马炎的多年智囊，否则，那些看不上南人的北方名流，早大嘴巴子抽过去了。

由此看到，在洛阳人士眼里，对江东人物的品评，还是存在等级差别的。别看张翰的名望，在东吴当地响当当，但在洛阳组织部门眼里，他名字的含金量，显然要低一点。因为张翰的父亲张俨为东吴孙权的大鸿胪，相当于国家民委主任，部委级的。可顾荣的祖父顾雍，却是东吴孙权的丞相，等于国务院总理，那可是十分了得的大员。而陆氏兄弟的祖父陆逊，父亲陆抗，更厉害了，一个类似三军总司令，一个类似总参谋长，皆为军权在握的高级统帅。因此，同是官二代，阶位之高低，级别之上下，是无法同日而语的。当局权衡之下，一种可能，也许发给张翰一纸敦聘书；另一种可能，也许并没有发，只是表示了敦聘的意向。中央政府对他的态度，依我猜测，热情是有的，冷淡也是有的，阁下来也行，阁下要不来也行，一张由建康到洛阳的直通船票，好像迟迟也未送达。一般来说，古人是比今人更在意面子的，可想而知，在白下的张翰，街上碰到熟悉的面孔，人家若好奇地问：张先生怎么没去洛阳赴任？脸皮就会热辣辣地发讪了。

面子问题，恐怕是张翰最终回到江东的一个郁闷心结。

另外，从张翰洛阳之行的随意性，也可推断他的手中确实没有中央政府签发的船票。据《晋史》，他来洛阳，由于

"会稽贺循赴命入洛，经吴阊门，于船中弹琴。翰初不相识，乃就循言谭，便大相钦悦。问循，知其入洛，翰曰：'吾亦有事北京。'便同载即去，而不告家人。"这种具有魏晋风度的潇洒不羁，不拘小节，任性而为，洒脱风流，固然成为文坛佳话。但一时兴起，搭顺风车，坐顺路船，也表明他之"有事北京"，并不是必须要去，马上要去，而是可去可不去的自由行。

张翰入都，估计在"太康之治"的黄金时代与"八王之乱"的黑暗岁月之间，正是司马炎灭蜀、篡魏、伐吴，大红大紫以后，很快就要谢幕的尾声。这种好日子马上到头，坏日子就要开始的混沌期，大多数人常常是浑然不觉的。清醒如华谭，按兵不动苦守江东者，不多。凡觉得自己是块料者，都到北方立身扬名去了。连一些无名之辈，也因从众心理，千里迢迢，往洛阳而去，成为浪迹于首善之区的"北漂一族"。

当名流、半名流、非名流，都在北都聚首之际，建康城里的张翰，形单影只，孤身孑立，不免有点上火，摆在面前的鲈脍莼羹，竟引不起他的食欲。

对于古人、前人、圣人、名人，我习惯于看其"人"之一面，既然是人类成员之一的"人"，而不是不食人间烟火的"神",那么"人"之共性,譬如七情六欲,譬如喜怒哀乐,譬如得之喜,失之悲,譬如人比人,气死人,我想不可能不存在。这位老兄看到中原的火热一面,看到洛阳的光亮一面;看到结束汉末分裂、一统天下的划时代人物司马炎仍在指点江山的辉煌一面,他有他的现实主义盘算:那火热,那光亮,那辉煌,再不抓住机会的话,恐怕要永远失之交臂了。于是,踏上贺循的船,直奔北都。没有想到开国君主司马炎,会在太熙元年(290年)四月突然驾崩,从此辉煌不再。

司马炎之死,颇出大家意料,执政25年,不算长,年才55岁,不算老,一个正当年的人,怎么会死?或许不无参考意义的旁证,中书令太子太傅贺邵上过谏书,直言"今国无一年之储,家无经月之蓄,而后宫之中坐食者万有余人"。一个太过庞大的后宫,对他来讲,即或拿伟哥当饭吃,也是杯水车薪,无济于事的。此人好色,登基后曾经发出一道荒唐的诏令,全国禁婚娶两年,必须等他选妃以后,方可开禁。据说他一口气搜罗了五千美人充实后宫;平吴以后,又从江东物色来五千吴越佳丽,于是,拥有与万女交合之勃勃"雄"心的司马炎,荣登中国最荒淫帝王榜,居榜首位置。由于"极意声色,遂至成疾",终因纵欲过度,委顿不起,只好向他的臣民抱歉,先走一步了。

张翰到了洛阳以后不久，就赶上了这次国丧，他有点沮丧。

他到洛阳来，多少带着一点浪漫，一点激情，想投奔到司马炎一统天下的大业中去。中国文人都比较政治，不过聪明一点的，努力与政治保持距离；而自以为聪明的，或者聪明过了头的文人，却如蛾趋火似的拥抱政治，投机政治。张翰如果早想到一个男人占有一万个女人势所必然的结局，我想这位音乐爱好者，在船中听完贺循弹完一曲之后，就会离船上岸，跟他拜拜再见，不会与之结伴同行，也不会有嗣后的莼鲈之思了。

王夫之在《读通鉴论》中，说到这位司马炎时，也是很肯定此人早期的辉煌，也值得江东张翰为之憧憬、为之希冀的："晋武之初立，正郊庙，行通丧，封宗室，罢禁锢，立谏官，征废逸，禁谶纬，增吏俸，崇宽宏雅正之治术，故民藉以安；内乱外逼，国已糜烂，而人心犹系之。然其所用者，贾充、任恺、冯紞、荀勖、何曾、石苞、王恺、石崇、潘岳之流，皆寡廉鲜耻贪冒骄奢之鄙夫；即以张华、陆机铮铮自见，而与邪波流，陷于乱贼而憨不畏死；虽有二傅、和峤之亢直，而不敌群小之訿譵；是以强宗妒后互乱，而氐、羯乘之以猖狂。小人浊乱，国无与立，非但王衍辈清谈误之也。"

但晋之亡，并非如王夫之所说的近小人、远君子，而是司马炎逃脱不了其家族阿尔茨海默氏症的基因病变。说来也怪，整个晋朝，所有姓司马的帝王、贵裔、宗室，都是按这样的"前明后暗"两极变化的逻辑行事，司马家族的通病，就是"明"期一过，立刻昏"暗"，而且迅速逆转地走向反面。或始终白痴，或逐渐白痴，或急速白痴。王夫之所说："惠帝，必不可为天子者也，武帝护之而不易储，武帝病矣；然司马氏之子孙，特不如惠帝之甚耳，无而不可以亡天下者，则将孰易而可哉？"其实就是这个道理。司马衷白痴，其他司马什么的，未必不白痴，换谁都不灵，都存在着阿尔茨海默氏症的基因。所以，司马炎死后，25年功夫，西晋王朝覆灭。

正史和稗史演义都说，司马家的老祖宗司马懿，曾经装疯，装得十分成功，骗过了好多人。《三国演义》第106回，"司马懿诈病赚曹爽"，描写他能够使所有人都相信他疯的细节，恐怕此人的心志精神方面，还确实有点病态。这位老家长一生，残忍到麻木，狠绝到死硬，将尸体堆成"京观"地为杀人而杀人，理智绝对丧失，下意识支配一切的恶行。看来，潜伏在这个家族基因中的痴呆症困扰，谁都无法逃避。

"前明"和"后暗",只是基因处于沉潜期和骚躁期的差别。司马炎之胡作非为,倒行逆施,荒腔走板,神志紊乱,到了不可理喻的地步,说明其家族没落基因,提前发作罢了。弱智,并不可怕,历史常常开这样的玩笑,将一群弱智的人,集合在一起,那就要酿成灾难,这就是"八王之乱"。那些精神扭曲,心志变异的司马家族成员,被推向极致以后,手里有刀,有枪,有生杀大权,健全的人性越来越少,嗜血的兽性越来越多,其结果便可想而知了。一场持续16年的疯人院式的癫狂,司马家这班近乎白痴的弱智子弟,终于将西晋王朝彻底埋葬。

刚来到洛阳的张翰住在迎宾馆里,就相当尴尬了。其状态,有点类似近人柳亚子1949年在北京颐和园里住着的心情。饭局是有的,晚会也是有的,吟诗作画以文会友更是不会少的,但是看到重用的重用,升迁的升迁,冠盖京华,斯人憔悴,就难免耐不住寂寞。毛泽东遂用诗"牢骚太甚防肠断,观鱼胜过富春江"来安抚这位南社名流。然而,张翰是小角色,哪能有柳亚子的分量,司马炎不会写诗,也无毛泽东的文才,更何况他被一万名美女包围,哪有时间理会张翰。

于是,他决意离开。洛阳的流水席再好,也比不上家乡的美味可口。

现在，已无法知悉张翰来到北都，又离开这座城市的具体日期了。若按《晋书》所说："齐王冏辟为大司马东曹掾，冏时执政。"那么，莼鲈之思的张翰，应该是301年至302年之间，司马冏尚未彻底完蛋前，回到江东去的。齐王执政后，一直得不到安排的张翰，有了转机，为了笼络江东人士，司马冏给了他一个东曹掾的职务，相当于大秘。秩四百石，地位不高，但在别人眼里，起点很高，因为是领导贴身人员。《晋书》称："冏于是辅政，居攸（其父）故宫，置掾属四十人。"张翰被司马冏看中，纳为自己四十嫡系成员之一，前途肯定不可限量。然而，回江东的决心已定，别说区区四百石，两千石也不放在眼里，拍拍屁股，打算走人了。

据《晋书》载：走之前的张翰，与在洛的江东领军人物，也是他的酒友顾荣，把盏叙别。"翰谓同郡顾荣曰：'天下纷纷，祸难未已。夫有四海之名者，求退良难。吾本山林间人，无望于时。子善以明防前，以智虑后。'荣执其手，怆然曰：'吾亦与子采南山蕨，饮三江水耳。'翰因见秋风起，乃思吴中菰菜、莼羹、鲈鱼脍，曰：'人生贵得适志，何能羁宦数千里以要名爵乎！'遂命驾而归。"

张翰所思念的吴中三味，都是一般般的家常菜肴，然而一方水土养一方人，久而久之，家乡风味，就不仅仅单指味觉了。而是家园之恋和乡土之情的混合体，甚至是精神上的一种寄托和象征。正如陆机兄弟最早来到洛阳时，拜访侍中王济，这位驸马爷指着面前几斟羊奶制成的乳酪，问他，你们江东可有与此媲美的食物吗？陆机就回答他："有千里莼羹，但未下盐豉耳！"用白话来说，江南千里湖里的莼菜，做出羹来，即使不加作料，也是鲜美无比的。菰菜，即茭白，炒个肉丝什么的，清香鲜嫩；莼羹，就是用水生植物莼菜幼叶做成的汤，柔滑可口；鲈鱼脍，我估计即今之苏杭菜肴中的滑溜三白。据说，松江产的鲈鱼，四鳃，与他地产的二鳃鲈鱼不同，肉质细腻肥美。

但是，千里洛阳，来，固不容易；去，也不容易。司马冏却是一个不能得罪之人，在"八王之乱"这场狗咬狗一嘴毛的厮杀中，他最投机，也最毒辣，绝对不是一个好饼子。先是鼓动司马伦，废了惠帝皇后贾南风，将她送进金墉城幽禁。废了就废了吧，关了就关了吧，不，司马冏到底给她一盏金屑酒，鸩死了她。后又裹胁司马颖、司马颙，又将这个得意的司马伦推翻在地，然后，老戏重演，同样将他送入金墉城，也是一盏金屑酒，鸩死了他。

不打招呼，说走就走，司马冏对不听调教、不识抬举的江东张翰，应该是不会宽恕的。现在，弄不懂这个绝对混账、绝对坏蛋的司马冏，为什么高抬贵手，放他一马，甚至连追杀的念头也没有？唯一的可能，就是司马家族的遗传基因在起作用，此人急速地弱智与白痴，已经不可救药，无暇顾及一切。据《晋书》，此时的司马冏，正忙于"大筑第馆，北取五谷市，南开诸署，毁坏庐舍以百数，使大匠营制，与西宫等。凿千秋门以通西阁，后房施钟悬，前庭舞八佾，沈于酒色，不入朝见"。司马炎那海量美女的后宫，现在都归他享用了，光清点验收这笔遗产，就够他张罗的了。肯定有人给他打过报告，任何社会，统治者的耳根下，这种密告是少不了的。"主公，那个爱喝酒的江东张翰正在雇船。""雇船干吗？""要回江南。""回江南干吗？""说是想吃他的家乡特产。"司马冏哈哈一笑："既不是持刀弄枪去造反，也不是舞文弄墨来捣乱，一个文人，为一张嘴，由他去吧！"

本来，张翰好饮，有"江东步兵"的雅称，他总不能学习前辈阮籍，装疯卖傻，醉上100天，推掉司马家的婚事，借此离开洛阳吧？于是，在一个秋风清冽的日子里，他想到家乡三味，便放出空气，"人生贵得适志，何能羁宦数千里以要名爵乎！"于是，他回到了江东，得到了自由。

张翰此行，颇得后人誉扬，但誉扬的侧重点不一。

一是赞他舍得名利的放达。李白在《行路难之三》这首诗中，这样大加褒美："君不见吴中张翰称达生，秋风忽忆江东行。且乐生前一杯酒，何须身后千载名。"着重其放达情性、看淡名利的一面。唐代诗人白居易，一辈子在朝为官，一辈子不很得意，因为他在乎那几百石薪俸，做不出这份割舍，也不会像张翰那样说走就走。也用诗句表达他的衷心敬佩："秋风一箸鲈鱼鲙，张翰摇头唤不回。"不但羡慕张翰所得到的这份自由，而且佩服他敢"摇头"说NO，敢"唤"而"不回"的勇气。

二是赞他识时务，知进退。《世说新语》对张翰此行的记载，则强调其识时知趣、明哲保身的一面。"张季鹰辟齐王东曹掾，在洛见秋风起，因思吴中菰菜羹、鲈鱼脍，曰：'人生贵得适意尔，何能羁宦数千里以要名爵！'遂命驾便归。俄而齐王败，时人皆谓为见机。"

但是，无论是适意旷达、淡泊名利，还是识时知世、抽身而退，其实，张翰之告别洛阳，在更深层次上是中国历史上长期存在的南北文化隔阂所造成的。200年后，北魏杨衒之所著的《洛阳伽蓝记》所写的5世纪末6世纪初的南北朝，北人和南人、中原人和江左人之间，心理和精神上的感觉差异，文化和物质上的认知鸿沟，还是相当严重的："永安二年，萧衍遣主书陈庆之送北海入洛阳，僭帝位。庆之为侍中。景仁在南之日，与庆之有旧，遂设酒引邀庆之过宅，司农卿萧彪、尚书右丞张嵩并在其坐。彪亦是南人，唯有中大夫杨元慎、给事中大夫王晌是中原士族。庆之因醉谓萧、张等曰：'魏朝最盛，犹曰五胡。正朔相承，当在江左，秦皇玉玺，今在梁朝。'元慎正色曰：'江左假息，僻居一隅。地多湿蛰，攒育虫蚁，疆土瘴疠，蛙黾共穴，人鸟同群。短发之君，无杙首之貌；文身之民，禀蕞陋之质。浮于三江，棹于五湖。礼乐所不沾，宪章弗能革。虽复秦余汉罪，杂以华音，复闽、楚难言，不可改变。'"

张季鹰来到洛阳，钉子没少碰，冷脸没少看，只要一出迎宾馆大门，一张嘴，甚至那些卖胡饼的、制乳酪的、炸油尖麻糖的、做焦槌馏脯的小市民，也瞧不上满口吴语的他。自恃天子脚下之人，有撇嘴的，有摇头的，那叫一个势利。尤其讲河洛官话的高门华族，操华夏正音的世家缙绅，就更不把来自蛮夷之域的亡国之民放在眼里。从语音到饮食，从风俗习惯到日常起居，从文化品位到玄儒学派的分歧，从政治见解到治国理念的不同，南北士大夫间存在着严重的抵触情绪。

司马炎虽然下令将江左名士陆机、陆云、顾荣、周处等敦聘到洛阳来，但是，如何安排？如何使用？如何让这班南方精英分子，融入北方壁垒分明的门阀体系之中？如何让那些人五人六、自视不凡的中原人士，接受他们，礼敬他们，从而和衷共济，同襄国是？还未来得及作进一步筹划，晋武帝就撒手西去。这位在政治上实现了版图统一的司马炎，即使天假以时，多活上几年，要在社会上实现人心的统一，在文化上实现精神的统一，那是谈何容易的事。

张翰开了这个头以后，接下来，顾荣、戴渊、纪瞻、贺循，也相继还乡。说其放达也可，说其见机也行，但根本上是这种南北之分、之争、之隔阂、之距离，一时间内很难看到尽头，才借机回返江东。从那以后，自魏晋南北朝起，一直到唐宋，一直到明清，一直到"五四"，甚至新中国成立以后，中国文化史上这种由于地域差别，而造成的压迫与反压迫，都曾或隐或显地存在过。

若从这样的大背景上看莼鲈之思，大概也就是这条历史长河中一朵文学浪花而已。

白行简的《大乐赋》

唐代白行简为中国色情文学之父，渐渐被世人公认。

在中华文化的全部典籍之中，以文学手段描写性行为的《大乐赋》，是迄今发现最早的一部文学作品。

远在明朝万历年《金瓶梅》出现前的700年光景，在9世纪前后，白行简的这篇赤裸裸写男女交合行为的《大乐赋》，曾经在长安市面上出现过。流行不流行，畅销不畅销，赚了多少银子，拿了多少版税，一概不知。因为，这篇文词相当华丽、内容相当淫靡的赋，很快就湮没了，湮没到神鬼不知的程度。

一晃，1000多年以后，这部中国色情文学的最初尝试，直接描写性爱的发轫之作，重又现身。

这时，已经是1907年3月的事情了。一个叫斯坦因的外国人，与一个叫王圆箓的道士，打开敦煌石室的藏经洞，这部性文学的始祖又重见天日。由于当时是批量交易，一手交钱，一手交货，《大乐赋》裹挟其中，一股脑儿都运到巴黎去了。又隔了几年以后，才被人在海外发现，中国人这才知道这本书。

书的湮没，其突然，其彻底，其斩根除草，其不留后患，使我产生这样一个联想，尽管1000多年前的李唐王朝，思想很开放，行为很浪漫，性观点不是那么拘泥，道学之徒不是那么猥獕，但白行简第一次用文学手段，绘声绘色描写"人之所乐，乐莫如此"的性快乐，并直露地涉及男女生殖器官的美文，大概也不是堂而皇之地沿街售卖，到处推销的。从作家本人，到书商小贩，从达官贵人，到平头百姓，对于性文学的自我节制能力，自觉收敛行为，还约束在理智和文明许可的界线之下，因而，其发行量，其传播范围，应该是有限的。

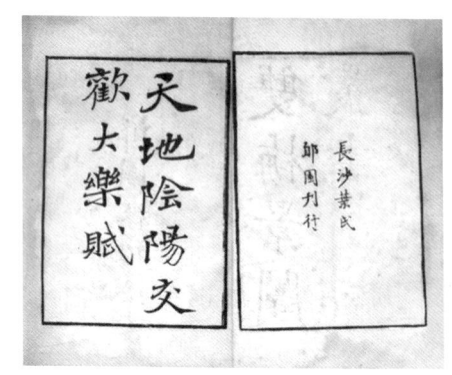

可想而知，当年在长安市区贩卖《大乐赋》的业者，与当下在过街天桥上、地下通道里，兜售黄碟的那些小贩一样，都属于偷偷摸摸、神神秘秘、不敢光诸天日的。也许这

敦煌出土的性古籍

篇最早的色情文学作品，比较稀缺和难得，所以，一下子就被收拾得干干净净，了无余迹。

唯其如此，不知哪位黄色文学爱好者吃饱了撑的，专门请人缮写，珍重收藏在敦煌石窟里，遂做成一件功德无量的好事。

在中国，甚至在全世界，色情与淫秽，性文学与道德败坏，性知识的绍介与诲淫诲盗，其间很难有截然划分的界限。大概因为担忧这一点，这位开创中国色情文学新纪元的大师，在其美文开头，先引用了《礼记》所云："饮食男女，人之大欲存焉。"打出圣人"食色性也"的招牌，以正视听。

所以，这虽是一篇不打折的色情文章，但却是一篇严肃的、不以宣淫为目的的色情文章。

其实，性乃人之本能，是再自然不过的事情，不必讳言，也不必将那两个器官，整天挂在嘴边。但人类与动物的区别，正是在于这种原始本能的掌控上。控制得住本能的白行简，堂堂正正地在他的这篇《大乐赋》上署其真名；而控制不住本能写《金瓶梅》的那位才子，深知自己连篇累牍的猥亵笔墨，下流描写，其不堪入目，其过分肮脏，与动物发情无异，才把真名隐去，用一个"兰陵笑笑生"的笔名，遮住那张大概有点心虚尴尬的面孔。

鲁迅先生批评《金瓶梅》的性文字,"专在性交,又越常情,如有狂疾",认为几近病态。其实,那不是病,是力必多作怪。在性文学或色情文学这个领域里,很多作者都是由于控制不住自己的动物本能,才诉诸淫秽文字以泄其性欲耳!这种类似手淫的笔淫,正是兰陵笑笑生写作时最酣畅淋漓的性满足。当他全神贯注于活塞动作、交媾场面的刻画时,那亢奋的,冲动的,流着哈喇子的某些部位大量充血的生理状态,是可以推断得出的。否则,很难理解他大描大写36处,小描小写36处,一笔带过33处,如此偏执,如此癖好地大写性交。显然,无法控制本能,才乐此不疲地写个没完没了。

当代作家之中,热衷此道者,屡见不鲜,写着写着,就写到裤裆里去了。可以谅解的是,在当今物质社会,人欲横流的环境中,声色犬马、酒醉饭饱的作家,出现这种动物式的发情冲动,也是顺理成章的。

在中国,唐代及唐代以前,从《诗经》的《蒹葭》《溱洧》《静女》起,文学中涉及男女的笔墨,第一着重于情,第二着重于爱,第三才着重于性。而着重于性者,其表现手法,也着重于隐约,含蓄,委婉,朦胧。因为,中国文人一直不把对于男女性爱的研究探讨，视为文学应该关注的范畴。

因为在中国古代文化中，它被称之为"房中术"，作为一门正经八百的学问。与天文、地理、历算、星象、图谶、卜卦、方技、医药并列，是一种术，是一种技术，是从其实用价值来考量对待的。因此，无论以道教、密宗，还是以医学、阴阳五行名义出现的《素女经》《玉房秘诀》《医心方》之类的房中术，无不打着养生摄护、延年益寿、调和阴阳、长生不老的旗号，与文学根本不搭界。

白行简，中国第一位用文学形式表现性爱的作家，将男女房帏之事，从实用文化的角度上升到美学意义的享受层次上来。因此，他的这部《大乐赋》，具有开创价值。

对当今那些热衷裤裆文学的作家来说，别看他们津津乐道于性，未必有多少人能知道白行简乃中国性文学之开先河者，和他迈出这一步之不易。《大乐赋》在没有走出敦煌石窟以前，将近一千年间不为人知，甚至连一点点蛛丝马迹也不见于记载，故而被中国文学史遗漏，对这位中世纪的性文学先行者而言，实在是有些遗憾的。

白行简（776~826），祖籍山西太原，为陕西渭南人，唐代大诗人白居易之弟。元和二年（807年）登进士第，授秘书省校书郎。元和八年（813年），受卢坦辟，为剑南东川节度使掌书记。元和十二年（817年），卢坦卒，至江州依其兄。一年前，其兄因得罪朝中权贵，被黜外放，为江州司马。白行简不再另谋高就，而与其兄患难与共，相濡以沫，手足之情甚笃。《全唐诗》这样评介："尝从居易谪所，天性友爱，当时无比。"从白居易的长诗《对酒示行简》中："行简劝尔酒，停杯听我辞。不叹乡国远，不嫌官禄微。但愿我与尔，终老不相离。"也可看出他们之间的感情深厚，融洽无间。

后来，白居易转忠州刺史，他也随着去了。一直到元和十五年（820年），白居易回朝任职，白行简才在京城谋得左拾遗一职，一直到宝历二年（826年）冬病逝。两兄弟很长时期生活在一起，我们不由得不作如此设想，为兄者不可能不关注其弟的写作，不可能不曾一览其弟的这篇另类作品。死后，其遗文也是白居易为之编辑出版的，对于这篇性文学，竟纹丝口风不露，也教我们费解不已。

《旧唐书》说他"文笔有兄风，辞赋尤称精密，文士皆师法之"。这个所谓"辞赋"，作史者多少有些含混其词，没有明确指出，当中是否也包括这篇中国色情文学的最初尝试？但至少可以证明一点，《大乐赋》在当时不像他的其他作品那样尽人皆知，大概是个事实，否则不会1000年间了无所闻。这也使我们看到，即使在非常开放的唐代，作家是有他的自律性的，出版家也是讲究一点节制的。可能因其总量之少，这篇《大乐赋》很快就从人间蒸发了。

不过，唐代见诸记载的书籍，其中也有很多失传者，但后来几乎都能够在邻国日本找到。譬如隐秘地写到男女交合、文词相当雅逊的《游仙窟》，著者为唐代张鷟。故事讲他与一位邂逅的美女于洞窟中幽会的艳情传奇。宋以后也湮没了，只见著录，不见文本。直到近代，中国地理学家杨守敬留学日本时期，从日本国家图书馆的书库里发现，并抄录回来。

但不知何故，《大乐赋》的命运非常之惨，一下子就消失得无影无踪。那时，我们的东邻日本派来一船一船的"遣唐使"，其中有一项很重要的任务，就是不惜重金购买中国书籍，运回国去。很蹊跷的是，不光日本国的，还有新罗国的、鸡林国的常驻长安的外交使团也好，从事贸易的商贾也好，从来没有接触过《大乐赋》，好像压根没这一回事似的，更甭说觅得一册样本，带回本国珍藏了。

由此，不胜感慨我们中国人的好极端了，左则左到底，右则右到头。要是想灭掉一种什么不愿听到的声音，或者想提倡一种什么让所有人听到的声音，那也真是无所不用其极。要灭，必灭得干净彻底，了无踪迹；要倡，必倡得大张旗鼓，震耳欲聋。而且，不达目的，誓不罢休。中国人口头上讲孔孟的中庸之道，实际上，矫枉必过正，纠偏必过激，踩上一只脚，不够，必踩上千万只脚，才行。其厉害毒辣，其不留余地，让人叹为观止。在"文革"中，说"文化大革命就是好"，从句法上讲，已经很完整，但必须要重复"就是好，就是好"两次，还要作出急赤白脸、气急败坏、强词夺理、泼妇骂街的样子，恐怕是中国人这种过激天性，最为典型的表现了。

现在，无从揣测白行简这篇第一次用文学样式表现的色情书籍，碰到了什么大麻烦，以至于偌大中国，只能在河西走廊的敦煌莫高窟的石室里，留下一条苟延残喘的命。

我想，有可能是唐朝的什么机构，什么人物，下了什么死命令要灭《大乐赋》？或者因其兄受到政治上的打击，被牵累，被株连，从他居处找出这部色情文学，当局采取什么扫黄措施？不过此说不大容易成立，当然，在中国，别的什么朝代，什么皇帝，会眼睛都不眨地干这种事情，但至少唐朝不会，盛唐之所以盛，就在于当时全社会存在宽容精神。

明人胡震亨感叹："骆宾王，上官婉儿，身既见法，仍诏撰其集、传后，命大臣作序，不泯其名。重诗人如此，诗道安得不昌？"

如果不是唐朝，那么它遭到的第一劫，应该是唐以后的五代十国，那一场厮杀了近半个世纪的残酷战争使它绝迹于除敦煌石窟以外的中国大地。试想，在兵燹战乱、烽火连天、赤地千里、饿殍遍野的人间地狱里，中国人到了人食人的地步，还有谁会顾到《大乐赋》？

紧接下来的第二劫让白行简的这篇性文学的肇始之作，更没戏了。中国之弱，以宋为分界线。赵宋王朝三百年的理学禁锢，礼教桎梏，人性压抑，思想束缚，这种精神上的整肃，一直持续到明，延续到清，而且越来越变本加厉，于是乎，把中国人的生气、活力、创造性、想象力，统统钳制得往木乃伊的方向发展，《大乐赋》也失去了最后的生存空间。

战乱对于文化的毁灭，远不及精神上的操控，前者如梳，后者如剃，一下子给你推个光头，一丝一发都休想留得下来。幸好，命不该绝的《大乐赋》在藏经洞里留下一册海内孤本，总算让我们了解古代的中国人，特别是唐朝人，对性的看法。持开放的态度，不禁忌，不封杀，要比宋、元、明、清诸朝，视性为罪恶，为堕落，有着根本上的不同。

直到1907年，敦煌石窟的藏经洞被那个贪小便宜的王道士发现，外国的考古家、探险家、传教士、文物商人蜂拥而至，连骗带拐，连蒙带偷，《大乐赋》也被席卷，流落海外。

据荷兰高罗佩所著《房内考》一书，说到这篇中国最早的色情文学："此件是伯希和（P.Pelliot）发现的，现存于巴黎的敦煌藏品中。中国的巡抚端方（1861~1911）请人把它拍摄下来，1913年著名古物收藏家罗振玉（1866~1940）把它作为《敦煌石室遗书》的一部分在北京出版了一个珂罗版。有个自题'骑鹤道人'的学者在书后加有跋尾。"

"这件手稿保存不佳，显然抄写它的唐代抄手，是个文化不高的人，他并不理解原文的内容。因此文中充满讹误脱衍。文末缺，但大约仅缺一页。……近代学者叶德辉对这个珂罗版做了仔细研究，于1914年在《双梅景阁丛书》中发表一个加有注释的释文。他订正了许多谬误，但仍留下大量工作有待完成。"

这部雪藏千年的中国最早的色情文学作品，终于流传开来。叶德辉（1864~1927），这位在第一次国内革命时期的湖南农民运动中被镇压的土豪劣绅，对《大乐赋》的重新问世，有很大的贡献。

在此以前，托名汉代的《杂事秘辛》，托名唐代的《控鹤监秘记》，曾经被视为中国最早的性文学。但经清人沈德潜考证，《杂事秘辛》为明代学者杨慎所作，而《控鹤监秘记》则是清代作家袁枚所作。杨和袁，为明清两代文坛上的重磅人物，但声名并不十分令人起敬。他们多少像玩票一样，穿上戏装，过一过古人的瘾。这也是中国文人一个最下流、最无耻的行径，尤其没有什么本事、没有什么能耐的文化人，更热衷于假托古人，伪造古籍。

君不见一部《红楼梦》乎，直到今天，仍旧被一帮老的少的蛆虫们，弄得天翻地覆吗？今天发现故居，明天找到墓石，大前天挖掘出脂砚斋，大后天很可能通过DNA查出曹雪芹的遗腹子的遗腹子，现在为大名鼎鼎的红学大师云云。这种搭顺风车，这种借古人光，这种花不大的力气蚁附于前贤而混迹于文学史，这种装神弄鬼、作伪造假、借壳上市、鱼目混珠的种种名堂，成了他们手淫自渎成瘾，难忍难耐难改的恶性病癖。

也曾有人打过《大乐赋》的算盘，说是非白行简所作。但那个荷兰人高罗佩，不怎么肯苟同，"我看不出有什么充分的理由，可以像玖罗版跋尾题写者写着的那样，怀疑白行简是否即为该文作者。白行简虽为白居易的弟弟，但名气不大，并不值得二三流作家借用他的名字以提高身价"。而他的另一篇作品，被鲁迅先生赞赏为"近情耸听，缠绵可观"的《李娃传》，一篇在唐人传奇小说中的领衔之作，其文字之绮丽,词章之华彩,情感之荡佚,声色之艳靡,某种程度上说是一篇带有故事情节的洁本《大乐赋》,也不为过。在这两篇作品中,都引用了《礼记》的"饮食男女,人之大欲存焉",当然也不仅仅是巧合了。

因此,这篇从敦煌石窟中发现的《天地阴阳交欢大乐赋》,上面明明白白地写着白行简的名字,是迄今为止发现最早的,也是最货真价实的色情文学。

为什么中国文学到了9世纪的唐代,才有《大乐赋》的出现?按照马克思主义的理论,上层建筑与经济基础有一种相应的关系。上层建筑的繁荣与经济基础的发达,互为作用,相辅相成。第一,安定的岁月;第二,富裕的生活;第三,精神的向往;第四,市场的需求,读者渴望看到多彩多姿、多元多样、多层次多角度、多花式多品种的文学作品,是再正常不过的事情。

中国文学的任何进步,都离不开外部环境的影响。这其中,最起作用者:

第一,是时代的因素,有一个不太混乱的安定环境;

第二,是社会的因素,有一个不那么肃杀的宽容气氛。

没有最起码的物质文明和精神文明,文学只能万马俱喑。所以,在唐开元盛世之后,白行简《大乐赋》一枝独秀地出现在人们视野之中,既是社会物质生活和精神生活发展的必然,也是文学的多元格局和宽容环境形成的必然。

当然,还不得不指出的是,白居易是当时文坛的领袖人物,他的作品,按元稹的说法,已经到了"禁省观寺邮侯墙壁之上无不书,王公妾妇牛童马夫之口无不道"的知名程度。他和这位元稹,被公认为"元白体"的创始者和中坚力量,几乎风靡整个中国。白乐天一生,忧国伤时,关心民瘼,为民纾难,干预生活,吃足苦头,始终坚持自己的创作初衷,虽九死不悔。但白行简从不走他兄长那种很政治化,同时又很平民化的写作道路,别出蹊径,写他人之未写,为他人之未为,将笔锋转移到人类的这个基本本能上来,遂有了《大乐赋》这一篇色情文学的开山作。

有这样巨大影响力的哥哥,却左右不了他的弟弟,岂非咄咄怪事?于是,只能作以下的猜测:

一、也许白居易压根儿就没想左右他弟弟;

二、也许白行简从来不曾想被其兄长左右;

三、也许,因为我们看多了当代文坛上,那些有了一点本钱就耐不住要左右别人的人物,以为古人也像他们那样,狗肚子装不了几两香油,立马登高一呼,立马拉帮结派,立马占山为王,立马排斥异己,才会大谬不然地以今人之心度古人之腹。

通过白居易和白行简，感情如此诚笃、心境如此相通的这哥儿俩，在文学上简直水火不容地各走各路，对古人拥有如此坚定不移的文学信仰，我们不由得不感佩，不由得不震惊。

正是这种心灵上不被人左右的自由状态，才有唐代文学的辉煌吧！

撒马尔罕的金桃

美国汉学家爱德华·赫策尔·谢弗（1913~1991），在1963年出版了《撒马尔罕的金桃——唐朝的舶来品研究》一书，该书的英文书名为 *The Golden Peaches of Samarkand, A Study of T'ang Exotics*，汉译本的书名为《唐代的外来文明》。汉译本问世以后，一部唐人段成式所著的《酉阳杂俎》也跟着出了风头，立马被更多的人士关注，成为名副其实的金桃。这当然是好事，终于有人聚焦到这部相当冷门的唐代笔记小说上来，难得难得。细想想这事，也挺讽刺，倘不是洋人的鼓吹，段成式和他的这部呕心沥血之作继续被冷落下去，是个再正常不过的结果。

有什么办法呢？也许中国人比较相信外来

《撒马尔罕的金桃》原著

的和尚会念经，也许中国文人比较缺乏自信，不敢遽下判断，更不敢言人之未言。所以，《酉阳杂俎》作为众多笔记小说的典籍之一，近人鲁迅称其为"独创之作"，"所涉既广，遂多珍异，为世爱玩，与传奇并驱争先"；周作人也说："四十前读段柯古的《酉阳杂俎》，心其喜之，至今不变。"除了清人纪昀对这部书的评价为"自唐以来，推为小说之翘楚"，明人胡应麟在其《二酉缀遗》中，将其树为中国传统文学中志怪体小说的样板外，再无其他重磅人物对段成式表示敬意，对这部空前绝后的《酉阳杂俎》表示尊崇，并将其摆在文学史上毫无疑义的顶尖位置。

四部丛刊本《酉阳杂俎》

问题出在什么地方呢？在这个世界上，凡人，凡物，凡事，凡文，只要成为其中"之一"，也就等于完了。一旦被"之一"了，就会因同类项的缘故而被忽略，被漠视，被湮没于许多同质化的"之一"当中，不生不死地存活下来，《酉阳杂俎》这部古籍1000多年间碰上的就是这样的霉运。所以我佩服胡、纪两位古人的胆识，特别在那个"子不语怪力乱神"的时代，在无数孬种组成的人海中间，站出来说，诸位，这可是一部了不起的书，你们别瞎了眼。若是你我这等庸人，敢伸出头来咋呼一声么？唾沫都能将人淹死。

我不认为到了当代，拥有如此众多的大师和准大师的中国文学界，还是"有眼不识金镶玉"。只是这么多年来，可怜啊！这些爷们随大流惯了，听吆喝惯了，说句不入耳的话，人云亦云惯了，当跟屁虫惯了，也就香臭不辨，薰莸不分。所以，不把老祖宗这部老古董放在眼里，以"荒诞不经"四字评语打发过去，也很自然。忽然间，看到美国人谢弗在他的著作中，不断地采信这部唐代笔记小说，作为理据；不断地在每一章的注释中，不厌其烦地标明引自《酉阳杂俎》的某卷某节。哇，这可不得了，于是，一拥而上，这其中有好奇者，有跟风者，还有不少是打酱油者，掀起不大不小的《酉阳杂俎》热。

对于此热,《酉阳杂俎卷一·天咫》中讲了一个故事,颇具触类旁通的意味:

永贞年,东市百姓王布,知书,藏镪千万,商旅多宾之。有女年十四五,艳丽聪晤,鼻两孔各垂息肉,如皂荚子,其根如麻线,长寸许,触之痛入心髓。其父破钱数百万治之,不差。忽一日,有梵僧乞食,因问布:"知君女有异疾,可一见,吾能止之。"布被问大喜,即见其女。僧乃取药,色正白,吹其鼻中。少顷,摘去之,出少黄水,都无所苦。布赏之白金,梵僧曰:"吾修道之人,不受厚施,唯乞此息肉。"遂珍重而去,行疾如飞,布亦意其贤圣也。计僧去五六坊,复有一少年,美如冠玉,骑白马,遽扣门曰:"适有胡僧到无?"布遽延入,具述胡僧事。其人吁嗟不悦,曰:"马小踠足,竟后此僧。"布惊异,诘其故,曰:"上帝失药神二人,近知藏于君女鼻中。我天人也,奉帝命来取,不意此僧先取之,吾当获谴矣。"布方作礼,举首而失。

哈!说句笑话,《酉阳杂俎》和段成式的最近行情,很有点类似那女孩鼻中突然被发现具有很高身价的息肉，而美国人谢弗，大概就是那个胡僧了。

段成式（803～863），字柯古，行十六，宪宗朝宰相段文昌子，山东临淄邹平人。后随父任职迁居剑南、荆南、淮南诸地。因其祖其父，曾为朝廷命官，这位官二代遂以荫入仕。世袭，是那时视为正常的事情，没有人会斜着眼睛看他。他也心安理得地到秘书省上班，做校书郎，相当于研究生或研究员吧，估计表现不错，选题抓对了，上司满意，得以提拔，擢集贤学士，后迁尚书郎；还曾出任过吉州、处州、江州等地刺史。总的来说，仕途顺遂，官运尚可的他在晚唐"官乱人贫，盗贼并起，土崩之势，忧在旦危"的政治环境中，也就不容易了。得以平安一生的段成式，既无大起大落，也无大悲大喜，这一份难得的稳定，恐怕是他悉心投入写出《酉阳杂俎》的原因。天天开会，天天学习，天天批判，天天检讨，肯定是做不了学问的。

史称："成式少即研精苦学，秘阁书籍披阅始遍，故博学精敏，文章冠于一时。尤长于骈文，与李商隐、温庭筠齐名。三人排行均为十六，故时人称为'三十六体'。其退居襄阳时，与温庭筠、余知古诸人游，赋诗唱和，并与温庭筠结为通家之好。其子段安节善音律，能自度曲，为唐代著名音乐家；其侄段公路，著《北户录》，亦事文艺。成式于咸通四年六月卒于长安。"

现在已经无法查到段成式创作这部不朽之作的成因了，此人在《酉阳杂俎》之前，没有任何志怪体的笔墨，在《酉阳杂俎》之后，也不曾有只言片字涉及志怪体。既没有从与他交往的朋友文章中看到他写这部书的信息，也未从他与文友的唱和中透露他有过这方面的创作意图。总而言之，这部对段成式来讲的蓦然而来、戛然而止的书，是一难解的谜。是他写的吗？他为什么写？他怎么写的？他什么时间开始写的？如果放在英国维多利亚王朝，段成式一定会遭遇到莎士比亚是不是莎士比亚式的质疑。

晚唐时期，政治黑，社会黑，好像文化还不怎么黑，甚至有一点小繁荣，混迹其中的段成式，以诗文名于世，而这部《酉阳杂俎》，并没有给他带来什么荣光。连他自己也说："固役不耻者，抑志怪小说之书也"，不怎么当回事。甚至说："成式学落词曼，未尝覃思，无崔骃真龙之叹，有孔璋画虎之讥。饱食之暇，偶录记忆。"这就是中国文人的过度谦虚了，谁会相信这样一部前无古人、后无来者的《酉阳杂俎》，是他吃饱了饭没事干的消遣之作呢？平心而论，别看《全唐诗》有其诗一卷，与温、李齐名，但其水平，比温庭筠差，比李商隐更差。别看《全唐文》收其文十数篇，也都一般而已，无甚光鲜可采。因此，数十首诗，十数篇文，一个唐代的三流作家，似乎不大可能写出这部堪比撒马尔罕的金桃，具有创世纪性质的作品。

关于撒马尔罕的金桃，谢弗这样说："究竟是一种什么样的水果，这种水果的滋味又到底如何，我们现在已无从推测了。种种奇妙的传说，使这种水果罩上了一层耀眼迷人的光环，从而也就顾了唐朝人民所渴求的所有外来物品以及他们所希冀的所有未知事物的象征。"渴求知道自己身外的一切，从海内到海外，从苍穹到地核；希冀了解所有未知事物，从过去到未来，从天庭到幽冥，也许是每个人的天性。段成式这部《酉阳杂俎》所以被视为空前绝后之作，就因为他简直像魔法师般，突然间抛出来这枚灿烂无比的撒马尔罕金桃。

一个三流文人，能释放出如此文学能量，就更是谜中之谜了。《新唐书·段成式传》载其"博学强记，多奇篇秘籍"，而他这部书名中"酉阳"二字，似乎影影绰绰含意其中。酉阳，乃湘南沅陵境内小西山的别称，据南朝宋盛弘之《荆州记》："小西山上石穴中有书千卷，相传秦人于此而学，因留之。"后遂以"酉阳"借指传世稀见的书籍。段成式在秘书省为校书郎，拥有国家图书馆般的优越读书条件，而且他果然下了功夫,"秘阁书籍披阅殆遍"。再加上他家历代为官,历代好文,收藏典籍,积笥充箧,据此推论段成式能够写出《酉阳杂俎》,或许与此有关。

这样的推断,有道理,也没有道理。纪昀为四库全书总编辑,有机会看到当时现存的所有书籍,而且,他也步段成式后尘,乐此不疲地著志怪小说,写得津津有味,不少篇章,堪属佳品,整体读去,可称上乘。然而,若是将《酉阳杂俎》和《阅微草堂笔记》放在一起,你会想起一句老百姓常说的话,瘦死的骆驼比马大,这两位从事志怪体小说写作的古代文人,根本就没有什么可比度。所以,书读得多,文章写得好,有一定的因果关系,但对段成式这种突如其来的爆炸式的文学能量,就不是决定因素了。

现在,也弄不清楚段成式何来这股神力,将源远流长的志怪体中国小说,推向如此蓬勃的高潮。有这样一部杰作,实中国文学之幸。若是当代小说家能够发挥段成式在这部著作中所表现出来的想象力之十分之一,我估计时下的小说作品,不至于如此狗屁。鲁迅在《中国小说史略》中引用过其书卷十四《诺皋记上》的一则故事,以证其对此书"多古艳颖异"的评价:

大历中，有士人庄在渭南，遇疾卒于京，妻柳氏因庄居。一子年十一二，夏夜，其子忽恐悸不眠。三更后，忽见一老人，白衣，两牙出吻外，熟视之。良久，渐近床前。床前有婢眠熟，因扼其喉，咬然有声，衣随手碎，攫食之。须臾骨露，乃举起饮其五藏。见老人口大如簸箕，子方叫，一无所见，婢已骨矣。数月后，亦无他。士人祥斋，日暮，柳氏露坐逐凉，有胡蜂绕其首面，柳氏以扇击堕地，乃胡桃也。胡氏遽取玩之掌中，遂长。初如拳，如碗，惊顾之际，已如盘矣。曝然分为两扇，空中轮转，声如分蜂。忽合于柳氏首，柳氏碎首，齿着于树。其物因飞去，竟不知何怪也。

看看，这个段成式，何其了得！故事的前半部分，为常见桥段，不足为奇。而后半部分，其惊悚，其恐怖，其匪夷所思的想象力，其强烈刺激的冲击力，真是到了"目眩神骇，愕眙而不能禁"的程度。如果说，如拳如碗地膨大，尚在可以理解的范围内，大到磨盘，分为两扇，发出轰然巨响，就绝非凡人的常识所及，而这两具沉重的磨盘，如不明飞行物在空中作轮式旋转，那场面之声势凌厉，那情景之怪诞离奇，即使美国好莱坞大片，也构思不出来。可怕的还在后面，大历，为晚唐代宗李豫的年号，在公元6世纪的唐朝天空里，竟然出现双子座UFO，奇也不奇？怪也不怪？而且呈夹攻之势，目标柳氏头颅，忽然合击过去，立刻碎为齑粉，其冲撞的烈度，从迸裂出去的牙齿，如流弹般嵌入到庄居的树干上，当不亚于一尊无后坐力炮的发射。

你如果是一个真正懂得小说的作家，能不为段成式这份令人崩溃的想象力，拍案叫好么？

段成式笔下，点点滴滴，无不精彩，略举一例，即见端倪。唐文宗李昂的亲信、翰林侍读学士郑注，当他调动工作，由京城前往河中，也就是山西永济，即蒲州府赴任时，行李箱笼，囊匣细软，车装马驮，甚嚣尘上。宠臣之跋扈，权贵之威风，不着一字，即可想象。接下来的镜头，尤为可观，"姬妾百余尽骑，香气数里，逆于人鼻"，这种唐朝的浪漫，着实让今人生出许多绮丽的遐思。试想，这百十位正值青春年华、处于性放肆的求偶期妇女，戴红绡帕子，披薄纱巾子，脸白唇红，腰纤胸丰，骑在高头大马上，飞也似的疾驰于那时的国道上，莺莺燕燕，欢声笑语，打情骂俏，媚眼乱抛，仅她们身体里贲张散发出来的雌激素，也会撂人一个跟头，更何况满坑满谷的脂粉气、麝香味，扑面而来，这一路上，不但雄性动物经受不住，甚至雄花雄蕊，也为之色变。"瓜，恶香，香中尤忌麝。"所以，段成式最后这样写道："是岁自京至河中所过路，瓜尽死，一蒂不获。"这种吝墨如金的神来之笔，你岂能不为之浮一大白？（见卷十九《广动植类之四》）

鲁迅在《中国小说史略》里对这部著作赞赏不已，"或录秘书，或叙异事，仙佛人鬼以至动植，弥不毕载，以类相聚，有如类书"。这个段成式，简直神了，其见闻之广博，其信息之多源，其知识之深邃，其考证之认真，一派大家气象。仅以卷十九《广动植类之四·草篇》为例，收入其中的植物达70多种，或状其形，或述其用，或言其神奇来历，或道其妖魅故事，精彩纷呈，目不暇给。即使太常见的蔬菜茄子，在他笔下也能形成一篇精致的知性散文来：

> 茄子本莲茎名，革遐反。今呼伽，未知所自。成式因就节下食有伽子数蒂，偶问工部员外郎张周封伽子故事，张云："一名落苏（作者按：至今在上海的菜市场里，仍可听到地道本地人，以此名称呼茄子），事具《食疗本草》。此误作《食疗本草》，元作《拾遗本草》。"成式记得隐侯《行园》诗云："寒瓜方卧垅，秋菰正满陂。紫茄纷烂熳，绿芋郁参差。"又一名昆仑

瓜。岭南茄子宿根成树,高五六尺。姚向曾为南选使,亲见之。故《本草》记广州有慎火树,树大三四围。慎火即景天也,俗呼为护火草。茄子熟者,食之厚肠胃,动气发疾。根能治灶瘃。欲其子繁,待其花时,取叶布于过路,以灰埋之,人践之,子必繁也。俗谓之嫁茄子。僧人多炙之,甚美。有新罗种者,色稍白,形如鸡卵。西明寺僧造玄院中有其种。《水经》云:"石头西对蔡浦,浦长百里,上有大荻,荻浦下有茄浦。"

其他,如《护门草》:"常山北,草名护门,置诸门上,夜有人过辄叱之。"如《睡莲》:"南海有睡莲,夜则花低入水,屯田韦郎中从事南海,亲见。"如《异蒿》:"田在实,布之子也。大和中,尝过蔡州北。路侧有草如蒿,茎大如指,其端聚叶,似鸒鸐巢在颠。拆视之,叶中有小鼠数十,才若皂荚子,目犹未开,啾啾有声。"如《梦草》:"汉武时异国所献,似蒲,昼缩入地,夜若抽萌。怀其草,自知梦之好恶。帝思李夫人,怀之辄梦。"如《雀芋》:"状似雀头,置干地反湿,置湿地复干。飞鸟触之堕,走兽遇之僵。"等等,无一不是闻所未闻的离奇古怪,也无一不是见所未见的诡异荒唐,同时,也让读者无一不叹为观止，无一不为之钦服。

所以，鲁迅认为他的志怪体小说，"可与唐人传奇，并驾齐驱"。在他看来，中国传统小说无非两道，一曰志怪，一曰志人，前者主虚，后者求实。主虚，神驰八极，心怀四溟，只有你想不到的，没有你写不到的。求实，心系闾间，笔下春秋，重感知体验，尚逼真深刻。放在今天的文学环境中，主虚和求实之不同，也就是浪漫主义和现实主义之分野。然而，在中国文学史上，溯小说之起源，始之神话，继之传说，然后归为志怪。志怪体小说，要早于志人体小说。但后来，中国文学之浪漫主义的不发达，而造成现实主义的大流行，正是鲁迅在《中国小说史略》中分析神话为什么衰微时所说："一者华土之民，先居黄河流域，颇乏天惠，其生也勤，故重实际而黜玄想，不更能集古传而成大文。二者孔子出，以修身齐家治国平天下等实用为教，不欲言鬼神，太古荒唐之说，俱为儒家所不道，故其后不特无所光大，而尤有散亡。"于是，志怪体小说逐渐退到文学的边缘地位，志人体小说终于成为文学主流力量。

最有趣的例证，当下流行的四大文学名著，《三国演义》《水浒传》《红楼梦》属于志人，《西游记》属于志怪，三与一之比，便可说明。

由此可见，中国的传统小说，很像一株同根大树，上分为二，各领风骚。一曰志怪，或以《山海经》为代表；一曰志人，或以《世说新语》为代表。千百年来，向阳的志人一枝，长势喜人；背阴的志怪一枝，便显凋零。到了五四新文化运动，"德先生""赛先生"登场，中国人一看穿洋服的，容易腿软。长袍马褂的旧文化、旧小说，不是偃旗息鼓，就是打入冷宫。最悲催的莫过志怪体小说，在孔夫子当道时尚且自惭形秽，退避三舍，如今连靠边站的地位也保不住了。

辛亥革命虽然在政体上由专制走向共和，但整个中国出现真正意义上的变化，应该是从废除文言文，改用白话文的"五四运动"开始的。废除文言文，并非废除文言文古籍，这是用脚后跟思考也懂的道理，然而，中国人自打秦始皇焚书后，对于书籍便有了从娘胎里带来的恨。从此，《酉阳杂俎》就在图书馆的书库里，坐冷板凳了。

而作为新文化运动的先知先觉者们，浅薄者众，过犹不及地肯定其实未必值得肯定的新事物，而唯恐不完全、干净、彻底地否定也许并不完全应该否定的旧事物，这是"五四"这一锅夹生饭的由来。20世纪，尤其后半叶，每逢进入这种政治的、经济的、文化的转捩关头、最初阶段，总会出现一股极左倾向。这当中,既有思想幼稚的冲动,也有投机取巧的过激,更多的却是一窝蜂随大流的盲从。在中国,半百以上年龄的人,无不受过此等炼狱的熬煎。

1924年7月,鲁迅先生在西安讲学时,谈到中国小说的历史变迁,认为"中国进化的情形,却有两种很特别的现象:一种是新的来了好久之后而旧的又回复过来,即是反复;一种是新的来了好久之后旧的并不废去,即是羼杂"。反复,现在叫复辟;羼杂,其实是顽固。从鲁迅先生的口气里,我们听得出来这是历史转型期间,人们常见的喜新厌旧的时尚心态。新的,总是好的;旧的,总是不好的。因此,"五四"时期,那些新文化运动中的领军人物,既非圣贤,也非全知,未必能够清醒地、冷静地,持一种不依不阿的独立思考精神,来正确对待新、旧文化中何之为好,何之为不好。思想偏执,情绪过激,行为粗糙,做法生硬,都有发生的可能。于是,对于新的,吸取应该吸取的,而未能做到谢绝应该谢绝的;同样,对于旧的,扬弃应该扬弃的,却没有保留应该保留的,像倒洗澡水一样,连孩子也一股脑地泼出去。

"五四"很伟大,但并不完美,过激,过度,过左,过于幼稚,在所难免。刘半农甚至倡议废除汉字,改用拉丁拼音；鲁迅也曾发出过"我以为要少——或者竟不——看中国书，多看外国书"的愤激之言。所以，他说："文艺，文艺之一的小说，自然也如此。例如时至今日，而许多作品里面，唐宋的，甚而至于原始人民的思想手段的糟粕都还在。"这篇西安演讲的结论，就具有那个时期的偏颇色彩了。

动辄以"糟粕"定性某些文艺现象、某些文学作品，只能是一种政治行为。逞一时之快，是做得到的，但事后擦屁股，就费手脚了。要是懂得庄子《知北游》所说"是其所美者为神奇，所恶者为腐朽。臭腐复化为神奇，神奇复化为臭腐"的深刻性，就会明白话不可说绝，事不可做绝，将志怪体小说赶尽杀绝的这一个世纪，对于中国文学的发展，所产生的消极影响，难以估量。

这样，志怪体小说，遂被腰斩至今，造成中国文学的百年缺失，半边存活，半边枯僵的这株大树，倒也是目前半吊子中国文学的写照。

长期以来，中国作家，特别是小说家，已经不知道志怪体写作为何物，当然也不知道志怪体小说写作的特点。志怪和志人，既有写作手法上相互采纳的共同之处，也有主旨迥异、泾渭有别的个性特点，正是这两种文体的合璧，才能构成中国文学的辉煌灿烂。现实主义或者写实主义，成为中国小说家奉为圭臬的唯一写作手段，是从五四新文化运动开始的。20世纪30年代作家如此，40年代作家如此，50年代作家更如此，甚至60年代知青作家也跳不出来，前后整整100年，小说之路，越来越狭窄，作家的想象力，越来越萎缩，文人的浪漫精神，越来越乡愿。现在来看，可以说是害人不浅，遗患无穷。

庄子《逍遥游》是以这则寓言开篇的：

> 北冥有鱼，其名曰鲲。鲲之大，不知其几千里也。化而为鸟，其名为鹏。鹏之背，不知其几千里也。怒而飞，其翼若垂天之云。……齐谐者，志怪者也。谐之言曰："鹏之徙于南冥也，水击三千里，抟扶摇而上者九万里，以六月息者也。"……蜩与学鸠笑之曰："我决起而飞，抢榆枋，时则不至控于地而已矣；奚以之九万里而南为？"适莽苍者，三餐而反，腹犹果然；适百里者，宿舂粮；适千里者，三月聚粮。之二虫又何知！

蜩，即蝉；学鸠，即灰雀，隔树交谈，高声朗语，既快活，又欢畅。这一个说："你飞到我这里来，我飞到你那里去，不过咫尺，一跃即至，干吗一飞就是九万里呀？有毛病不是？"那一个说："飞千里之遥，光粮就得准备三个月，累不累呀？"于是，在榆树和枋树之间的这两位，坚持现实主义自得其乐的小动物，奚落了鲲，嘲笑了鹏，活跃在这两棵树的全部世界里，一个称王，一个为霸，其沾沾自喜，其得意万分，满足得不行，幸福得不行。

蜩和学鸠，既然把自己的可怜的想象功能，定格在榆树和枋树这样有限的空间里，还指望它们所写出来的作品，那意象，那境界，那视野，那幅员，能拓展出多大的局面？正如《淮南子》所说："井鱼不可以语天，拘于隘也。其视也卑，其思也微，其见也下，其明也昧。"蜩和学鸠，守着那两棵树，下辈子也休想如鲲如鹏那样，具有汪洋恣肆、波澜壮阔的大气度，狂飙奔放、撼天动地的大气派，大开大阖、大收大放的大胸襟，所以，也就不可能具有风云变幻、气象万千的大手笔。

因此，段成式的这部《酉阳杂俎》，作为训练作家想象力的教科书，是不错的。

风流陶学士

唐宋之间的五代，可以说是中国文学的空窗期。除了薄薄一本《花间集》外，乏善可陈，回首望去，真是可怜兮兮。

有什么办法呢？从907年到960年，半个世纪的北中国，除了战乱，就是乱战，杀过来，砍过去，一片血雨腥风。杀红了眼的人们，就不会把心思放在文学上了。本着逃命第一、活着第一、保住脑袋第一的文人，哪里还有闲心坐下来寻章觅句呢？虽然有"愤怒出诗人"一说，但真是到了饥寒交迫、枪林弹雨、命悬一发之际，是绝对出不了诗人的。

不过，在此空窗期间，有一位能在生死夹缝之中，应付裕如的文人，值得刮目相看。他就是出生于唐昭宗天复三年（903年），逝世于宋太祖开宝三年（970年）的陶谷。

平心而论，作为文人的陶谷，不过中人之资而已。《旧五代史》这样说过："时中原多难，文章之士缩影审迹不自显。"于是，山中无老虎，猴子当大王，他就突显出来。此人虽文采不高，灵韵不足，但其记忆力堪称绝活，能记住别人因为逃难，因为奔命，因为求生，因为糊嘴而忘掉的文章故实、书本常识、经典源流、礼仪制度。赵翼在《廿二史札记》中称他"仓猝一问，即能援引故事，可见熟于典故，腹笥中无不有也"。放在他朝他代，陶谷只不过属于不上不下、不高不低的泛泛之辈，可在整体平庸、无大作为的五代文人之中，风流陶学士类似时下在电视上丢脸、在报纸上现眼的文化明星，由于曝光率高，遂也成为显赫人物。

陶学士之风流，缘起于明人唐寅的一幅画，画上的他正向抱着琵琶的上厅行首秦弱兰调情，这幅题名《陶谷赠词》的画，现藏于台北故宫博物院。

后周显德年间，陶谷出使南唐，来到金陵。当时，后周强大，南唐弱小，陶谷牛皮哄哄，目中无人，不把出使国放在眼里。可实际上，自西晋南渡以来，中国传统文化的主脉，乃至正朔所在，民心所望，也都随之南移。六朝故都的金陵，绝非区区的汴梁城堪可比拟的。而李璟、李煜父子的文化软实力，不知强出后周柴荣多少倍。自南北朝起，双方互换外交使节，多选学识渊博之士充任，其中有一点文化较量的意味。武人出身的柴荣，觉得他是块料，而浅薄的陶谷，也认为自己是块料，来到金陵，两眼朝天，凡人不理。这就是浅薄的缘故了，浅薄者，往往不知自己斤量，而不知

唐寅《陶谷赠词》

自己斤量者，常常妄自尊大。这位端着上国架子的陶谷，南唐君臣当然不爱搭理，让他在宾馆闲待着，且不安排接见这位大使的日程，有意识地干着他。

此人在金陵一待好几个月，直到"暮春三月，江南草长，杂花生树，群莺乱飞"之际，落寞孤寂的他，百无聊赖的他，看见一个秀美绝伦的身影，在眼前一闪，虽惊鸿一瞥，却刻骨难忘，这就是唐寅画中那位自弹自唱的秦弱兰。她的真实身份，为金陵名妓，此刻，乔装为宾馆里打工的寒素女子，洒扫庭院，缝补浣洗。那荆钗布裙难掩的天生丽质，那嫣然一笑，那即使铁石人见了也会动心的羞涩，其婉约，其妩媚，其小鸟依人，其楚楚可怜，让陶谷迷恋的同时，也不可救药地坠入情网。秦弱兰，作仰慕已久的文学女青年状，作抑制不住的名人崇拜状，作豆蔻少女的情愫萌发状，作恋恋不舍的风情万种状，这种即兴式表演，对这位欢场女子来说，还不是家常便饭吗？北方来的陶谷，一个土老帽，哪经过江南女子这等温柔缠绵的情色攻势？遂亢奋到不可收拾的发情期中。正如近些年的作家同行，在签名售书时，碰上胸脯比较高的年轻女读者，会情不自禁地多写上两句一样，类似的激素冲动，让陶谷也情不自禁地抓起笔来，给秦弱兰奉献一首情诗，这就是所谓的"陶谷赠词"了。

这首情诗很烂,也就不抄录下来,免得污君尊目了。

作弄陶谷者,乃南唐第一玩家,李璟、李煜父子的重臣韩熙载,现在人证物证俱在,便安排元首接见了。循例,一场国宴招待,一场歌舞表演,是少不了的。宋人文莹的《玉壶清话》说他"容色凛然,崖岸高峻,燕席谈笑,未尝启齿",装得挺像那么一回事,但想不到袅袅婷婷的领舞者是秦弱兰;尤其想不到象牙檀板一响,轻启歌喉的她,会唱出他为她写的那首《风光好》,天哪,差一点就要让陶学士心脏停跳了。这时,他看到坐在李璟身边的李煜,回过头去与韩熙载会心一笑,这才明白是人家设了个局,把自己当大头耍了,羞得无地自容的他,恨不能找个地缝钻进去。

在唐寅看来,风流,重在过程,哪怕是春风一度,然而是淋漓酣畅的风流,也就足够足够,何必拘泥于因果?唐解元是真正的风流文人,他不赞成陶谷怕出丑的假正经。他在画上题了四句诗:"一宿姻缘逆旅中,短词聊以识泥鸿。当时我作陶承旨,何必尊前面发红。"这就是唐伯虎的浪漫精神了,既然你已经风流了,而且那也是你值得风流的缱绻情缘,还用得着不好意思吗?因此,陶谷的正经,不过是假正经;陶谷的风流,也不是什么真风流。正经也好,风流也好,这种性格组合中的矛盾现象,本属人之正常心态。可他偏要装蒜，偏要拿糖，风流就风流吧，他装正经；正经就正经吧，他又忍不住风流。这样一来，难免包裹不住，就会尴尬，一旦露出马脚，会里外不是人。

然而，他很走运，尽管出了这样一件外交丑闻，大家等着他受柴荣收拾；甚至他为秦弱兰写的那首情歌，从金陵越江传唱到汴梁，三瓦两舍也流行不已，上了歌曲排行榜，世宗听见也只当没听见，因为，陶谷出使南唐，是他的主意，所以，也就免于问责。大家除了羡慕他的命好之外，也只能没脾气。因此，陶谷之名，与其风流，与其博学，无大关联，而是因为他总能化险为夷，总能遇难呈祥。尤其在朝廷不断更迭，主子经常变换的时代里，总能取得成功，总能避免失败，那就更是奇迹。

凡赌博，能没有输赢吗？凡炒股，能没有赔赚吗？可他，却是稳赢不输，稳赚不赔，不免要招人艳羡，引人物议了。陶谷这个人，说得雅点，叫作识时度世，先人一步；说得俗点，那就是抢尖卖快，投机取巧。类似冲浪运动员，站在滑板上弄潮而去，只要身手敏捷，动作迅速就行。这类成功者通常用不得高智慧，因为高智慧者高计谋，高计谋者高审慎，而高审慎的结果，一误事，二误时。关键还在于陶谷不仅下手快，而且下手黑，就这样风口浪尖、步步登高地陡了起来。

陶谷，字秀实，邠州新平人。《宋史》称："本姓唐，避晋祖讳改焉。历北齐、隋、唐为名族。祖彦谦，历慈、绛、澧三州刺史，有诗名，自号鹿门先生。父涣，领夷州刺史。"出身于官员世家、书香门第的他，正好赶上晚唐乱世，不知什么原因，也不知什么罪名，陶谷的父亲唐涣，被邠州节度使杨崇本杀害了。唐代的夷州在今之贵州境内，估计黄巢之乱，陶谷的父亲无法举家赴任；所谓"领"，也许就是挂个空名吃饷而已。而按《宋史》所说："唐季之乱，为邠帅杨崇本所害，时谷尚幼，随母柳氏育崇本家。"节度使杨崇本，当然是绝对的王八蛋了，不仅杀害了陶谷之父唐涣，还霸占了陶谷的母亲柳氏。

唐末的节度使，下辖若干州、若干县，拥军自重，世袭罔替，相当于一个土皇帝。陶谷之母被夺来后，不过是他拥有的众多妻妾之一，地位与奴婢无异。因此，陶谷从三岁起，与母亲一起，在帅府里艰难度日，备受熬煎，可想而知。尤其陶谷，在有杀父之仇的人家屋檐下，寄生求食，基本上过的就是谁都可以唾他一口、踹他一脚，虫豸不如的岁月。要是他不学会如何低三下四地适应，不学会如何卑鄙无耻地图存，不学会如何迎合，如何巴结，如何讨好，如何投机，在那个杀一个人如杀一只鸡，而要弄死他比碾死一只蚂蚁还容易的高风险环境里，简直就是活不成的。

杨崇本，兵痞出身，狗屁不是，但他投靠更大地盘的节度使李茂贞，认其为父，自称假子，死抱大腿，倚势成为邠州节度使。唐朝之亡，藩镇割据，是原因之一。而与李茂贞相颉颃的朱温，为扩大领地，欲吞并邠州，用强兵压境，迫杨崇本就范。杨求救于李茂贞，李无力应战，眼看着他的假子杨崇本，只有服输请降一途。朱温假惺惺地认可杨的效忠，令其改回本姓，姓杨而不再姓李茂贞的李，继续做他的邠州节度使。

如果说杨崇本杀害唐涣，是为了得到陶谷的母亲，那么，朱温施压邠帅，这其中也有一个女人的影子。那就是"素有姿色"的"崇本妻"，艳名远播，早在好色朱温的垂涎之中。此刻杨已低头认软，朱温也就无需客气，更用不着商量，一顶软轿到邠帅府中，直抵内室，不由分说地载着杨妻，大摇大摆地抬了回来，"嬖之于别馆"。杨崇本对朱温这种居然毫不见外，连招呼也不打一声的抢人行动，是可忍，孰不可忍，拔出刀来要拼个死活。

朱温哪里在乎他的威胁，这个和黄巢拜过把子的老贼首，不屑地说：你以为你是谁？敢朝我亮刀？你施之于唐浣的夺妻术，我为什么不可在你身上拷贝一次？帅府里的亲信们，力劝杨崇本少安毋躁，拔出来的那把雪亮的刀，快快地又插回鞘里。这个还算是有血性的男人，心不能甘，"耻其妻见辱，因兹复贰于朱温"，并与李茂贞联合，"天祐三年冬十月，崇本复领凤翔、邠、泾、秦、陇之师，会延州胡章之众，合五六万，屯于美原，列栅十五，其势甚盛，朱温命同州节度使刘俊及康怀英帅师拒之，崇本大败，复归于邠州，自是垂翅久之。"朱温总是不放心这个杨崇本，怕他反复，私底下与杨崇本当年反目的儿子杨彦鲁取得联系，只要他使其父从人间蒸发，他爹邠州节度使的位置，就正儿八经属于他。

于是，这一场骨肉残杀的家族悲剧，几乎都是在时已少年的陶谷眼前发生的：先是，儿子诓称救父而来，父子重修旧好，尽释前嫌；接着，帅府大庆团圆，举杯畅饮，儿子乘机下鸩，毒弑其父；然后，杨崇本的义子李保衡，心有不甘，纠集余部，团团围住帅府，将只做了50多天邠州留后的杨彦鲁，大卸八块，枭首示众。这样，邠州节度使的豪宅里，一片刀光剑影，血雨腥风，到处乌天黑地，鬼哭狼嚎。乘人不备，陶谷拉着他的母亲，突破樊篱，摆脱羁绊，如同好莱坞动作大片那样，"逃出生天"。

陶谷的家乡邠州，即今之陕西彬县，明末诗人陈子龙有一首《渡易水》的诗，起首"并刀昨夜匣中鸣，燕赵悲歌最不平"两句，句中的"并刀"，就是此地的名产。邠州出并刀，是与该郡介于漠北游牧民族与中原农耕社会之间，拥有独特的地理位置有关。邠州本为兵家必争之地，加之盛产煤铁，由于战争需求，促使锻冶制铁工艺发达。一个出兵器的地方，一个好打仗的地方，那必然也是一个杀人如毛的地方。因此，削铁如泥、血不沾刃的并刀，便成为当地人必持的利器。陶谷从三岁起，就生活在这一把把血腥并刀的杀来杀去中。血淋淋的现实，令童年的陶谷明白了一条最消极的真理，谁手里握有利器，谁就是胜者。

当他逃出帅府，脱离魔爪，得以走自己的路，打拼自己的世界时，他才懂得，他所追求的利器，并非他家乡的名产并刀，而是他在帅府里那巴结讨好，逢迎谄媚，巧舌如簧，无廉无耻，得以保命，得以苟活下来的卑鄙。若无这一份别人做不到的卑鄙，在那虎争狼斗的环境里，他早化为齑粉，连骨头渣子都不剩。因之，他相信卑鄙，崇拜卑鄙，只要能卑鄙，只要敢卑鄙，便无往而不利。

在五代那个乱世里，有枪便是草头王，统治者悉皆武人出身，这班大字不识几个的篡国者，一旦登基，坐稳江山，就一定学会附庸风雅，就一定要用几个文化人来装点场面。这是中国官场的流行性感冒，很具传染性。我就见识过这种抽冷子就斯文起来，就秀才起来，就书香起来，就满腹经纶起来的官员文人，书出好几本，诗写若干篇，毛笔字很利索，居然还有一点儒雅意味，令人讶异。陶谷是一个何等眼明手快的角色，他吃准了当权的兵爷们忽然偃武好文的这一口，岂能错过大好良机。不用太大功夫，他便以诗名闻于乡里，在那个文化断档的年头，陶谷遂渐为人知。

凭着钻营，凭着干谒，凭着招摇撞骗，凭着三寸不烂之舌，陶谷很快被举荐为校书郎，并委为单州军事判官。他当然不会就此满足，不安于位的他，很快巴结上后晋宰相李崧。从后晋起，历后汉、后周，直到北宋，连续四朝为官，不但官位越做越高，他的文望也越来越大。若他健在到今天，不但在官场上如鱼得水，在文坛上也会春风得意，我估计他一定是个牛皮哄哄的双响炮。

宋人曾巩的《隆平集》称他："博记美词翰，滑稽好大言，佛老之书，阴阳之学，亦能详究。憸险巧诋，为时论所薄。"元人脱脱的《宋史》称他："强记嗜学，博通经史，诸子佛老，咸所总览，多蓄法书名画，善隶书。为人隽辨宏博，然奔竞务进。闻达官有闻望者，则巧诋以排之，其多忌好名类此。"

无论"倾险巧诋"，无论"奔竞务进"，不过都是"卑鄙"的另一种说法罢了。

陶谷的发迹，很大程度上得益于后晋的宰相李崧。若无这位老先生的提携，他也许永无出头之日。

起家于校书郎、单州军事判官的他，此等低级职务的公务员，其勃勃野心当然不满足。若要想一步登天，而不是老死牖下，东京才是他的努力方向。他认为自己这一肚子学问，只有前进首善之区，才有发展余地，如同当下许多人偏要为"北漂一族"，在北京城里求发达一样，所以，他立定心思要到汴梁。但当时要想登上仕途，没有官场重要人物的保举，是难操胜券的。陶谷善投机，敢投机，对所有当权派逡巡一过，洋洋洒洒数千言的自荐书，直送当朝一品的李崧府上。

后晋天福年间，李崧、和凝二人同为宰臣。按理，陶谷的信应该送到和凝的府邸才是，从《花间集》收录和凝词二十首看，为相的和凝同时还具有诗人身份，以诗文知名的陶谷，厚厚脸皮，以"知音"二字攀附巴结，也许能够得手。若按五代孙光宪的《北梦琐言》所说，"晋相和凝少年时好为曲子词，布于汴洛。契丹人入夷门，号为'曲子相公'"，那就更有共同语言了。陶谷之诗，后来能被秦弱兰唱成流行歌曲，足见在通俗化方面，与这位当朝人物堪称同好。

可陶谷很绝，舍去具有契合可能的和凝，而一门心思对不怎么搭界的李崧下功夫，走他的门子，这是精算到家的抉择，并非瞎猫碰上死耗子地乱打乱撞。

鬼精鬼精的陶谷，也算是揣摩透了：凡作家文人之类，多自善，好嫉妒，同行之间，融洽者少，常持关门拒绝、白眼相向之势。所以文坛一众，是非频繁，你长我短，纷争不断。而学者儒文之士，重传承，爱教诲，扶掖后辈，不遗余力，总是采取来者不拒，双臂欢迎之态。儒林之中，门户之分，也是有的，但前辈后辈之间，打得不可开交者少。所以，孔子门下有七十二弟子，而屈原、司马迁跟前，连一个跟屁虫也不见，这就是文人和儒士的差别。

五代战乱，造成整个社会动荡不宁，不但读书者少，连识字者也不多，文化低下的官员，甚至连一纸公文，也写得不成体统。《旧五代史》载："同光初，崧以参军从事，时推官李荛掌书。崧见其起草不工，密谓掌事吕柔曰：'令公皇子，大卜瞻望，至于尺牍往来，章表论列，稍须文理合

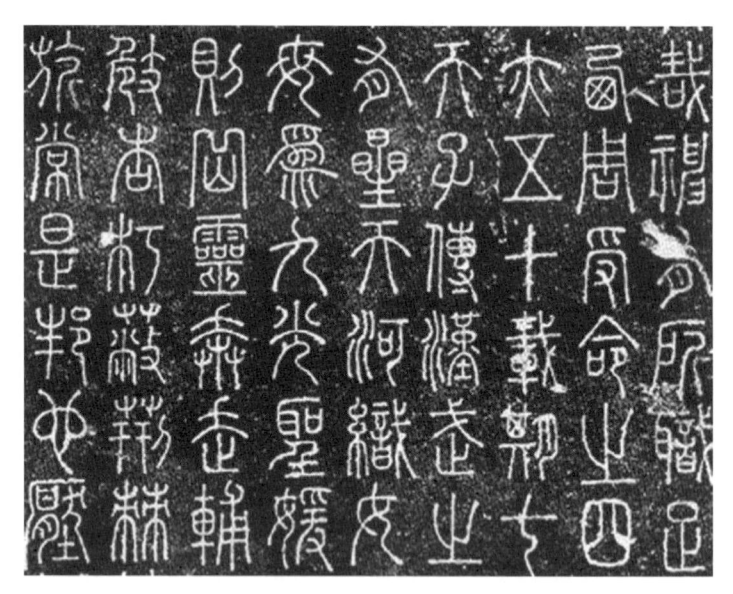

陶谷手书《天圣碑》，世称篆体杰作

宜。李侍御起草未能尽善。'吕曰：'公试代为之。'吕得崧所作，示卢质、冯道，皆称之。由是擢为兴圣宫巡官，独掌奏记。"李崧看到陶谷的信，眼睛为之一亮。因为他不仅工于文法，精于用词，长于典故，而且善于隶书，那一笔字也让李崧叫好不迭。

且不论李崧越俎代庖，独掌书记，夺了别人官位之手段，令人不敢恭维。但他爱才这一点，值得肯定。铁心提拔陶谷，也是实情。固然陶谷的这封自荐信，其用词遣字之讲究，其为文立意之功夫，得到他的首肯。更主要的是整篇信中，除了陶谷不露声色地自我表扬外，更多的是对这位前辈老先生的仰慕啊，推崇啊，以及赞美他这些年来，从政时提倡正道，砥柱中流；为文时兴灭继绝，领袖儒林。如此等等，不一而足。大灌米汤而不肉麻，大肆吹捧而不下作，这就是陶谷的文字能耐了。李崧读信至此，不禁抚须呵呵，连呼好后生啊好后生！这个世界上有几个人是不吃捧的呢？又有几个人是不爱被人戴高帽的呢？

陶谷够阴，他还打探到这位当朝人物"幼而聪敏，十余岁为文"的光荣史，而他自己也恰恰是"十余岁能属文"过来的，他突出这一点，强调这一点，表明其来有自，是童子功，是家族基因，凭着你我同类项的情分上，也会取得李崧对他的信任和支持。果然，李崧兴冲冲地找到和凝，说服他，"人才难得啊老兄！"邀他共同署名，向后晋高祖石敬瑭保举，那有什么犹豫的，立被任命"著作佐郎、集贤校理"，很快改"监察御史，分司西京"。不多久，调回首都汴梁，迁"虞部员外郎、知制诰"。在此期间，李崧视他为嫡系，为股肱，关照备至，陶谷倚他为靠山，为后盾，得其所哉，从此走上坦途，一路发达。

五代时期的中国人，活得艰难，活得委琐，可想而知。陶学士不但活下来，而且活得不赖，声色犬马，吃喝玩乐，极尽享受之能事。他的一部《清异录》，至今仍是具有阅读价值的博物著作。这部书里，有这样一段自诩的文字："余家有鱼英酒盏，中陷园林美女象。又尝以沉香水喷饭，入碗清馨。左散骑常侍黄霖曰：'陶翰林瓿里薰香，盏中游妓，非好事而何？'"从中可以读出他的潇洒，读出他的优裕，更能读出他质量怪不错的生活。

陶学士所以能够如此优哉游哉，不亦乐乎，确实也非易事。他必须不停地扳倒对手，消灭劲敌，荡平障碍，铲除隐患；还需要不断地摆脱危机，跳出险境，逃过劫难，免遭打击，只有这样抖擞精神，悉心投入，才能始终保持金刚不坏之身。在那一翻两瞪眼，不是你赢就是我输的赌桌上，陶学士绝对不是一个吃素的谦谦君子，什么做人准则，什么道德底线，都是可以闭上一只眼，横下一条心，不管不顾的。

五代政权，都很短命，后梁16年，后唐13年，后晋11年，后汉3年，后周9年。篡唐为晋的沙陀人石敬瑭是中国全部帝王中最异类的一个，因为他得帝位获契丹的帮助甚大，遂割燕云十六州为酬，成为有史以来最大的卖国贼；因为他坐稳江山必求得契丹的保护，遂拜比他小10岁的辽太宗耶律德光为父，成为有史以来第一儿皇帝。在这种败类政权之下，陶谷居然混得不错，"后晋天福九年（944年），加仓部郎中"，还能升官加爵，也就不必奇怪了。石敬瑭死了以后，其侄石崇贵继位，论辈分应该是孙子皇帝，稍有最后一点尊严的人，也不能忍受这等难堪，一咬牙与契丹翻脸相向。于是，自以为是爷爷辈的契丹君王，兴兵南下，讨伐忤逆，很快攻下开封。可辽兵订将，难耐河洛地区的暑热，辽主下令，拔营北归，同时还裹胁着石崇贵与大批后晋官员同行。李崧和陶谷在劫难逃，成为人质，被押往北方。

石敬瑭的部将刘知远，也是一个沙陀人，篡晋为汉，当上五代时期的第四朝皇帝。现在已经无法查找出来，陶谷为什么能够很快逃出羁绊，回到汴梁，而李崧却迟至两年后才被辽国遣返？只有一个答案，过去，当陶谷受到李崧庇护时，他鞍前马后趋奉恩师，半步不离左右；此刻，当李崧成为陶谷的累赘时，他就要想方设法甩掉包袱，唯恐沾包了。对饿得快死的人来说，只有一个馒头，你吃你能活下来，他吃他也能活下来，但两人共吃这个馒头，谁也活不下来。李崧是宽厚长者，人称儒相，颇能体谅太现实的陶谷，那你就独吃这个馒头而去吧！后来，他也终于回到开封，才知道早投奔刘知远者早得利，陶谷获给事中一职，有点实权，而晚来一步的李崧，却只给了一个太子太傅的闲差。而令李崧尤感失落者，这位前朝大臣晚回来一步，竟连立足之地也没有了。因为他在开封的两处府邸，在洛阳的一处行馆，都被刘知远赏赐给他的宠臣苏逢吉了。

万般无奈的李崧，拜托陶谷为之缓颊。因为他担任的给事中，隋唐以后又称给事郎，其职责是掌驳正政令之违失。李崧以为自己还是陶谷的恩师，谁知却重演了一出中国版的《农夫与蛇》。

据说陶谷一出娘胎，瞳仁就是绿的。估计他的母亲柳氏，有可能系胡人，也许属突厥族，才会有这样人种上的变化。因此，宋太祖赵匡胤死活看不上他，知道他有一肚子学问，不能不用他，可又不敢大用他，其理由就是这个陶谷"长有一双鬼眼"。然而，正是这对鬼眼，看清形势，认准方向，顺风顺水，扶摇直上，后晋天福九年加仓部郎中，这大概是李崧作为他恩师最后一次为他卖力。然后，仅仅四年，后汉因刘知远一死而完蛋，成为不仅在五代，在中国历史上也是最短命的政权。开封市民一觉醒来，"城头变幻大王旗"，刘知远的部将郭威篡汉为周，改朝换代的老戏码，又重演了一回。在五代最后一朝中，陶谷继续走运，因为他对周世宗，尤其巴结得紧，而贩茶出身的柴荣，文化不高，但爱好读书，因之对腹笥瞻博的陶谷，颇为重视。于是陶也就官运亨通，越发显赫，在那走马灯似的政权里，他特强的存活力，差可与那位有名的长乐老冯道媲美。

这种将夺君权的篡国行径，直到960年，大宋王朝建立，才得以寝息。其实赵匡胤陈桥兵变，采取的也是郭威的一手，不过，赵匡胤回避了他老长官举事仓促，临时裹了黄旗一面，就称帝的草率，所以他让其弟赵光义事先准备了一件黄袍，这样，他从陈桥驿进军开封城时，多少显得体面一些。篡国是兵将的事情，称帝则是文官们的工作了。篡国可以不讲规矩，什么手段都可以用。称帝必须要有仪式，这才能使其武装政变合法化。而要合法化的第一件事，就是要表明这江山不是你强行夺取的，而是上一朝禅让给你的。要后周恭帝柴宗训和符太后，做出甘心禅让的姿态。而且按惯例，赵匡胤还要假惺惺地表示不肯接受，于是乎，这孤儿寡母还得再走一次过场。虽然这是很滑稽的游戏，但对于讲形式主义的中国人来说，不一脸严肃认真地游戏是不行的。而陈桥兵变，事出仓促，加之，他的老弟赵光义和那个读书甚少的赵普，对于历史上的禅让大典究竟有哪些桥段，相当二五眼。等到大幕揭开，主角掀开门帘上场，才发现未给柴宗训和符太后准备一份礼贤退让的诏书。

其实，赵匡胤明白，有这纸文书，无这纸文书，跟他的登基屁关系也没有。然而孔夫子说了，"言不正则名不顺"，他不能不在乎。尤其前朝旧臣，正幸灾乐祸地等着看他的笑话。这时候，快手出现了，一个箭步，陶谷走上前去，从怀里掏出锦匣装着的《禅位诏书》。乖乖，丹墀上下，殿堂内外，无不大跌眼镜。在《宋史》里，还保存着陶谷的这篇马屁奇文："天生烝民，树之司牧，二帝推公而受禅，三王乘时而革命，其极一也。予末小子，遭家不造，人心已去，天命有归。咨尔归德军节度使点检赵某，禀上圣之资，有神武之略，佐我高祖，格于皇天，逮事世宗，功存纳麓，东征西怨，厥绩懋焉。天地鬼神，享于有德，讴歌狱讼，归于至仁，应天顺人，法尧禅舜，如释重负，予其作宾。呜呼钦哉！祗畏天命。"

恐怕赵匡胤也不禁纳闷，他知道昨天晚间我们要在陈桥驿发动兵变吗？他知道我今天黄袍加身要进城吗？他知道禅位大典上恰巧就缺这份诏书吗？这种极精准的判断水平，这种超速度的应变能量，这种高风险的投机意识，以及大手笔的豪赌精神，想想岂不后怕乎？他看了一眼他的左膀右臂，赵光义和赵普，木木呆呆；也看了一眼他的国君国母，柴宗训和符太后，懵懵懂懂，一连串的问号出现在脑际：你们事先关照他过？布置他过？委托他过？而且，他有什么资格？他以什么身份？用逊君的口气，写这份交出江山社稷的诏书呢？所以，《宋史》写到这里，便有了"初，太祖将受禅，未有禅文，谷在旁，出诸怀中而进之曰：'已成矣。'太祖甚薄之"的结论。

得到郭威和柴荣两代主子厚待的陶谷，显德三年（956年），迁兵部侍郎，加承旨；显德六年（959年），加吏部侍郎。作为后周重臣，一转脸间，把那孤儿寡母出卖了。连卖国都不眨眼的他，将他恩师李崧送上断头台，还不是小菜一碟嘛！后汉乾祐元年（948年），李崧本寄希望于陶谷，在他最倒霉的时候帮他一把，谁知他为了效忠新朝新贵苏逢吉，为了切割与前朝旧员的关系，反倒狠狠地踹他两脚。"崧族子昉为秘书郎，尝往候崧。崧语昉曰：'迩来朝廷于我有何议？'昉曰：'无他闻，唯陶给事往往于稠人中厚诬叔父。'崧叹曰：'谷自单州判官，吾取为集贤校理，不数年擢掌诰命，吾何负于陶氏子哉？'"被蛇咬了的农夫，哪里知道毒性发作的厉害，还在后面。不久，苏逢吉扣了李崧聚族造反的大帽子，将其统统加以杀害。陶谷在背后又做些什么缺德的事情，又给他的恩师加了什么莫须有的罪名，史无记载，不敢妄拟。但"崧遇祸，昉尝因公事诣谷，谷问昉，'识李侍中否？'昉敛衽应曰：'远从叔尔。'谷曰：'李氏之祸，谷出力焉。'昉闻之汗出。"

所以，史官在总结这个历史人物时说，"若谷之才隽，著之敏达，澹之治迹，锡之策虑，冕之敦质，咸有可观。然预成禅代之诏，见薄时君，终身不获大用。及夫险诐少检，附势希荣，构谮谋己，皆无取焉。"由此可见，在这个世界上，在人类的全部历史中，一个人，无论怎样得意，神气，无论怎样风光，牛皮，应该牢记的是：谁要是得到了许多不应得到的同时，必然也会失去许多不应失去的一切。任何人，任何事，都不可能永远是加法。加法之后，必然就是减法；活着减不了，死了也得减。

因此，这也是风流陶学士不但受到同代人藐视，至今还受到后代人鄙夷的原因。

文人的浪漫

凡文人，无不具有一点浪漫气质。

浪漫，成就文人，越浪漫，越有可能造就真正的文人。所以，不浪漫，当不成文人，至少当不成真文人，大概是可以肯定的。

一点也不浪漫的文人，最好去当锱铢必较、涓滴归公的会计员；或者，去当颗粒归仓、一尘不染的管库员。中国文学史上常常发生的误会，就是将会计员和管库员，弄来当作家和诗人；而把作家和诗人，送去做会计员和管库员。凡各得其所的朝代，文人相对活跃，文学遂有可能繁荣；反之，各不得其所的朝代，文人活得很没趣，文学也就发达不起来，于是，只有凋敝。

如果当初，给一个无论如何也浪漫不起来的人一把刨坑的铁镐、一副担水的铁桶，去植树造林。有60年功夫，至少可以绿化好几座荒山秃岭。但是，非要塞给这个不会浪漫、不懂浪漫、也不敢浪漫的人，一支蘸水的钢笔、一沓厚厚的稿纸，要他进行创作。写了一辈子书，可谓绞尽脑汁；码了一辈子字，堪称搜索枯肠。结果，在纪念他从事文学创作60周年之际，除了他自己外，鬼也说不上来他的成名作是什么？他的代表作是什么？可是，60年来，造纸厂却不得不砍伐森林，制造纸张，用来印刷他所写出来的，由于不浪漫因而也就不文学的小说和诗歌。

按时下流行说法，其实这是一种很不低碳的浪费行为。

所以，文学史证明了这一点，浪漫，乃文人的天性。唯其浪漫，才有文学。浪漫和文学，本是一枚硬币的两面，这一面有多大面值，那一面也会有多大面值。这就是说，浪漫有多少，文学也该有多少。什么叫浪漫？浪漫就是感情的全部释放，就是个性的充分张扬，就是天资的完全展现，就是内分泌饱和到临界程度，就是身体的每一个细胞都处于活跃兴奋的状态之中。那些循规蹈矩，只知道等因奉此的；那些按部就班，不敢越雷池一步的；那些点头哈腰，唯信奉本本主义的；那些头脑冬烘，连放屁也没味道的……基本上进入木乃伊境界的文人，既别指望他们浪漫，更别指望他们文学。

所以，中国的大文人，必先有大浪漫，才有大文学。如唐之顶尖文人之一李白，如宋之顶尖文人之一苏轼，都是我们耳熟能详的典范。

中国的小文人并不因为其小，便收缩规模，只能小浪小漫。事实并非如此，成就有高低，名声有大小，但在浪漫面前，人人有份，一律平等。大文人可以大大落落、大张声势地浪漫，小文人照样也可以大锣大鼓、大显身手地浪漫。

南宋诗人张孝祥（1132~1170），字安国，号于湖居士，历阳乌江（今安徽和县东北）人，就是这样一位在文学史上说不上是顶尖的，但在同时代的侪辈中，却是铮铮佼佼的一流文人。他不但有非凡的文学成就，更有绮丽的浪漫故事。

你无论如何想不到，就这位极文学、极浪漫的张孝祥，元曲大家关汉卿《萱草堂玉簪记》，写的就是他；明代戏曲家高濂《玉簪记》，写的也是他；而明代无名氏杂剧《张于湖误宿女贞观》，明人《燕居笔记》中的《张于湖宿女贞观》，都曾以他的浪漫形象为作品题材。如此多的作品，聚焦在他身上，仅此一点，便可想知，在张孝祥那个时代，此人不但是一个风华出众的文章高手，更是一个风流蕴藉的多情才子。否则，他怎么可能成为元、明、清三代戏曲、杂剧、话本的舞台上，一个屡被演绎的浪漫人物呢？

甚至到了21世纪，白先勇先生还将这出《玉簪记》，改编成现代版昆曲，将要继青春版《牡丹亭》之后，在北京南新仓的皇家粮仓小剧场里献演呢!

从宋人周密《癸辛杂识》中一则记闻,可以充分领教这位文人的浪漫。中外古今,大概还找不到别的文人,能够浪漫得以他为中心举行嘉年华式欢宴聚会。当时,张孝祥受主持北伐

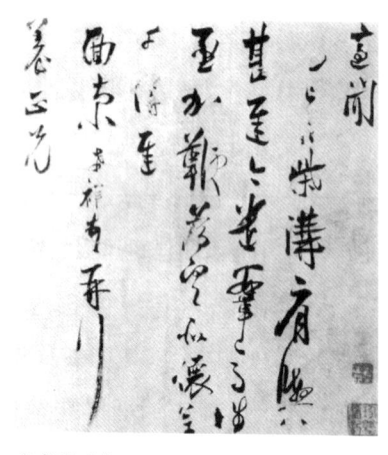

张孝祥手书

的将领张浚邀请,到他司令部所在地,为建康留守。随后,又至京口,即今之镇江,可能距离淮蚌前线更近些,这样,张浚就派王宣子接他,要他从南京移镇于此。这就是"张于湖至京口,王宣子代之"的来历。斯时,"多景楼落成,于湖为大书楼匾"。张于湖书法出色,自是他当仁不让之事。他的字,现在还能看到,如《泾川帖》,当得上潇洒飘逸、神韵悠然的美誉。据说,宋高宗、宋孝宗对其字都赞叹不已。连最刻薄、爱挑剔的朱熹,也认为"安国天资敏妙,文章政事皆过人远甚。其作字多得古人用笔意,使其老寿更加学力,当益奇伟"。所以,楼匾题字,非张于湖手书莫属。

"公库送银二百两为润笔,于湖却之,但需红罗百匹。于是大宴合乐,酒酣,于湖赋词,命妓合唱甚欢,遂以红罗百匹犒之。"看来,他之谢绝银两,而讨红罗百匹,是要馈赠给那些佳丽的。估计那天盛会,至少有上百位丽服盛妆、奢华曳冶、花枝招展、灿若桃李的红粉佳人凑趣,才能营造出来云鬟玉臂、满室生香、袅袅婷婷、莺歌燕舞的浪漫气氛。

也许只有风流到顶点的张孝祥,才有此等大手笔。当代文坛上那些既无浪漫,也无修养的俗不可耐之辈,或者,即使那些稍有一点浪漫,稍有一点文学的半瓶醋之流,可敢这样非分地浪漫一下,怕是连放肆地想一想也是不敢的。当代那些下流作家,最大的本领,就是来不及地让笔下的男女人物脱裤子,然后,一边流着哈喇子,一边描写他们交合的性行为,这才是他们毕生所追求的"浪漫"。

在脱脱主撰的《宋史》中,称张孝祥"读书一过目不忘,下笔顷刻数千言。年十六,领乡书,再举冠里选,绍兴二十四年,廷试第一。高宗谕宰相曰:'张孝祥词翰俱美。'"。他不光文章过人,而且,非常非常之爱国,这是中国文学史上总要为他大书特书的一笔。"伏枥壮心犹未已,须君为我请长缨",主张收复失土,反对苟且偷安,报国之心,出自肺腑,从戎之念,时在胸臆。为南宋初期著名主战派代表人物,与李纲、岳飞、赵鼎、胡铨、张元幹等人齐名。他的一首《六州歌头》,是他在建康留守任上写的,最为脍炙人口。

> 长淮望断,关塞莽然平。
> 征尘暗,霜风劲,悄边声,黯销凝。
> 追想当年事,殆天数,非人力。
> 洙泗上,弦歌地,亦膻腥。
> 隔水毡乡,落日牛羊下,区脱纵横。
> 看名王宵猎,骑火一川明。
> 笳鼓悲鸣,遣人惊。

> 念腰间箭,匣中剑,空埃蠹,竟何成!
> 时易失,心徒壮,岁将零,渺神京。
> 干羽方怀远,静烽燧,且休兵。
> 冠盖使,纷驰骛,若为情?
> 闻道中原遗老,常南望,翠葆霓旌。
> 使行人至此,忠愤气填膺,有泪如倾。

据说,读罢了这首新作之后,在主座上倾听的张浚,为之动容，激动万分，心潮澎湃，实在无法再平静下来，只好罢席而去。

对文人而言，哀莫大焉生错了时代，哀莫大焉在这个时代里被彻底阉割，不但不能浪漫，而且也不能文学，若你托生到这个时代，不想完蛋也不行。那些既不浪漫，也不文学的同行，会第一个伸出手来掐死你，中外古今，无不如此。张孝祥的全部不幸，就是生在中国历史上最没起子的王朝。第一，这个王朝的全部皇帝（包括北宋和南宋），基本上都是无大作为，无大起色，更无大气度，无大胆略，是从来也站不直的窝囊废。第二，由于这些令人泄气的统治者，北宋终朝167年，宁可以岁币，以绢匹，花大笔的钱，向辽、向党项购买太平；南宋终朝153年，宁可称臣称侄装孙子，向金、向元求得偏安一隅。于是：

中国历史上最大卖国贼，得以售其奸；

中国历史上最多投降派，得以张其势；

中国历史上最嚣张的隐性汉奸，得以肆行妄为。

这三者，上下交征恶，大宋王朝便像残焰枯烬的一盏油灯，风雨飘摇，奄奄一息，直到最后一滴油耗尽，赵氏王朝便在珠江口的崖山上，跳海终结。其间，推波助澜的隐性汉奸，在中国败亡史上，从来扮演着一个可耻的角色。

在中国知识分子当中，隐性汉奸，是一股极其可恶的离心力量。当中国处于绝对强大的时期，他们只是说些冷话，泼些凉水，起着腐蚀的作用；当中国处于相对弱势的时期，他们就会兴风作浪，煽风点火，起到破坏的作用；当中国处于强敌的包围之中，他们就是一支"第五纵队"，他们就会进行"颜色革命"，起到推翻政权的作用。

隐性汉奸，尽管打着各式各样的旗号，尽管戴着各式各样的面具，但万变不离其宗的是：一、中国的一切一切都错，即使对的，也错；二、外国的一切一切都对，即使错的，也对。他们这种永恒不变的看法，也是判断过去的隐性汉奸和现在的隐性汉奸，一把百试不爽的尺子。

在这个由最大卖国贼、最多投降派和最嚣张的隐性汉奸猬獥的组合体里，虽然，绍兴二十四年（1154年），张孝祥举进士第一。据说，高宗赵构在殿试时，第一眼就看到张的考卷，发现书法竟是如此优美；再看一眼，张的策论文章行文竟然如此漂亮，立刻擢为第一。主考官提醒道，名次排列已定，第一名已内定为秦桧的孙子秦埙，高宗调卷一看，改为第三。发榜以后，秦桧无奈，可随后就设名目，将张罗织入狱。幸秦桧不久死，孝宗朝屡迁中书舍人，直学士院，领建康留守。张浚渡江与金人作战不利，上至已为太上皇的赵构，下至满朝满野的隐性汉奸，一齐发难，张浚罢，张孝祥受牵连，这位爱国诗人到底被乌龟王八蛋们联手排挤出局，寻以荆南湖北路安抚使请祠，进显谟阁直学士致仕。

有什么办法呢？卖国贼手中有权力，投降派人多有声势，而隐性汉奸可以造舆论，可以搅浑水，可以颠倒黑白，可以混淆是非——这也是当下那班笔杆子唱衰中国，帮腔美国的老手段——于是，张孝祥活不过40岁，便怏怏而亡，这大概也是自然不过的事情了。一个最浪漫，也最文学的天才，最不能容忍的，便是卑鄙。看那一张张看不胜看的隐性汉奸的无耻嘴脸，如跌入蛆虫泛滥的粪缸里，不死何待？

纪晓岚在《四库全书总目提要》中，特别强调其"举进士第一"，对张孝祥的文学成就，评价极高。"皆称其词寓诗人句法，继轨东坡。观其所作，气概亦几几近之。《朝野遗记》称其在建康留守席上赋《六州歌头》一词，感奋淋漓，主人为之罢席。则其忠愤慷慨，有足动人者。"又曰："其门人谢尧仁序称，孝祥每作诗文，辄问门人，视东坡何如？今观集中诸作，大抵规摹苏诗，颇具一体。纵横兀傲，亦自不凡。故《桯史》载王阮之语，称其平日气吞虹霓，陈振孙亦称其天才超逸云。"

现在，让我们回到南新仓皇家粮库的小剧场里，等待新版《玉簪记》的上演吧!早些年,我曾经在四川成都郊区一家小戏院里,看过一个来自外县的剧团所演出的高腔折子戏《秋江》。初冬的成都,那一份飕飕的冷意,不多的观众,那一副瑟缩的神色,我对主人说,早知如此,不若找个地方喝茶。固执的主人,一定要我"等哈,等哈",即等一下的意思。终于在好几次"等哈"以后,陈妙嫦出场。我敢说,那简直是奇迹,本来叽叽喳喳、乱哄哄的剧场,一下子鸦雀无声,连兜售瓜子花生的小贩,也呆住了。显然,这位看上去极其美艳,细打量极其娟秀,称得上光彩照人的女演员,将大家吸引住了。虽然,她那身行头很破旧,她那副头面也很寒酸,但是,眼波流情,顾盼生春,表现出一位急切想得到爱情,所谓思春女尼的大胆和追求。从来也不曾见过如此唱、念、做俱佳的演员,一台戏,全被她一个人驾驭住了。

她尤其唱得甜美,那么温柔,由不得你不凝神聆听:

你看那鸳鸯鸟儿成双成对,
好一似那和美的夫妻。
白日里并翅而飞,
到晚来交颈而眠。
奴与潘郎虽则是相亲相爱,

怎比得鸳鸯鸟儿，

一双双，一对对，

飞入在波浪里……永不离。

最后的这三个字，是由后台的帮腔唱出来的，其音高亢，其声绵长，令人回味无穷。

秋江之上，道姑陈妙嫦追赶书生潘必正这段船上的戏，是改编自明代传奇《玉簪记》中《追别》一折。看起来，不但文学史留住了张孝祥，连戏曲舞台也留住了这位于湖居士，而当时那些蛆虫似的隐性汉奸，灰飞烟灭，早被扫入历史的垃圾堆。这大概就是天道好还、正义不衰的公理了。

最为浪漫的一个插曲，莫过于张孝祥授临江令，到该地的女贞观去探望他的姑母的时候，曾经向这位在庵修行的陈妙嫦示爱过。

这就是浪漫透顶的张孝祥的行止了，他没想到在尼观里，竟有这等堪称绝色的美人，遂留宿寺观。《玉簪记》的故事，高濂依据的是前辈关汉卿的《萱草堂玉簪记》，绝非凭空虚构。而从清人雷琳的笔记《渔矶漫钞》所述，朱女贞观陈妙嫦尼，年二十余，姿色出群，诗文俊正，工音律。也可证实确有其事，确有其人。本来，这位才子拜见了姑妈以后,就打算告辞的。但他却执意要留下不走,这就是张孝祥毫无顾忌的浪漫了。

他还写了一首《杨柳枝》,挑逗这位美丽的女尼:

> 碧玉簪冠金缕衣,雪如肌;
> 从今休去说西施,怎如伊。
> 杏脸桃腮不傅粉,貌相宜;
> 好对眉儿共眼儿,觑人迟。

陈妙嫦显然不为所动,也写了一首《杨柳枝》,拒绝了他:

> 清净堂前不卷帘,景悠然;
> 闲花野草漫连天,莫胡言。
> 独坐洞房谁是伴,一炉烟;
> 闲来窗下理琴弦,小神仙。

清人冯金伯的《古今女史》,更有惊人的戏剧性结局:

> 宋女贞观陈妙嫦尼,年二十余,姿色出群,诗文俊

雅，工音律。张于湖授临江令，宿女真观，见妙嫦，以词调之，妙嫦亦以词拒于湖。后与于湖故人潘法成私通情洽，潘密告于湖，以计断为夫妇，即俗传《玉簪记》是也。

我又回想起高腔折子戏《秋江》中的那位惊鸿一瞥的女演员，如此出神入化地演出了陈妙嫦之急切，之担忧，之惶惧，之憧憬。那双会说话的眸子告诉观众，她之所以情不自禁地去追赶潘必正，显然是不得已而为之。让我们一起为她担心的，更不知道会是一个怎样的结局在等待着她。现在看起来，张孝祥抛开自己，法外施仁，玉成这场婚姻。你会不由得赞叹，在这个世界上，成人之美也许是一种最高尚的品行了。

张孝祥有一首《西江月·问讯湖边春色》：

> 问讯湖边春色，
> 重来又是三年，
> 东风吹我过湖船，
> 杨柳丝丝拂面。

世路如今已惯,

此心到处悠然。

寒光亭下水如天,

飞起沙鸥一片。

  我查不出溧阳三塔寺与临江的女贞观距离有多远,更找不到词中的"三年",是从何年到何年。但是,这首《西江月》,却使我看到诗人的博大胸怀。也许,文人的浪漫,能够达到这样的境界,也算是臻于极致了。

两面董其昌

两面性的人格弱点,对任何人来讲,都不能避免,所不同者,程度上的差别而已。

文人,要比普通人多一个心眼,属于较会掩饰的一群。所以,给人以斯文的一面多些,而不那么斯文,乃至丑陋的一面,往往不大容易被人发觉。这其中,擅长表演,演技达到炉火纯青者,精于隐藏,能够做到纹丝不露者,就更不容易识破看穿了。你以为他正人君子,其实,内心相当小人;你以为他冷酷无情,六亲不认,但在你落难之时,危殆之日,却有一副热心肠,甚而向你伸出援手。不过,幸好的是,在这个物质诱惑如此强烈,名利欲望如此涌动的社会中,一个人要想完完全全、始始终终、彻彻底底、严严实实,藏掖住自己的另一面,很难很难。

于是,就会发生以下这样的情况,一个完美的典型,佩服了半天,结果破产,成了败类;一个高大的形象,崇拜了很久,忽然颠覆,顿为恶棍。在历史上,这种反差强烈的角色互换，倒也并不鲜见，明代的大艺术家董其昌，大概算得上一个。中国文人之两面性最甚者，有史以来，莫过于他。当下，知道董其昌字画者很多，知道此人不怎么样者很少，用网络语言来说，"晒一晒"这位野史《民抄董宦》的主角，了解人之两面性，也许不无意义。

董其昌（1555～1636），字玄宰，号思白，松江华亭（即今之上海闵行马桥镇）人。早年出身寒门，而且是相当相当的寒，据《云间杂识》："董思白为诸生时，瘠田仅二十亩"，土地不多，还很瘠薄，糊口之难，可想而知。成名后遂富甲一方，富到流油，富到连同为本乡本土的另一高官徐阶，比他要大三品的前首辅，即宰相，也对他"膏腴万顷，游船百艘"的家产，自叹弗如。一个致仕回乡的辅座，充其量拿干薪而已。董其昌的书法、绘画，每一字，每一笔，换来的都是真金白银。所以，徐府门可罗雀，董府门庭若市。自古至今，艺术而"家"以后，马上精神变物质，名气越大，来钱越多。钱来得快，来得多，很容易成为暴发户，很容易产生市侩气，艺术家一旦商贾化了，为富不仁则是必然的结果。而且这个董其昌，除了是书法绘画超群的艺术大师，又是级别相当可观的明朝高官，更是拥有万贯家财的地主豪门。名气，权威，钱财，这三合一的优势，让他得

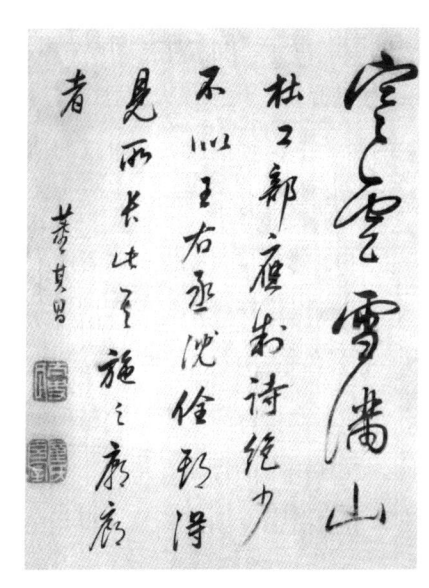

董其昌手书

意忘形。如果说，他在京城为官时，还有少许的谨慎，回到松江华亭，便肆无忌惮，为所欲为，心遂意愿，想干什么就干什么了。

明万历四十四年（1616年）春天，数万江南民众围抄董其昌家，并一把火焚之，就因为他地主而且恶霸，横行乡里，豪门加之劣绅，作恶多端。加之子弟不法，胡作非为，家人仗势，狐假虎威，劣迹丑行，贻祸家乡。老百姓积怨之深，民愤之大，早就恨之彻骨，奈何他身居高位，官官相护；奈何他财大气粗，爪牙众多，只好任其横行。但这年春天，由于他强纳民女，采阴补阳，拘押民妇，剥裤捣阴，出了人命案，遂遭遇这场农民运动式的抄家。在中国文人中间，为独一份；在世界文人中间，大概也是独一份。围攻民众，成千上万，四乡八里，啸聚而来，焚其屋舍，毁其赀产，砸其牌匾，殴其家人。民抄董宦，野史流传，江南一带，家喻户晓。董其昌的文名虽甚，但不敌其秽名更大，这是他一生中最大尴尬。

到了清朝，撰《明史》的张廷玉，对这位极富争议的前朝人物，是如实道来，还是隐恶扬善，大概颇费周章。作为识时度世、老道精明的官僚，作为极其聪明、极会来事的史官，既不能不说这件事，又不能直说这件事，只好求助于和稀泥了。第一，众意难违，董其昌的书法、绘画、题签，在其健在时，便奇货可居，人皆宝之，入清以来，更是朝廷科考、斋宫供奉、干禄求仕、苞苴贿赂的极品。第二，圣眷甚隆，不但为乾隆欣赏宗奉，赞誉备至，朝夕临摹，得其精神，甚至连康熙也是十分首肯的。两位帝王的赏识高看，撰史的他不能不下笔郑重，干吗哪壶不开提哪壶，据实直书其臭其丑，惹得年轻气盛而且特别自负的主子不开心呢！

所以，在《明史·文苑四》的董其昌传里，对抄家之事，便大搅浆糊，为董开脱："督湖广学政，不徇请嘱。为势家所怨，嗾生儒数百人鼓噪，毁其公署。"这就经不起推敲了，公署之毁和董宅之抄，风马牛不相及。毁署，发生在万历三十一年（1603年）至万历三十三年（1605年）间；抄董，则发生在相距十年以后的万历四十二年（1614年）至万历四十四年（1616年）间，即使这位"势家"报复心极强，不可能有耐心等十年才下手,更不可能千里迢迢从湖广地界跑到上海松江大打出手!纯粹是在打马虎眼了。

但论述他的艺术成就时,主子说好,那就顺杆儿爬吧,张廷玉便没有什么顾忌了,尽力拔高,不惜溢美。"其昌天才俊逸,少负盛名。初,华亭自沈度、沈粲以后,南安知府张弼、詹事陆深、布政莫如忠及子是龙,皆以善书称。其昌后出,超越诸家,始以宋米芾为宗,后自成一家,名闻外国。其画集宋、元诸家之长,行以己意,洒洒生动,非人力所及也。四方金石之刻,得其制作手书,以为二绝。造请无虚日,尺素短札,流布人间,争购宝之。精于品题,收藏家得片语只字以为重。性和易,通禅理,萧闲吐纳,终日无俗语。人拟之米芾、赵孟𫖯云。同时以善书名者,临邑邢侗、顺天米万钟、晋江张瑞图,时人谓邢、张、米、董,又曰南董、北米,然三人者,不逮其昌远甚。"《明史》为官方正史,认可"人拟之米芾、赵孟𫖯"的说法,说明对其书法自成一家,绘画行以己意,其创新精神突出,成就超越前人,是相当肯定的。明人袁宏道也誉他是堪与苏轼、王维比肩的大师,是在艺术和文学上同样精彩绝伦的"兼才"。

董其昌的官宦生涯中,也有值得称道之处。譬如其尊师恤老,仗义行事:"举万历十七年进士,改庶吉士。礼部侍郎田一俊以教习卒官，其昌请假，走数千里，护其丧归葬。"譬如其教授东宫，敢于直言："皇长子出阁，充讲官，因事启沃（为帝王讲解开导的意思），皇长子每目属之。（大概董其昌对朱常洛讲了书本以外不该他讲的话）坐失执政意，出为湖广副使，移疾归。"譬如其天启年间，"时修《神宗实录》，命往南方采辑先朝章疏及遗事，其昌广搜博征，录成三百本。又采留中之疏切于国本、藩封、人才、风俗、河渠、食货、吏治、边防者，列为四十卷，仿史赞之例，每篇系于笔断。"这些论述都收在董其昌的《容台集》中，可以看到董其昌在政治上的见解，在军事上的谋划，在经济上的韬略。尤其在涉辽事务上，对努尔哈赤之崛起，对边外女真之扰边，多倡防范抵制之策，颇有未雨绸缪之计，稍后一点的晚明志士黄道周为此书作序时，也承认对董认识之不足："昔者睹先生之未有尽也。"所以，清廷修《四库全书》，因此书多有触犯清政权的忌讳，而被列为禁书。

这便是董其昌光鲜的一面了，"性和易，通禅理，萧闲吐纳，终日无俗语"，我们看到的是一位儒雅潇洒、洒脱斯文的成功艺术家，在《笔断》的宏论谠议中，我们看到的是一位深谋远虑、远见卓识、抱负不凡、有真才实学的成熟政治家。

从万历十七年（1589年）举进士，时年33岁，一直到崇祯九年（1636年）逝世，享寿81岁。非常巧合的是，董其昌政治生涯开始之日，也是他艺术生命肇起之时。据说，那年科考，他名列第一，但是他试卷上的那笔字太蹩脚了，主考将其改列第二，这使他大受刺激，从此埋头练笔。华亭本是书家云集之地，具有天赋的他，很快就出类拔萃，扶摇直上，并触类旁通，兼及绘画，直追前人。于是，声名鹊起，视为一时之俊。在美国耶鲁大学出版社与中国外文出版社合作出版的《中国绘画三千年》一书中，对董其昌的艺术成就也作了很高的评价。"以进士出身累官至礼部尚书掌詹事府事，这在文职中是最高级别的官员。为了避免被卷入政治漩涡，董其昌经常借故回家闲居，与朋友往来，观摩、鉴赏和收集古代书画作品，从事诗文、书画创作，成为一个集书家、画家、鉴赏收藏家和文学家于一身的少有人物。"

这样一位看来完美的人物，在其五十年的官场活动中，虽然玩政治的段级很高，虽然他搞权术的智商很高，尤其他公关的实力相当雄厚，他的字画就是无往而不及的利器。然而，在权力中心这个高危领域里，而且是风险指数最高的朝廷中间，聪明以至于狡猾如董先生者，也有难保掖得不够严实之处，于是，人们便看到他不完美的负面形象。

董其昌在官场上的得意，政治上的跃进，是不大令人信服的。他所担任过的湖广提学副使、督湖广学政，以及谢绝不就的山东副使、登莱兵备、河南参政等职，都是相当显赫的差使。接着继任的太常少卿，掌国子司业，随即擢本寺卿，兼侍读学士，更是人皆艳羡的宠遇。最后，竟升迁至南京（明朝自永乐起，北京为首都，南京也还是首都，设有同样政府架构）的影子内阁中拜礼部尚书。南都虽无实权，不是肥缺，但个人名位却因此水涨船高。由于受到身价倍增的鼓舞，好一阵子，此公颇想活动到北京的中央政府，入阁为辅。在中国，他朝他代，可有别的写字的、画画的，混到比正部级还牛的地步？如果不是他极善经营，又何来这等甚佳官运？

明代后期，万历、泰昌、天启、崇祯诸朝，始终贯穿着阉宦及其附庸官僚控制朝政，与东林党人反控制的激烈斗争，有时甚至是相当血腥的厮杀。而且，自视为清流的东林党人不仅与阉宦势不两立，甚至与非清流的文人，也是形同水火。这对董其昌来说，一方面，他得维持道德文章的面孔，他得保证艺术巅峰的地位，他得拥有学问人品的清誉，他得受到知识阶层的认可；另一方面，他又不得不察颜观色，窥测方向，投其所好，随风转舵，不得不为变色龙，为应声虫，为马屁精，为三孙子。在这样政治败坏，朝廷黑暗，官场险恶，吏风沦丧的大环境下，董其昌游转于勾心斗角的局面中，如鱼得水般自由自在；混迹于尔虞我诈的环境里，回旋从容立不败之地，与那些红脸的、黑脸的，甚至花脸的各式各样的人物，交往，交际，交流，交好，常在河边站，竟能不湿鞋，一团和气，一路春风，能不教人既羡且妒么？

当他风头最劲时，谈禅解文，读碑作画，花前题字，月下吟诗，可以形容为京师第一忙人。那时，要是有报纸，有电视，他绝对是头版头条的新闻人物。就看他既是铁杆东林党人王元翰、创党前辈赵南星的座上客，经常请益，差点把门槛踩破，又是东林人士所看不上眼的李贽、公安三袁、陶望龄、焦竑、陈继儒的老朋友，来往密切，吃喝玩乐，高谈阔论；他既是首席阁臣周延儒的知音，得其庇护，又是大学士叶向高的知己，受到垂青。能够不分苎莸，走动两府，正邪通吃，皆表忠心。他不但出力支持为人所鄙视的阮大铖，为其奔赴说项，甚至对内廷有实力、有头脸的宦官，也断不了联络巴结，趋迎邀好。尤其对魏忠贤，更是卖力逢迎。"当其盛时，尝延玄书画……魏珰每日设宴，玄宰书楹联三、额二、画三帧……魏珰喜甚。"……总而言之，其骑墙左右之得心应手，其人前人后之两面三刀，其八面玲珑之奔走讨好，及其书画墨宝的凌厉攻势，可谓无坚不摧，无攻不克，无求不应，无往而不利。尤其他身段灵活，进止得当，有可为时京师活动，无可为时作画卖钱，有险情时回乡避风，有压力时逃遁江湖，官越做越大，钱越捞越多。人称"巧宦"，这当然不是恭维他了，可见同时代人对他也是颇为诟病的。

董其昌写过一首小诗，诗不长，诗题较长——《画家霜景与烟景渚乱，余未有以易也。丁酉冬，燕山道上乃始司文，题诗驿楼》："晓角寒声散柳堤，行林雪色亚枝低，行人不到邯郸道，一种烟霜也目迷。"这大概是他又一次从京城官场的政治漩涡中逃脱出来，回松江华亭途中所作。对于明天，对于前景，对于将来重返天子脚下捞取政治红利的可能性，对他这样热衷声名、贪婪功利的两面人物来说，不可能不感到迷茫和失落。正如眼前混混沌沌、朦朦胧胧的一切，看得见，摸不着，究竟是烟乎？还是霜乎？只能存疑，唯有在忐忑中期之于来日了。细细品味，这首七绝倒是他的心理独白。

斗争到了刺刀见红的时刻，就没有真正意义上的傻子了。倘不想被人在胸口上捅个窟窿，而是想要割下对手的脑袋，作为政治动物的他，必得膺服这种官场的丛林法则，也是可以理解的。凡是经历过20世纪后半叶政治运动的过来人，如果记忆力还未完全退化，还未进入老年痴呆状态，大概应该记得那些能逃脱一次一次运动，而未被波及的幸运儿，你除了羡慕和自艾自怨外，有什么理由去责备别人呢！所以，董其昌为官半个世纪，怕是连一份自我检查，也未写过；怕是连一次批斗会，也未去过，你不能不佩服他进退得当的身手，你不能不赞叹他游刃有余的功夫。

然而，到了万历四十四年（1616年），年届花甲的董其昌终于藏掖不住他正人君子的另一面，遂闹出"民抄董宦"这样惊动东南半壁江山的特大丑闻。

董其昌骄奢淫逸，老而渔色，时届花甲之年，犹拥多房妻妾，而其欲念膨胀，色心强烈，遂导致强劫民女，迫其为妾的事件发生。他之耽迷房中术，豢养方士，淫靡成风，自是明代颓废的士人习气。不过他更为变态，淫污童女，行事嚣张，倚财仗势，全无顾忌，惹翻了乡亲邻里。接下来，不思收敛，反而猖狂，更不择手段，进行打压，私刑逼供，欺人太甚，惹得天怒人怨。即使出了命案，还毫不在乎，反打一耙，告状在先。横行乡社的董其昌，被人呼为"枭孽"，称之"兽宦"，可见其为非作歹到何等地步。于是，民怨沸腾，终于爆发，到了不可收拾的地步。

据清人毛祥麟《对山余墨》中《黑白传》一文，事件情节大致如下："吾郡董文敏公，文章书画，冠绝一时，海内望之亦如山斗。徒以名士流风。每疎绳检，且以身修为庭。训致其子弟，亦鲜克由礼。仲子祖常，性尤暴戾，干仆陈明，素所信任，因更倚势作威。郡诸生陆绍芬，面黑身颀，颇负气，口微吃，而好议论。家有仆生女绿英，年尚未笄，而有殊色。仲慕之，饵以金，弗许，遂强劫之。陆愤甚，遍告通国，欲与为难。得郡绅出解，陆始勉从。时有好事者戏演《黑白传》小说，其第一回标题曰：'白公子夜打陆家庄，黑秀才大闹龙门里。'盖绍芬，人呼陆黑；文敏既号思白，仲又有霸力，人尝以小白名，所居近龙门寺，故云。其诙谐点缀处，颇堪捧腹，哄传一时。文敏闻，怒甚，奈欲治之而无可指名。有范生者，父名廷言，曾任万州刺史，物故已久，惟夫人尚在。当《黑白传》事起，文敏疑范所为，日督其过。范无如何，因诣城隍庙，矢神自白。乃不数日，而生竟以暴疾卒。范母谓为董氏逼死，率女奴登门诟骂。仲即闭门擒诸妇，褫其衵衣，备极楚毒，由是人情多不平。范生子启宋，广召同类，诉之公庭，词有'剥裈捣阴'语。郡守以众怒难犯，姑受其词，而又压于文敏依违瞻徇，案悬不断。众见事无济，遂相率焚公宅。公于白龙潭东北隅建阁曰

'护珠时挟侍姬登眺者',至此亦付一炬。凡衙宇寺院,文敏所题匾额,毁击殆尽。"惹到了个别老百姓,事小;惹翻了大批老百姓,事大,连官府都不敢出面弹压,唯恐激起民变,那可吃不了兜着走。董其昌见事不妙,抱头鼠窜,逃往他乡,藏匿起来,否则,他也难逃湖南长沙文人叶德辉的命运。

叶德辉,近代文人,其案发生在民国初年的第一次民主革命时期,斯时,湖南农民运动正如火如荼,声势炽烈,读过"毛选"一卷首篇者,对此专门调查报告,都有深刻印象。毛文中所提到的"痞子运动"一词,就是出自这个满不在乎,非要跟泥腿子农会过不去的叶德辉之口。因他与张謇、蔡元培等,为清末同榜进士,自负自大,不可一世。与董其昌一样,既是大地主,又是大文人,而且仗家赀之豪富,行径也就十分恶霸。曾因屯粮惜售,掀起长沙抢米风潮,被清廷革去功名,可知其品格刁冥。农民革命兴起,叶持抵制态度,与农会对立,大唱反调,嬉笑怒骂,百般诋毁,当时农会权力极大,一气之下,逮捕了他,公审之并枪决之。这也因为叶德辉学问虽大,行事却迂,非要硬碰硬撞,得一个嘴巴痛快。他若有董其昌的百分之一的精滑,逃往汉口、上海,也不至于死于非命。

明人无名氏《十五十六民抄董宦事实》对暴乱现场的描写，称得上早年版的湖南农民革命运动。"董宦父子，既经剥裈虐辱范氏，由此人人切齿痛骂，无不欲得而甘心焉。又平日祖和、祖常、祖源、父子兄弟，更替说事，家人陈明、刘汉卿、陆春、董文等，封钉民房，捉锁男妇，无日无之，敛怨军民，已非一日，欲食肉寝皮，亦非一人。至剥裈毒淫一事，上干天怒，恶极于无可加矣。斯时董宦少知悔祸，出罪己之言，犹可及止，反去告状学院，告状抚台，要摆布范氏一门，自此无不怒发上指，激动合郡不平之心，初十、十一、十二等日，各处飞章投揭，布满街衢，儿童妇女竞传'若要柴米强，先杀董其昌'之谣。以致徽州湖广川陕山西等处客商，亦共有冤揭粘贴，娼妓、龟子游船等项，亦各有报纸相传，真正怨声载道，穷天罄地矣。""柴米强"的"强"，在吴语体系里，就是"降"，便宜的意思，看来，董其昌作为地主，垄断稻米，囤积居奇，与后来湖南长沙的叶德辉生财之道，都是采取的同样的盘剥手段。

在中国，文人被抄家，可谓家常便饭，小菜一碟。有皇帝的年头，兴文字狱，官员来抄，衙役来抄；没有皇帝的年头，大搞"文革"，红卫兵来抄，造反派来抄。但此次民抄董宦，规模之大、范围之广、人数之多、破坏之重，是破天荒的。"文革"期间，北京体育馆批斗彭陆罗杨，参与人数多不过数万，但董其昌遭遇的大场面，人山人海，号称百万，这数字有夸张成分，事属必然。外地群众，齐聚松江；本地百姓，围观起哄，闹事风潮裹挟十来万人，当是可能的。到了十五、十六两天，事件达到高潮。"自此民怨益甚，日多一日。又次早十五行香之期，百姓拥挤街道两旁，不下百万，骂声如沸。自府学至董宦门首，拥挤不得行，骂者不绝口。董仆知事不济，雇集打行在家看守，而百姓争先报怨者，至其门先撤去旗杆，防护者将粪溺从屋上泼出，百姓亦上屋将瓦砾掷进，观者群持砖助之，而董宦门道俱打破矣。一人挥手，群而和之，数十间精华厅堂，俱拆破矣。……至次日十六日，百姓仍前拥挤，加之上海、青浦、金山等处，闻知来报怨者，俱夜早齐到，于本日酉时，两童子登屋，便捷如猿，以两卷油芦席点火，着其门面房。是夜西北风微微，火尚漫缓，约烧至茶厅，火稍烈而风比前加大，延及大厅，火趁风威，回坏缭绕，无不炽焰。时百姓有赤身入火中，抢其台桌厨椅，投之烈焰中以助火势者。画栋雕梁，朱栏曲槛，园亭台榭，密室幽房，尽付之一焰中矣。"

《松江府辩冤生员翁元升等申诉状》中所说的"吾松豪宦董其昌，海内但闻其虚名之赫奕，而不知其心术之奸邪；

交结奄竖已屡摈于朝绅；广纳苞苴，复见逐于楚土；殷鉴不远，不思改辙前人，欲壑滋深，惟图积金后嗣，丹青薄技，辄思垄断利津，点画微长，谓足雄视常路；故折柬日用数十张，无非关说公事，迎宾馆月进八九次，要皆渔猎民膏，恃座主之尊，而干渎不休，罔顾旁观之清议，因门生之厚，而属托无已，坐侵当局之大权……"这真应了"文革"时通行语言所讲，革命群众的眼睛，是雪亮雪亮的。董的丑恶嘴脸，暴露无遗。看来他在京师能够藏掖得住的两面，到了抬头不见低头见的家乡，就不好遮掩了。接下来便是这位大师极其不堪的秽迹恶行了。"谋胡宪副之孙女为妾，因其姊而奸其妹，扩长生桥之第宅以居，朝逼契而暮逼迁，淫童女而采阴，干宇宙之大忌，造唱院以觅利，坏青浦之风声，膏腴万顷，输税不过三分，游船百艘，投靠居其大半，收纳叛主之奴，而世业遭其籍没，克减三仓之额，而军士几至脱巾……"

由于其最见不得人的肮脏一面，劣迹斑斑，暴露无遗。这段顶风臭四十里的秽史，使古往今来拥董的粉丝，对此公两面性之强烈反差，无法解释。一个大有不杀不足以平民愤的地主恶霸，一个为世所公认、书画双绝的艺术大师，两者之间，可有一丝一毫相交之处吗？

也许上帝比较吝啬，精明机敏的董其昌，终于藏掖不住其不光彩的另一面，斯文扫地，而成人生败笔。

看来，夹着尾巴做人这句话，虽不中听，但细细琢磨起来，其实不无道理，值得三思。

品味张大复

晚明文人张大复,字元长,江苏昆山人。生于嘉靖三十三年(1554年),死于崇祯三年(1630年),享年77岁。

他的前半生,为戏曲作家。当时,在江南一带的梨园行里,此人举足轻重。因为戏剧界都熟知"剧本剧本,一剧之本"的说法,剧本的好坏,往往决定一出戏的成败。所以,好剧本难求,好剧作家更难得。演艺界人,虽谙熟声律,但不精通文史,下不了笔;一般文人,学问可以,对剧场艺术,却未必能通其门径而登堂入室,同样,也难下笔。因此,要求剧本既具戏剧性,又具文学性,这是磨合难度很高的创作。于是,作为文章高手和戏剧行家,堪称两全其美的张大复,便成为最佳人选。

《曲海总目提要》称他:"粗知书,好填词,不治生产。性淳朴,亦颇知释曲。"由于他擅长编写传奇杂剧,颇有票房卖点,很受业者青睐。故而40岁前,他一共写了30多部戏曲,平均一年两出,总量超过英国的莎士比亚。但遗憾的是，他的这些红过、火过的剧目，现在多不被提及，除专门研究中国戏曲史的冷门学者，他几乎是一个无人问津的剧作家。

这就是大自然的生态平衡了，文学也好，艺术也好，谁也不能自外于这个历史规律。严格讲，小说诗歌，戏剧影视，都是时令货，新鲜上市，光顾者多，时过境迁，拉架的黄瓜，就不值三文两文了。你自己觉得好，敝帚自珍，也许果然是好，字字珠玑，可时光不饶人，新陈代谢，物竞天择，后浪奔逐，前浪隐没，读者不买账，观众要退票的这一天，迟早会到来。也许你还活着，你的作品先你寿终正寝，不是没有可能。这种因岁月无情的淘汰，而渐渐式微，而终于完蛋，而被人遗忘，而画上句号，是中外古今作家的常规命运，谁也逃脱不了，谁也无可奈何。

西方有一个沙士比亚，东方有一个汤显祖，也就足够足够了，太多的不朽，其实倒是不朽的大减价、大甩卖。于是，作为戏曲作家的张大复，被人忘得干干净净，也属正常，没有什么可惋惜的。不过，幸而他的散文著作《嘘云轩文字》14卷，收文853篇的《梅花草堂笔谈》，还真的被历史记住了。这部书时下不难找到，尚有人阅读，有人评介，有人褒贬，还有人争论，这样，他在晚明文学史上，认可也好,否定也好,得有一席之地。

400年前的张大复,对当下那些崇尚浅阅读,喜好快餐化读物的人来说,恐怕是相当陌生的名字了。

应该说,这位作家,值得一顾;这部作品,值得一读。顾了,读了,能有多大的得,不敢保证,多多少少会有一点得,是肯定的。何况此书不长,用一天工夫,可以通读三遍。第一遍,也许感觉一般;第二遍,就会对他这些随兴而来,尽兴而止,自由开阖,率意放松,由数十字到百多字写成的小品,感兴趣,感到亲切;第三遍,那"大珠小珠落玉盘"的漂亮文字,那"语不惊人死不休"的语言张力,那"东关酸风射眸子"的动情篇章,那"风雨飘将去不回"的肆张意境,会让你欣然共鸣,击节赞赏的。

总之,他说不上是当时最好的作家,但也绝不是一个不值得一顾的等外品。

论文学水平,他无法与写《牡丹亭》的汤显祖比肩,论名声地位,也不能与八面玲珑、上下通吃的陈继儒相比。但这部《梅花草堂笔谈》,我们读出他文章之潇洒飘逸,笔墨之本色自然,绝无晚明文人那股招人讨厌的腐儒味,拘泥迂拙的方巾气;其品格之高狷自好,其心地之质朴孤直,既非同时代那些标榜清高、灵魂猥琐的野狐禅,也无伪装超脱、行止卑鄙的山人气。他是个不结帮不结派，只有三两文友的作家，无人为他抬轿子吹喇叭，无人为他开研讨会众口一声阿弥陀佛，更无人为他出整版马屁文章赔钱赚吆喝。因之，他活着时就不怎么景气，死后当然益发萧条。再说他这个人，既无名震文坛的野心，也无追赶主流的壮志，能够无欲无求，远离热闹，躲避名士，枯守茅庐，写自己的小文章，圆自己的写作梦，也就足矣足矣了。

这等人，有谁会在意？有谁会在乎？小报记者挖不出他的桃色新闻，评论家估计也拿不到他的红包，各级领导很害怕他伸手讨要救济，当红作家生怕沾上了他惹来霉运，都拼命远离他。好在他知道自己是老几，心态也颇安然，这是我最钦服他的一点。其实，这也未必不好，人分三六九等，货分高中低档，作家也是存在等级差异的，名片上印上国家一级作家，你的作品该狗屎还是狗屎。是什么就是什么，本色才是最自然的。任何朝代，出类拔萃的精英文人，终究是少之又少的。若是像菜市场的萝卜白菜，论堆处理，那这个"类"，这个"萃"，基本上等于目前流行的这个文学奖，那个艺术奖一样，多了，滥了，也就没有什么含金量了。

要知道，明末文坛之码头林立，之互相倾轧，之狗咬狗一嘴毛，之撕破脸相寇仇，之勾肩搭背抱团取暖，之淫靡成风色情泛滥……是中国文学史上最不像话的一代，你想象有多紊乱，就多紊乱，你想象有多糟糕，就多糟糕，末日王朝所有一切败象，无不在这些文人身上充分表现。《金瓶梅》在万历年间应运而生，绝不是偶然的，正是在那具形将朽坏的热尸上，才能滋生出来这种空前绝后的"恶之花"。

这样一来，在昆山兴贤里片玉坊的旧宅里，镇日枯坐着的张大复，你就不能不为之生一份敬意。处于如此喧嚣的社会里，一个文人能做到不为所动，心无旁骛，进自己的门，走自己的路，该是多么的不容易。

有时候，上帝偏不让你做一件事，其实倒是在成全你。正是这种难得的冷遇，使他能够潜心于字句，凝思于文章，造就出与李梦阳、王世贞前后七子的主流意识不同，与耿定向、焦竑的儒学正宗不同，与公安三袁的性灵放肆，与竟陵派钟惺、谭元春的复古冷涩不同，与李贽疯疯癫癫的反儒率性不同，与屠隆的声色犬马、浪荡成性不同，甚至与他心仪的好友汤显祖宏大抱负不同，当然与时有来往的陈继儒"飞来飞去宰相衙"更不同的，属于他张大复的独特道路。

他的独特之一，就在于他不同于别人；他的独特之二，还在于别人休想同于他，他就是他，他是唯一的他，所以他了不起。

文学史的任务,就是把相同相似的作家诗人,合并在一个科目下概而论之。握笔一辈子的文人,最害怕什么呢?就是怕成为一个毫无特色,只能概而论之的同类项。长期以来,视张大复为明代万历年间一个再平常不过的普通作家,多少有点低估,也太委屈他了。这位活着时默默无闻,弃世后接近湮灭的张大复,应该是明代晚期一位有分量、有创造、有个性、有才气的散文作家。因为他不追风趋时,不随波逐流,不邀名骛远,不经营造势,40岁以后,恍若顿悟,放下戏剧,拾起散文,写出自由自在,写出心灵韵动,写出物我两忘,写出天人感应,写出大自然的色彩,写出小社会的斑驳,点点滴滴,流水往事,断断续续,浮云记忆……一句话,写别人不写之写,为别人不为之为,或许就是这位晚明文人最耐品味之处了。

然而,"五四"以后的周作人,对张大复评价很低,认为他在晚明文人中间,算不得一碗能够充饥的大米饭,而是一把用来闲嗑消磨时间的瓜子。

这等不伦不类的村妇式比喻,出自这位名流之口,实在好笑。但瓜子不敌米饭的评价,不看好张大复的情绪,昭然若揭。20世纪30年代,明清小品行市见涨,一是"论语派"林语堂推崇英国绅士式的幽默,鼓吹袁中郎三兄弟之性灵,形成潮流；一是"苦雨斋主"周作人，其平实风格的文字，言简意赅的笔法，在文坛的影响，日益扩大，以及对明清散文的推介引导，不遗余力，遂蔚为风气，大行于世。在他看来，似满天星斗的明清文人，张大复的实力实属平平，一般一般的作家而已。若以历史的大角度考量，出类拔萃者从来是屈指可数的，因此，他的论断也不无道理。

在小品文写作和评论方面，周为重磅人物，毫无疑义。所以他的话能起到语惊四座、一言九鼎的重磅作用，也是毫无疑义的。他不大喜欢这个张大复，视他与写《幽梦影》的清人张潮（号仲子、心斋，字山来），同属一路货色。1932年，周作人在辅仁大学开讲"中国新文学的源流"，当时还在清华读书的钱锺书，在天津《益世报》上拜读这篇讲演以后，写了一篇书评，对周作人不是无心而是有意的忽略，将晚明这位重要文人张大复，排斥在视线之外，对其创造性的文学成就，置若罔闻，表明他的歧义："周先生提出了许多文学上的流星，但有一座小星似乎没有能'swim into his ken'（映入眼帘），这个人便是张大复。记得钱牧斋《初学集》里有为他作的状或碑铭。他的《梅花草堂集》（我所见者为文明书局《笔记小说大观》本），我认为可与张宗子的《梦忆》平分'集公安、竟陵二派大成'之荣誉，虽然他们的风味是完全不相同。此人外间称道的很少,所以胆敢为他标榜一下。"

那时的钱锺书还未成为扛鼎人物,不至于把周吓住。周作人没有作声,不等于他认输,没有马上回应,也是名流的一种矜持。隔了三年,1936年,他作了一篇《〈梅花草堂笔谈〉等》文章,算是反应也好,算是答复也好,不指名地将此公案了结。当时,周作人为北大教授,钱锺书为清华学生,辈分之隔,名望之差,对于这位年轻人的质疑,既不能在意,又不能不在意。在意,那就等于视其为对手,太抬高了他;不在意,似乎默认自己确实理亏,才偃旗息鼓的。

这就是中国大人物的弊端

张大复《梅花草堂集》

了，常常以为自己是皇帝，好武断，好大言，好一锤定音，好说了就算。当然，这也没有什么关系，你是陛下，你是金口玉言，你怎么说怎么是。可问题在于错了以后，这些大人物最容易犯的毛病，就是不认错。不认错，倒也罢了；可怕的是，知道错了还坚持继续错下去，更可怕的是，知道错了还坚持认为即使错也错得正确，一直错到死，哪怕错到棺材里，在盖上棺材板的那一刻，还要伸出一只手，翘起一根手指头，表示他的错，说到底，是一个手指头与九个手指头的关系。你说，这要命不要命？所以，设想一下，政治领袖、经济首脑、军事统帅、地方诸侯，坚持错误，倒行逆施，害国误民，遗患无穷，老百姓该要用多少生命，来为之救赎啊！

相比之下，周作人这桩文学公案，是小而焉之的花絮了。

周作人在这篇收进《风雨谈》一书中的文章中，反驳说："我赞成《笔谈》的翻印，但是这与公安竟陵的不同，只因为是难得罢了，他（指张大复）的文学思想还是李北地一派，其小品之漂亮者亦是山人气味耳。明末清初的文人有好些都是我所不喜欢的，如王稚登、吴从先、张心来、王丹麓辈，盖因其山人之流也，李笠翁亦是山人而有他的见地，文亦有特色，故我尚喜欢，与傅青主、金圣叹等视。若张大复殆只可奉屈坐于王稚登之次。我在数年前偶谈'中国新文学的源流',有批评家赐教谓应列入张君,不佞亦前见《笔谈》残本,凭二十年前的记忆不敢以为是,今复阅全书亦仍如此想。世间读者不甚知此种区别,出版者又或夸多争胜,不加别择,势必将《檀几丛书》之类亦重复抄印而后止,出现一新鸳鸯蝴蝶派的局面,此固无关乎世道人心,总之也是很无聊的事吧。如张山来的《幽梦影》,本亦无妨一读,但总不可以当饭吃,大抵只是瓜子耳。今乃欲以瓜子为饭,而且许多又不知是何瓜之子,其吃坏肚皮宜矣。"

在这个世界上,有时候很难与一个明白却揣着糊涂的人讲理。明白人极好讲理,因为他明白;而明白人揣着糊涂,那就是一条不可理喻的犟驴。只是因为"他(指张大复)的文学思想还是李北地一派",只是因为"明末清初的文人有好些都是我所不喜欢的",于是,张大复被否定掉了。这使人不禁纳闷,我们评价一个作者,评论一部作品,究竟依据什么标准?个人喜恶,能成为一种接受和排斥的理由吗?

我同样也不喜欢这位以汉奸罪在南京国民政府老虎桥监狱坐过牢的周作人,但我从不因此不承认他在近代文学史上的地位,他的散文成就。明人王世贞对有杀父之仇的严嵩,那应该是够不喜欢到极点的程度,但这位权奸的《钤山堂诗集》,在王弇州眼里,还能得到一个"孔雀虽然毒,不能掩文章"的客观评价。

看来，周作人对于这位晚明文人张大复的挑剔，近乎苛刻。

从他将其划入李北地一流，从他将其与张山来相提并论，说明周作人对张大复这部佳作的阅读，浅尝辄止的粗疏，是有的；皮毛之见的草率，是有的。这三个人，李梦阳（1473~1530），他死，张大复生；张潮（1650~约1709），他生，张大复死，可谓互不搭界。前者为政治色彩特强的官员，壁垒意识特强的诗人，非常之原教旨；后者为门第出身特棒的名士，兴趣爱好特广的玩家，相当的嬉皮士。而张大复，一个勉强考得的穷酸秀才，一个贫病交加的孤寒弱者，硬把他们三个捏在一块，真是老子与韩非同传，风马牛不相及。所以钱锺书说的未入尊目（swim into his ken），让周作人很不受用，可想而知。

钱锺书认为张大复在晚明文人之中，是个堪与张岱比肩媲美的人物。而"集公安、竟陵二派大成"这句话，本是周作人对张宗子，即张岱所著《梦忆》的评价，钱锺书将张大复的《梅花草堂笔谈》，抬爱到可与之平分这荣誉的高度，自然不合周作人之意，他说："凭二十年前的记忆不敢以为是，今复阅全书亦仍如此想"，一口回绝了钱锺书。

写《陶庵梦忆》的张岱，比之写《梅花草堂笔谈》的张大复，确实拥有更大的社会影响，能得到更多的读者认可。但是，生于1597年，死于1679年的张岱，与生于1554年，死于1630年的张大复，相差半个世纪。时代不同，家国不同，命运不同，活法不同，对作家文章的优劣，对作家思想之高低，存在着无法计量的影响。我们可以将鲁迅与周作人放在一起讨论，因为他们曾经生活在同一天空下；但张大复和张岱却无法放在一起比较，因为一死于崇祯三年，明尚存在；一死于康熙十八年，明已灭亡。国之亡、国之未亡，对有心有肝、有血有肉的中国作家来讲，大有干系。这大环境的变化，非同小可，对于作家来讲，做顺民还是殉国，性命攸关；对于作家的写作来讲，谄媚新朝还是效忠故国，生死攸关。正是明清鼎革的危亡意识，使得张岱的形象思维得以高度升华，论文学水准，论文字功力，张大复未必不能与张岱旗鼓相当。要求张大复生出张岱那种家破国亡的黍离之感，改朝换代的亡国之恨，晚景凄苦的失家之苦，穷愁暮路的悲怆之情，那是荒谬的，这就是自视甚高的周作人，自信太过的偏见了。

作为随笔，求其精，作为小品，求其短，当然是第一位的考虑。但是，为了精粹，而忽略华腴，难免削足适履；为了短小，而不敢铺陈，那就是方枘圆凿了。所以，螺蛳壳里做道场，应该有举重若轻、吝墨似金的用心，应该有浓而不酽、淡而不白的本领。张大复在这个方面，一直受到当时人的认可和尊重。汤显祖评价他的《嘘云轩文字》，为"近吴之文得为龙者"；钱谦益称赞张大复："其为文空明骀荡，汪洋漫衍，极其意之所之，而卒不诡于矩度，吴中才笔之士，莫敢以雁行进者。"

试举其写雨的两文为例，一曰《南庭》："云情瑗碟，石楚流滋。麦鸟骇飞，蟪蛄正咽。亦有怒蛙拱息草下，张口噤舌，若候雷鸣。狂飙忽卷，万马奔沸，疏雨堕瓦，忽复鸣琅。百道金蛇，迅霆如裂。气散潦收，浮腻亦敛。灯火青煌，南庭闃寂。撑颐解寐，故自悠然。"不足百字，将一场大雷雨的始末，写得有声有色，有情有景。其壮观的来势，其强烈的动静，其徒然的结束，其晚净的淡定，使人产生出如临其境，如见其人的现场感。

一曰《雨势》："大雨狂骤，如黄河屈注，沸喊不可止。雷鸣水底，砰砰然往而不收。如小龙漫吟，如伐湿鼓。电光闪闪，如列炬郊行，来著门户，明灭不定。仰视暗云，垂垂欲坠，道上无弗揭而行者，藉肩曳踵，入坎大叫，如长啼深林，鬼啸云外而裂垣败屋之声，隐隐远近间。雨势益恣，每倾注食许时，天辄明，旋即昏暗，如盛怒狂走，气尽忿舒，稍稍喘息，而后益纵其所如者。此时胸中亦绝无天青日朗境界，吾其风波之民欤？"同样一场雷雨，前者是雨在人外，得以从容观察，心态安然；后者是人在雨中，仓促应对，狼狈不堪。前者是轰然而至，欣然而去的一场轻喜剧；后者是恶神天降，灾难临头，不知伊于胡底的悲剧。张大复的笔下，数十字，百把字，写得如此活灵活现，引人入胜，而且，用字措词，平白如话，无一字可易，无一字多余，堪称绝活。

但是，你若知道他是一位盲人的话，我想你会更为之动容。

在中国所有故去的和还健在的文人中间，他这一辈子，如果不是活得最为艰难者，大概也是生存状态极不佳之人了。一个要拿笔写字的文人，眼睛突然瞎了，没有阳光，没有色彩，当然也就没有白昼，只剩下无穷的和永远的黑夜，你说他怎么办？谁都想不到，我估计连他自己也想不到，这个张元长，既不自杀，也不搁笔，而是一天一天地坚持着活下去，活得有滋有味，一字一字地坚持着写下去，写得精彩纷呈。虽然，可以想象他该有多难，该有多苦，但是，这个看起来极弱的人，实际却是个极强的人。我觉得他的生命力，够结实，够坚韧，哪怕人被拧成麻花，心被碾成面饼，也不认输，更不断气，不但顶住了生理和心理的压力，更经住了精神和物质的煎熬，而且另辟蹊径，别开生天，在晚明文学史上留下自己深刻的脚印。

据汤显祖《张氏纪略》：（张大复）"为诸生且五十年，竟以病废。至云母子之间，徒以声相闻者十四年。母病时，以手按母肌肉消减，含泣大恐。而母夫人犹喘喘好语曰，恨儿不见吾面，犹未有死理也。斯语也，闻之而不亦悲乎？天下有目者皆欲与无长目，不可得矣。有子铁儿而殇，有女孝仲，秀慧端婉，晓书传大义。所谓闺阁中钟子期也。为孟家妇，几年而复殇。天之困元长也，不愈悲乎？凡此数端者，客以为何如也？"

张大复，老天实在够虐待他的。40岁前，他就以多病著称，认识他的人，他认识的人，都视他为病秧子或药篓子，据他《病居士自述》中所陈述的病情，至少罹患着以下数种慢性病：一、心脏系统有点问题，房颤或是心律不齐的"病悸"；二、血液循环系统代谢失调的"病肿"；三、胃肠消化系统炎症的"病下血"；四、"病肾水竭"的肾炎或者肝炎；五、最为可怕的是视网膜退化，多年以来"目昏昏不能视"，最终导致失明。于是，40岁后，张大复，就是一个完完全全的盲人了。

然而,他挺得住。自号"病居士",以乐观精神对待自己的疾患。"客谓居士曰:'子病奈何?'居士曰:'固也!吾闻之师:造化劳我以生,佚我以老,息我以死;我未老而化物者,且息我,我则幸矣,又何病焉?居士块处一室,梦游千古,以此终其身。'"然后,自号"病居士"的他,更进一步阐述:"木之有瘿,石之有鸜鹆眼,皆病也。然是二物者,卒以此见贵于世。非世人之贵病也,病则奇,奇则至,至则传天。随生有言,木病而后怪,不怪不能传其形。文病而后奇,不奇不能骇于俗。吾每与圆熟之人处,则胶舌不能言,与骛时者处则唾,与迂癖者则忘。至于歌谑巧捷之长,无所不处,亦无所不忘。盖小病则小佳,大病则大佳。而世乃以不如己为予病,果予病乎?亦非吾病怜彼病也。天下之病者少,而不病者多。多者,吾不能与为友,将从其少者观之。"

这说明什么问题呢?眼虽失明,只要魂还在,心不死,文学就不会亡。冲这一点,这位盲人作家值得我们脱帽礼拜。

他是弱者,然而他比强者更强地打点着他的文学,诚如西谚所说,上帝给你关上一扇窗的同时,也会给你打开一道门。这个张大复,眼虽失明,心却明亮。以他写的有关蔷薇两题，就可以看到这位盲人作家，是怎么样用心来感知这个世界的：

一曰《读酒经》："数朵蔷薇，袅袅欲笑，遇雨便止。几上移蕙一本，香气浓远，举酒五酌，颓然竟醉。命儿子快读《酒经》一过。"

一曰《蔷薇》："三日前将入郡，架上有蔷薇数枝，嫣然欲笑，心甚怜之。比归，则萎红寂寞，向雨随风尽矣。胜地名园，满幕如锦。故不如空庭袅娜，若儿女骄痴婉恋，未免有自我之情也。"

他失明的眼睛，看不到蔷薇叠彩，但"香气浓远"，飘然袭来的芬芳，却能使他感到蔷薇的"嫣然欲笑""袅袅欲笑"，感到蔷薇的"骄痴婉恋""自我之情"，"感到"和"看到"，是两回事，看到的，是平面，感到的，是立体。这种应目会心、神与物游的通灵境界，这种着墨不多，言意不尽的缱绻文字，你会觉得，他的双目失去了视力，他的心灵却无微不至地伸展到方方面面，延长着他的味觉、嗅觉、听觉、触觉，扩大到足以覆盖他体外所有的枝枝节节。现在这部《梅花草堂笔谈》，分不清其中篇目，哪些是失明前写的，哪些是半失明状态下写的，哪些是他失明以后口授而他人笔录的。浑然一体，难分轩轾。

我一直在想,张大复所坚持的纯美自然,所追求的质朴本色,所在意的洁身自好,以及汤显祖赞他的"天下有真文章矣"的"真",成为他的人生信仰,成为他的行动指南,虽百病缠身不低头,虽一片漆黑不自馁,也许是他自觉地或不自觉地,对明末那个极失败的社会,那个极不可救药的文坛,在精神上的唾弃和行动上的决绝吧!他有两篇写月的文字,可以进一步地读到他的内心,他的向往,他所要构筑的文学天地,他所要达到的文学目标。

一曰《独坐》:"月是何色?水是何味?无触之风,何声既烬之?香何气?独坐息庵下,默然念之,觉胸中活活欲舞,而不能言者,是何解?"

一曰《月能移世界》:"邵茂齐有言,天上月色能移世界。果然,故夫山石泉涧,梵刹园亭,屋庐竹树,种种常见之物,月照之则深,蒙之则净;金碧之彩,披之则醇;惨悴之容,承之则奇。浅深浓淡之色,按之望之,则屡易而不可了。以至河山大地,邈若皇古。犬吠松涛,远丁岩谷。草生木长,闲如坐卧。人在月下,亦尝忘我之为我也。今夜严叔向置酒,破山僧舍,起步庭中,幽华可爱。旦视之,酱盆纷然,瓦石布地而已。戏书此,以信茂齐之语。时十月十六日,万历丙午三十四年也。"

也许因为这生活太沉重,这日子太琐碎,这现实太困惑,这人间太复杂,所以,月明之夜,给人们带来朦胧的美,隐约的美,含蓄的美,恬静的美,对所有人都一视同仁的美,不仅遮住丑恶,隐去肮脏,不仅化腐朽为神奇,使平凡成瑰丽,还能使我们"忘我之为我",生出虚无缥缈的幻觉,得到美的享受,美的满足。张大复在明末文人当中,别树一帜,走的这条唯美主义的文学道路,岂是那些当时的,后来的,蝇营狗苟的凡庸之流,追名逐利的干谒之辈,淫佚无耻的声色之徒,阿附权贵的文氓之类,所能理解,所能企及的。

汤显祖也是一位唯美主义者,他的《牡丹亭》,就是一部唯美主义的杰作,所以,来往很少的这两位文人,却是真正的心灵上的知音。

虽然,他的努力,他的追求,他所创造出来的文学世界,你也许并不羡慕,因为收入和支出简直不成比例。当代中国作家,贼尖贼精,才不肯做这档亏本买卖。但是,这部在黑暗中摸索出来的《梅花草堂笔谈》,所达到的美学高度,却是我等视觉很好的文人,使出吃奶的劲,也休想望其项背的。

因为第一,相当草包的我等,腹中实在很空。

因为第二，相当脓包的我等，骨头实在很软。

还因为第三，假若我等落到张大复这种举步维艰的无尽黑夜之中，能自强而且体面，能安之若素而且从容不迫，写出一部洋洋洒洒的《梅花草堂笔谈》吗？恐怕先就被那永远的无穷的黑暗，压倒压垮了。

现在终于弄懂，周作人为何不认可这位明末的文学大师，观察此公一生行止，也就了解其坚不认可的由来了。

傅山的风节

2009年，嘉德秋拍，傅山草书《为毓青词丈作诗》手卷以近5000万元拍出，创他书画作品在拍卖市场的最高价。

近两年社会游资颇多，连大蒜、生姜，都可以囤积居奇，古人书画的收藏，自然更是生财之道。但傅山拍品较之其他名家，价格落差之大，颇出乎意外。一位行家笑我，藏家敢掏半个亿，这是相当相当不错的出手了。他告诉我，再早两年，张学良收藏过的《傅山各体书册》，只售400万；日本藏家的《傅山草书杜甫五律一首》，才售300万。此公无奈地耸肩，并非大家不识货，而是市场不认。他还打趣地解释，就譬如你们作家，说自己写得多么多么好，读者不买账，最后送到造纸厂化浆，道理是同样的。

看来，市场这只手着实厉害，你认为好的，卖不出好的价钱；你认为差的，却成藏家的香饽饽。此公不禁感慨，市场之上下其手，操纵涨落，其中之猫腻、内幕、搞鬼、圈套，妈妈的，简直就是一个大漩涡。然后他又诡秘地说，有

傅山手书

时，拍卖师一锤定音，性价比背离，荒腔走板到惨不忍睹的地步，也是近年来见怪不怪的事情。因为这是一个炒作的年代，既然金可以炒，股可以炒，汇可以炒，房可以炒，那么作家、作品为什么不能炒？艺术家、艺术品为什么不能炒？炒不炒由我，信不信由你，你愿意上当受骗，我有什么办法？

所以，在文学创作这个领域里，没名者想出名，得炒；有名者想出大名，更得炒。炒，压倒一切；炒，决定一切。于是，真真假假，假假真真，半真半假，似真似假，文坛成了一锅糊涂浆子。在这锅杂碎汤里，那些炒得甚嚣尘上的文学大师，未必就是大师，说不定有赝品、伪币之嫌疑；那些炒得即将永恒的不朽杰作，未必就是杰作，说不定有山寨、水货之可能。

他认为，当下文学市场的超度萎缩，说到根子上，就是炒得过头，而失去了最起码的诚信造成的。

一番交谈以后，我与这位其实也是炒家的朋友，分手道别。但是，想来想去，无论怎么炒，炒到天翻地覆，炒到乌烟瘴气，与艺术品本身的价值无关，与艺术家本人的资质更无关。因为物理学的物质不灭定律，是炒不掉的。到最后，尘埃落定，东西还是那东西，物件还是那物件，该什么还是什么，该多少还是多少。最近，齐白石的最大尺幅作品《松柏高立图·篆书四言联》，拍到四亿巨价；随之，元代王蒙的《稚川移居图》，也是以四亿多成交，成为新闻。大概没有一个人会认为四亿的齐白石，四亿多的王蒙，在艺术成就上要高出5000万的傅山十倍。因为，哄抬、造势、吹捧、蛊惑、弄虚、作假、包装、抛光，这些在文学界屡试不爽的营销手段，在书画界，在收藏界，也是行之有效的。因为那个领域里一手数钱，一手验货，直接交易，赤裸买卖，容易滋生更多的骗子，其伎俩，其把戏，其阴谋，其花招，说不定更加王八蛋呢！

然而，市场行情的走高走低，人心世态的忽冷忽热，都无足影响中国书法史对傅山"清初第一写家"的评价。我对于这位山西名贤，十分敬仰，一直视他为中国最有风节的文人。像这样高节苦行的大师，过去就不多，现在则尤其的少，所以弥足珍贵。第一，他在明朝活了39年，在清朝活了40年，到79岁他仙逝的那天，始终认为自己是大明王朝之民。硬挺着熬40年政治高压岁月而不变节，即使被抬着进了北京，就是不进平则门，宁死也不为爱新觉罗的清朝效劳。第二、作为医生，作为书画家，他应该很有钱，当下中国，除奸商外，这两个职业最是金不换、肥得流油的好工作。可是他老人家心存悲悯，为人看病，多不收费；再加之清高，卖字鬻画，极不肯干，放着钱不要，为此，他无法不穷。可他萧然物外，安贫乐道，拒绝金钱社会，宁愿在乡下住窑洞，日出而作，日落而歇，过一辈子拮据日子，着实令人钦服。第三，他27岁妻室去世，给他留下一个儿子。白天推辆车子，带着孩子，走州过县，看病卖药；晚间秉烛夜读，钻研求知，课儿读书，琅琅不绝。数十年间，孑然一身，养儿抚孙，再未娶妇，其坚守不渝的贞一感情，难能可贵，父代母职，尤为感人。据秦瀛《己未词科录》载："傅山，字青主，亦字公之佗。太原高士，能为古赋，尝卖药四方，其子眉挽车，晚憩逆旅，辄课读史、汉、庄、骚诸书，诘旦成诵乃行。祁县戴枫仲选《晋四家诗》，父子居其二。"

这样完整的人格，这样高尚的境界，这样澄峻的品德，这样坚贞的风节，能不令人为之高山仰止吗？

应该说，一时的坚持，容易；一生的坚持，就难之又难了。因为坚持的对面，为动摇，古往今来，所有的知识分子，无一不在这两者之间徘徊，而颇费周章。像傅山这种日复一日，年复一年，始终不变坚持，从未动摇分毫，真是何其了得？对于今天活着的那些"名利现实主义"者，那些"权势现实主义"者来说，也许并不以为傅山的坚持，具有多大意义。然而，中国历史上那些"留取丹心照汗青"的光辉篇章，正是由这些敢于坚持，并且坚持到底的人写出来的。假如大家都贼尖贼滑地求名利、谋权势，置国家、民族、社稷、江山于不顾，视理想、远景、奋斗、追求为虚无，那么中国早就成为人间鬼蜮了。

傅山（1607～1684），初名鼎臣，字青竹，改字青主。

他的两句诗"既是为山平不得,我来添尔一峰青",也寓示出他的抱负。辞书上称他为忻州人,但丁宝铨为其《霜红龛集》作书序说:"傅青主先生别字啬庐,学者称之为啬庐先生,山西太原人。"这位山西名儒,国学大师,赡博多才,造诣精深,凡书法、诗赋、金石、绘画、经史、音韵、佛道、医术,无所不涉,有"学海"之誉。梁启超将他与顾炎武、黄宗羲、王夫之、李颙、颜元并称为"清初六大师",在《清代学术概论》中,特别指出傅山"其学大河以北莫能及者"。所以,清朝顺、康年间,作为明末遗民的代表人物傅山,其声誉,其影响,超出山西,直逼京畿,远

傅山画像

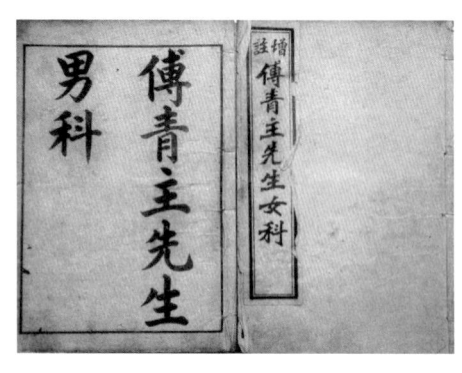

傅山还是一位名医

及江南，辐射全国。人望之高，堪称一时之盛。

他还是一个奇人，习文，习医，还习武，慷慨任侠，仗义直行。其师袁继咸为阉党陷害，傅山振臂一呼，全省生员，联袂随之赴京，散发传单，伏阙抗诉，时年31岁的傅山，曾经是一位意气风发的学生运动领袖。明亡，参加抗清武装起义，被捕入狱，坐牢数年，"抗词不屈，绝粒九日"。经营救出狱，遂隐居不出，以居士自称。"归谢人事，坐一室，左右图书，徜徉其中。终年不出，亦不事生产，家素饶以此中落。四方贤大夫足相错于门，或遗之钱，则怫然怒，必力绝之。虽疏水不继，而啸咏自如"。

西方哲人说过，鸡飞得再高，翻不出院墙；鹰飞得再低，志远在蓝天。真正的大师，自得人心，那些伪大师，不过装腔作势，故作高深而已，只要一翘辫子，撒手人寰，那些招摇撞骗的徒子徒孙，不是作鸟兽散，就是作鸡鸭斗，这也是近年来历历在目的闹剧。傅山虽身居土窑，但名士臻集，从与大师来往的精英人物看，他是当时公认的思想文化界重磅人物，自无疑问。与他同声共气的顾炎武、孙奇逢、阎尔梅、李中馥都专程来到山西，与他探讨学问；与他学问相当的李因笃、阎若璩、屈大均、朱彝尊也与他友情笃密，时有往还；而朝夕奉教、切磋学艺的戴廷栻、王显祚、张天斗等辈，俱是一时人俊。他像具有强大吸力的磁场，无论他在祁县、汾阳、平定，还是太原，喜欢喝苦酒、饮苦茶的青主先生总是不寂寞，"谈笑皆鸿儒"，是肯定的；"往来无白丁"，则未必了，因为四乡八邻登门求医者，则是些普通老百姓了。他拒绝大清王朝，拒绝官绅世界，但并不是拘泥于一个狭隘圈子里的小我文人，相当地平民化、大众化，或许这就是傅山大师的魅力了。

傅山的这幅草书手卷，虽然只拍出5000万，自是十分遗憾。然而，大家并不十分了然他在中国书法史上的学术地位，刘绍攽《傅先生山传》里，称他"书法宗王右军，得其神似。赵秋谷推为当代第一。时人宝贵，得片纸争相购。先生亦自爱惜，不易为人写，不得已多为狂草，非所好也，惟太原段帖乃其得意之笔。母丧，贵官致赙，作数行谢，贵者曰：'此一字千金也，吾求之三年矣！'其宝重如此"。

郭钹《征君傅先生传》中说得更为给力，认为他："奇才绝世，酷嗜学，博极群书，时称学海。为文豪放，与时眼多不合，诗词皆慷慨苍凉之调，不作软媚语。最善临池，草楷篆隶，俱造绝顶。笔如铁画，不摹古，不逢时，随笔所至，或正或侧，或巨或细，或断或续，无不苍劲自异，画更古雅绝伦。"他的书法，在当时视为珍品，"盈尺绵两，片字溢金"，士林名流咸以家藏一纸傅书为荣。因为他的书法成就，并不局限于纵笔挥洒之中，还在砚池凹墨之外。他主张字如其人，字中见人，人直字正，写字即是做人的书法哲学，这种书法即人的精神，使他在书坛傲立数百年，为人宗奉。

他的一首《作字示儿孙》五言古诗，其后之附言，可以视为他书法理论的总枢。

"贫道二十岁左右，于先世所传晋唐楷书法，无所不临，而不能略肖。偶得赵孟頫《香光诗》墨迹，爱其圆转流丽，遂临之，不数过而遂欲乱真。此无他，即如人学正人君子，只觉觚棱难近。降而与匪人游，神情不觉其日亲日密而无尔我者，然也，行大薄其为人，痛恶其书，浅俗如徐偃王之无骨，始复宗先人四五世所学之鲁公，而苦为之，然腕杂矣，不能劲瘦挺拗如先人矣。比之匪人，不亦伤乎！不知董太史何所见，而遂称孟頫为五百年中所无，贫道乃今大解，乃今大不解，写此诗仍用赵态，令儿孙辈知之，勿复犯此，是作人一著。然又须知，赵却是用心于王右军者，只缘学问不正，遂流软美一途，心手之不可欺也。如此危哉危哉，尔辈慎之毫厘，千里何莫非然。"（《霜红龛集》卷四）

赵松雪，即赵孟頫，大书画家，大文学家，但也是历史上一个有争议的人物。有宋太祖赵匡胤十一世孙的皇裔身份的他，居然经受不了诱惑，坚持不了节操，至正年间北上降元，为集贤直学士，官至翰林院学士承旨，遂成为历史所不齿的一个变节文人。全祖望在《阳曲傅先生事略》中，也谈到这个话题："先生工书，自大小隶以下，无不精。兼工画，尝自论其书曰，弱冠学晋唐人楷法，皆不能肖。一得赵松雪香光墨迹，爱其流转圆丽，稍临之遂乱真矣！既乃愧之曰，是如学正人君子，每觉觚棱难近，降与匪人游，不觉其日亲。"

董其昌称赵孟頫的书法，"五百年中所无"，一位数百年难得一现的书法家，为什么却不能被傅山所认同呢？这就是中国人的文化烙印了。在中国历史上，凡正朔的汉民族王朝，被非汉民族武力政权推翻，在改朝换代的拉锯过程中，中国人所流的鲜血，所砍的头颅，总是最为骇人的，所付出的代价，所付出的牺牲，总是最为惨重的，人民所受的痛苦，百姓所遭的磨难，也总是最为熬煎的。明清鼎革，宋元易代，具有同样性质的时代背景。在这样一个血腥岁月里，做人之难，可想而知，而坚持不变，则为尤其的难。所以，傅山特别反感赵孟頫，由"大薄其为人"，到"痛恶其书"，是可以理解的。

在讲究民族气节的中国社会里，在主张忠孝节义的儒学环境中，中国人特别痛恨汉奸、走狗、叛徒、卖国贼，以及二鬼子、皇协军、新民会、翻译官等败类。由于他们倚仗侵略者的淫威，所施加于同胞的恶行，其残忍，其歹毒，往往超过其主子。这也是当下那些为周作人抬轿子的先生们，嘴上花言巧语，心里不住打鼓的缘故。到底，民意是不可违的，民心是不可逆的。其实，汪精卫的旧诗，写得不弱于周作人的散文，好像至今还没有一位冒大不韪者，敢于出版汪的《双照楼诗集》。这种文化烙印，在中国人心目中，像基因一样不能磨灭。甚至连赵孟頫自己，背叛国族，为元朝效劳，也认为是大耻，而后悔不已。可周作人，却是甘心为虎作伥的丑类，这也是那些涂脂抹粉者，难于自圆其说、不敢明目张胆的缘故。

倡人格即字格说的傅山，始终不宽恕赵的失节行为。古稀之年作《秉烛》诗，仍以"赵厮"称赵孟頫，以"管卑"

称赵孟頫之妻管仲姬。在他看来,赵是不该降元,也不能降元的。1279年,陆秀夫背负宋朝最后一个皇帝跳海以后,宋虽然灭亡,但被俘关押在北京的文天祥,仍坚决不降,到1283年(宋亡后4年)惨遭杀害;拒绝降元被拘在北京的谢枋得,矢志不仕,到1289年(宋亡后10年)绝食而死。那么,1286年(宋亡后7年)赵孟頫就等不及地变节,跑到北京来屈身事虏,做着元朝的官,拿着元朝的饷,向忽必烈摇尾乞怜。傅山不禁要问,对你祖先的赵宋王朝,对刚被杀头的文天祥和犹在绝食的谢枋得,情何以堪?

其实,写字即做人的道理,唐人柳公权也曾有过类似的说法。"穆宗政僻,尝问公权笔何尽善,对曰:'用笔在心,心正则笔正。'"见诸《旧唐书》的这段记载,为什么不如从傅山嘴里说出来产生的震撼强烈呢?就是因为改朝换代大屠杀的背景,唤起了人们心灵中的这种文化烙印,《清史稿》称:"甲申后,山改黄冠装,衣朱衣,居土穴,以养母。"他自号"朱衣道人",这个朱,即是朱明王朝的朱。40年来特立独行的他,始终坚持明末遗民的身份,铁骨铮铮。至死,也遗嘱殓以道装,不改衣冠。这个始终视自己为朱明王朝之人,对清朝政权,当能够进行抵制,抵抗的时候,则坚决抑制之,抵抗之;当无法抑制、抵抗以后,也采取不合作、不对话的态度。哪怕坐大牢、濒死境，也不变初衷。

这位在精神上绝不媚世的大师，在书法上也倡导："宁拙毋巧，宁丑毋媚，宁支离毋轻滑，宁直率毋安排，足以回临池既倒之狂澜矣。"这"四宁四毋"，一直到今天，仍旧是书法界奉为圭臬的戒律。

有人这样诠释：

"宁可追求古拙，而不能在意华巧，力臻骨格遒劲，而不必软美宜人，达到大巧若拙、含而不露的艺术境界；

"宁可写得丑些，甚或粗头陋服，也不能存有取悦于人的奴颜婢膝之态，努力寻求的应该是内在的精神之美；

"宁可松散参差、崩崖老树，不可轻佻油滑、邀好世俗。自然萧疏之趣，远胜浅薄浮浪。朴实无华，最是天然本色；

"宁可信笔而下，直抒胸臆，无需畏首畏尾，顾虑重重。更不要描眉画鬓，装点修饰，有搔首弄姿，俗不可耐之嫌。"

《清史稿》以为傅山书法之"四宁四毋"，并不局限于写字，"人谓此言非止言书也"，此语诚然，然而推展延伸来讲，作文，也应该是同样的道理。按傅山的原意，做事，做人，作天下大小一切生计，何尝不是如此呢？赵孟頫的书法，在有过同样身经两朝而坚贞不变的傅山眼里，好是自然的了，但"只缘学问不正，遂流软美一途"。

何谓"软美"？说白了就是一个媚字。一媚，放下身段媚世；二媚，低下脑袋媚俗；三媚，弯下腰杆媚上。此乃中国文人最经不起考验的致命伤。有的人媚其一，有的人媚其二，有的人媚其三，有的人一二三皆媚，那可真是一个完蛋货了。为了巴结，为了攀附，为了欲望，为了野心，很多文人那情不自禁的媚，才教人丧气败兴。有什么办法呢？文人之强项，是文章写得好，但文人之弱项，是骨头相当软。唯其文章写得好，名利之心重；唯其骨头软，弯腰屈背，卑躬折膝，趋炎附势，蝇营狗苟，便无所不用其极。所以像傅山这样从无一丝一毫媚气的硬骨头，还真是难寻难觅。试想，当康熙皇帝将一纸敦请为内阁中书的任命状，塞到这位老先生手中，他居然掉头不顾，敬谢不敏而去，你在这个世界上，能找到第二个吗？要换一个人，譬如你我，面对如此宠遇，还不赶快三跪九叩，五体投地，山呼万岁，皇恩浩荡啊？也许你不会，但我会。在当右派的20多年里，我对那些非要在你脑袋上撒尿的人，那些狗屁不是却有权力踢你一脚的人，也曾磕头如捣蒜地礼拜过的，那么，我有多大胆量，敢不感激康熙皇帝这大面子？居然不甩他，难道我想找死吗？

现在已经弄不清楚玄烨心血来潮，搞这次"博学鸿词"

背后的真实意图是什么了。但可以肯定，那几年里，因撤藩而引发与吴三桂的军事较量，正处于胜负未定之时，焦头烂额之际，前线吃力，后方空虚，上层意见分歧，下民谣诼纷纭。康熙不傻，文人中的明末遗民，未必是他公开的反对派，但体制外的生存方式，决定了他们很容易成为持异议的政见分子。虽然清朝政府以异族入侵，统治偌大中国，患有很严重的意识形态恐惧症，是自然而然的。但为了巩固政权，不得不对这些与大清王朝基本上离心离德的汉族文人采取退让政策。

读《清通鉴》，当吴三桂一下子占领了半壁河山，在湖南衡州称帝时，有一个耐人寻味的细节，恐怕是玄烨突发奇想的起因。吴三桂既然登基称帝，总得做做样子，必须有人劝进才是。而这篇劝进的文章，按历来规矩，执笔者必为当代大儒。而大文人王夫之鼎革以后，不愿改明代衣冠，正好躲在湘西蛮峒避难。现在吴举起反清大旗，理应与王是同一条壕堑里的战友，遂将撰写《劝进表》的任务委托于他。没想到，船山先生断然拒绝，拂袖而去。康熙的特务系统肯定会将此情报，如实报告，康熙恍然大悟，这些中国文人固然眷恋前朝，但还是知道什么叫"大势所趋"。于是，压根儿还是要防着这班仍有号召力的遗民捣乱，硬的一手，"文字狱"大开杀戒；软的一手，就是赎买政策登场，要给老哥儿们一把甜枣吃了。遂有这次博学鸿词的"超女式"的海选，以及不咎既往，一律纳入体制内，一律拿饷吃公粮的科举直通车。

由此可见，中国养作家，可是有很久远的历史呢！

据《清实录》，康熙十七年（1678年）三月乙未（二十三日），"谕吏部：自古一代之兴，必有博学鸿儒，振起文运，阐发经史，润色词章，以备顾问著作之选……"这也就是次年，即康熙十八年（1679年）三月丙申（初一）在体仁殿开考的博学鸿词科，又称大开己未科的方便之门。科举，是中国选拔文官的制度，一般分乡试、省试、京试，最后才是殿试的层层把关。这一次，康熙谕旨，"在京三品以上及科道官员，在外督抚、布按，各举所知，朕将亲试录用"。只要各部提名，地方举荐，直接就到北京参加殿试。于是，将近200位在当时中国算得上出类拔萃的顶尖文人，被康熙一网打尽，统统纳入彀中。这其中百分之八九十，媚字当头，屁颠屁颠地上京赶考来了，但也有那么不多的七八个人，硬是不买账，抬着不来打着来，小鞭子赶着抽着，不得不来，不敢不来的。这其中，为首的就是山西傅山。

这年，他72岁，他说，我老了。地方官员说，不死就得去。他又说，我病了。地方官员说，抬着也得去。

因为点着名举荐他的，为给事中李宗孔、刘沛先，这两位京城官员，职务不高，权力很大。胳膊拧不过大腿，只好上路。老先生这把老骨头，从太原到北京，居然没有颠零碎了。有三种说法：地方官员说，我是用软轿抬其进京的；公安人员说，我是派"役夫舁其床而行"的；但我宁愿相信其子傅眉所述，他赶着一头毛驴，驮着干粮，他的儿子和他的侄子抬着老爷子，翻山越岭，出娘子关，然后，一马平川，来到京都。远远望见平子门（山西文献都如此写，想是口音之讹，其实就是平则门，即阜成门），老爷子发话，再也不能往前走了，若再前进一步，就死给他们看。

这年的三月初一，紫禁城里，各路文士齐聚，好不得意。中国人其实好哄，中国文人尤其容易满足，天子门生，多荣耀、多体面的四个字，就把他们统统拿下，无不服服帖帖，从大明一百八十度转向大清。考前的预备会，主考官传达康熙的原话，更是大气也不敢出地洗耳恭听："汝等俱系荐举人员，有才学的，原不应考试。但是考试愈显你们才学，所以皇上十分敬重，特赐汝宴。凡是会试、殿试、馆试，状元、庶吉士俱没有的，汝等要晓皇上德意。"然后，"宣讫，命起赴体仁阁，开设高桌五十张，每张设四高椅，光禄寺设馔十二色，皆大碗高攒，相传给值四百金。先赐茶二通，时果四色，后用馒首、卷子、红菱饼汤各二套，白米饭各一大盂，又赐茶讫复就试。"（秦瀛《己未词科录》）

大家一边品尝御宴，一边私下议论，这顿馒头花卷烙饼的饭，是否值四百金时，才发现绝对应该坐在主桌上的傅山——文坛大佬、经学宗师、书画名流、医界高手——竟然不见踪影。在座的官方人士，当然知道已经在崇文门外圆教寺落脚多时的傅山，其绝无转圜余地的"三不"政策：一是绝不进城，二是绝不赴宴，三是绝不参考，要杀要剐，悉听君便。为此，他绝食七日，粒米不进，以示其断然不肯从命的强硬。

时年20多岁的玄烨，雄才大略说不上，年轻有为是肯定的，听人汇报了老西子傅山的"三不"之后，这位总操盘手莞然一笑：我原本就认为大可不必考试的嘛，既然如此，不考就不考吧，功名还是可以给的，甚至还可以给得高些，那就为中书舍人吧！话声一落，聆此圣音的人臣冯溥、魏象枢之流，也都喊"万岁"了。中书舍人，虽无实权，名位却不低，相当于国务院的副秘书长，是享受部级或副部级待遇的高干，冯、魏二人也都艳羡不已。退朝以后，连忙坐轿来到崇文门外圆教寺，向躺在榻上病得够呛的傅山贺喜，同时要挟着这位老爷子起驾进宫，叩谢皇上的大恩大德。

来者可是宰执之类的朝廷高官，趋从甚众，那班张龙赵虎之辈，一看主子眼色，不由分说，立刻架起傅山，直奔紫禁城。进得午门，才将他放下，这位大师定睛一看，登时傻了，这不是当年为学生运动领袖时，率一众生员，在这里伏阙申诉、击鼓鸣冤之地吗？城，还是当年的城；门，还是那时的门，但江山易色，物是人非，风景依旧，衣冠不同。睹此伤心地，往事涌心头，人老了，泪少了，可傅山却禁不住簌然热泪，滚滚而下。他想起他的崇祯皇帝，想起他的大明王朝，想起他的家园故国，想起他的文章盛世，老迈体弱的他，哪经得住如此触景生情的巨大刺激？双腿一软，竟坐倒在丹墀之下。

冯溥还伸出手去拉他起来，要到午门里的体仁殿磕头致意。魏象枢止住了他，连声说道：行了，行了，意思到了，意思到了。你没看老先生已经倒在地下，就等于谢主隆恩了。好吧好吧，将傅山交给他儿孙，两人径直到宫里，向康熙邀功买好去了。

据《年谱》："次日遽归，大学士以下皆出城送之，先生叹曰：'自今以还，其脱然无累哉？'既而又曰：'使后世妄以刘因辈贤我，且死不瞑目矣！'闻者咋舌。"刘因，文人，与赵孟頫同样，仕于元朝，而后退隐，忽必烈二次征召，疾辞不就，但却得到受封翰林的恩典。但傅山自始至终认为自己，生为大明之人，死为大明之鬼，与刘因、赵孟頫两截失节之人，有着本质上的区隔，是不可同日而语的。因此，他的这番话，很让那些由明而清的新贵们，觉得相当刺耳。可是一想到连当今圣上都由他三分，也就忍住不敢发作了。

"自京师归，大中丞以下，咸造庐请谒，先生自称曰民。或曰，君非舍人乎？不应也。阳曲令奉部文，与悬'凤阁蒲轮'匾，却之。"

虽然，他的书法作品未能在拍卖会上得到赏识，然而，这样一位坚持到康熙二十三年逝世，整整78年来分毫不变，一身正气，毫无媚颜，挺直身子做他自己的傅山，你要是有机会到山西，到太原，尤其到晋祠，你会确确实实感觉到他随时随地地存在。

人们如此记住这位有风节的文人，或许就是所谓的不朽了。

一生抬杠毛奇龄

一

毛奇龄是清初文坛的一位怪人，说他怪，就是此人好抬杠。

两个人，你不服我，我也不服你，但偏要将对方说服，争得面红耳赤，声高八度，甚至捋袖掏拳，口出恶言。老百姓管这种争辩过程，叫做抬杠。凡抬杠者，通常都是输了也不认输的坚硬派，有理要抬，无理也要抬的，人们对这些"死了的鸭子嘴硬"者，戏称为"杠头"。我们在生活中都有遭遇到此类"杠头"的体验，理他吧，一肚子气；不理他吧，照样还是一肚子气。

抬杠，常见于市井大众，知书识礼者不屑为，但毛奇龄例外，抬杠成癖，顶牛上瘾。

中国文学史三千年，像他这样总是非难一切，总是质疑一切，总是驳倒一切的"杠头"；甚至，就是为了反对而反对本来大家都认为正确的一切，纯系为杠而杠的"杠头"，可谓独此一家，天下难寻。而且口气之大，足以噎你一个跟头。他说："元明以来无学人，学人之绝斯三百年矣！"所以，有清一代，对毛奇龄的学术评价，褒者贬者不一，说好说坏都有，但对毛奇龄的做人评价，其不可理喻的别扭，其无理取闹的争拗，其不肯服输的倔强，其彻底否定的逆反心理，咸持负面看法。

其实，毛奇龄之杠，成为当时和嗣后的争议话题，是那个尴尬的历史时代所决定的。

毛奇龄活到90多岁，可谓长寿。第一，作为一个有学问，更有争议的文人，脑袋大过常人，当局很容易就摸得着；第二，作为一个反清没门、复明更没门的志士，头顶长过棱角，政府更不会将他忘怀。俗话说，不怕贼偷，就怕贼惦记。康熙本人未必知道他是老几，但康熙身边的那些智囊，那些文胆，肯定知道他是老几。面对清朝统治者那愈来愈严酷的思想钳制，面对异族主子日甚一日恐怖的"文字狱"政策，面对诸多文人动辄获咎、一劫不复的政治打击，他采取这种活着一天抬杠不已，健在一日杠头如故的生存方式，未必不是精神解压的途径。尽管很招人非议，很令人讨厌，可老先生一直到死，毫无悔意。

因此，据我私忖，这位老夫子对这种自我心理调适，大概很自得，甚至还窃喜他的招牌形象。说白了，中国皇帝收拾中国文人的手段，虽然很多，但是中国文人应付中国皇帝的招数，似乎更多。毛氏的杠，旨在宣泄，意在排解，其实是带有政治色彩的行为。他最为脍炙人口的抬杠，莫过于发难苏轼的七律《惠崇春江晚景》了。

明眼人看得出来老头子是负气之作，谁都当做一则笑话。毛奇龄却正经八百地抬，得意洋洋地抬。也许中国人对于名人，通常很宽待，便纵容这班名流信口胡扯、不知收敛、高谈阔论、不着边际。你就看当下电视讲座上这班货色的瞎说八道，走火入魔，而居然"被容忍"，居然不抗议，说明中国观众多么有涵养。顶多换一个频道，不看那张肉脸，免得夜间做噩梦，也就罢了。要放在外国，不知该有多少电视机被愤怒的群众砸掉。所以，大概也只有在我国，类似毛奇龄"鹅不知耶"的屁话，竟然会有好事者认真地记录下来。

苏轼这首诗，尽人皆知，"竹外桃花三两枝，春江水暖鸭先知。蒌蒿满地芦芽短，正是河豚欲上时。"好在清新淡雅，好在平白如话，尤其好在诗中的第二句，堪称神来之笔。西方人好说"魔鬼在细节"（Devils are in the details），在文学创作中，一个精彩的细节，往往决定作品的成败。毛奇龄当然懂得，感知到春水温润的鸭子，是这首诗中的精彩所在，也就是所谓的"魔鬼细节"。可他偏要强词夺理：鸭子知道，鹅就不知道吗？

事出陈康祺的《郎潜纪闻初笔》卷十二："汪蛟门比部懋麟，尝诵东坡'春江水暖鸭先知'句。西河在座怫然曰：'鹅讵后知耶？'人遂谓西河不知诗。余谓是句之妙，西河何尝不知，特其倔犟本色，不辩不快。此老生平著述，全是一时火气，不许今人低首古人，何尝为解经讲学起见。"袁枚在《随园诗话》卷三之九中，也述及"鹅不知耶"这句毛氏屁话，并大不以为然："东坡近体诗，少蕴酿烹炼之功，故言尽而意亦止，绝无弦外之音，味外之味；阮亭以为非其所长，后人不可为法，此言是也。然毛西河诋之太过，或引'春江水暖鸭先知'，以为是坡诗近体之佳者。西河云'春江水暖，定该鸭知，鹅不知耶？'此言则太鹘突矣。若持此论诗，则《三百篇》句句不是：在河之洲者，斑鸠、鸤鸠皆可在也，何必'雎鸠'耶？止丘隅者，黑鸟白鸟皆可止也，何必'黄鸟'耶？"一直到王文诰辑注《苏轼诗集》时，对毛西河的抬杠犹耿耿于怀，干脆斥之以"卑鄙"，可见其义愤填膺之状："此乃本集上上绝句，人尽知之，而固陵毛氏独不谓然。凡长于言理者，言诗则往往别具肺肠，卑鄙可笑，何也？"

"何也？"回答很简单，不拿鹅来杠鸭，就不是毛西河的风格了。不过，陈康祺的"全是一时火气"，倒是点中了毛西河的软肋。

在明末清初的文人群落中，毛奇龄是毫无疑义的大学问家，在解《易》这一门经学研究上，其一家之言，具有扛鼎的权威性。然而，与他基本上为同龄人的黄宗羲（1610～1695）、顾炎武（1613～1682）、王夫之（1619～1692）、李颙（1627～1705）、吕留良（1629～1683）、徐乾学（1631～1694）诸人相比，他们无一不是铮铮佼佼，众望所归，出类拔萃，有口皆碑的饱学之士，而他却是属于剑走偏锋的野狐禅，半路杀出的三脚猫。加之在志节上，不及黄、顾、王之铁骨忠贞，磊落豪横；在人望上，不及李、吕、徐之高超俊逸，风格迥出。在那个讲气节的年代里，人格的考量往往起到决定性作用，所以这个极自负、极计较、极介意的西河先生，很不被人视为这个大师行列中的一员，使他郁闷之极。因此，这也促成他不甘雌伏、不想认输、不愿落败、不肯费厄泼赖的性格，而变得不可理喻地别扭。

《清史稿》称他："淹贯群书，所自负者在经学，然好为驳辩。他人所已言者，必力反其词。"最有名的例子，就是那部伪古文《尚书》，自宋以来，都疑其作假。阎若璩专书疏解，力证其假冒伪劣，可毛偏要作《古文尚书冤词》力辩为真。《清史稿》说这个抬杠专家，"又删旧所作《尚书广听录》为五卷，以求胜若璩。所作经问，指名攻驳者惟顾炎武、阎若璩、胡渭三人。以三人博学重望，足以攻击。而余子之下，不足齿录，其傲睨如此。"毛奇龄不但杠同时代的顾、阎、胡等同辈，隔了好几百年的苏轼，因为这句"春江水暖鸭先知"，照样挑动了他的逆反心理。

如果毛氏的"抬杠"，竟止于口角之争，也只罢了。此公岂但动口，脾气上来了，还会动手。据方浚师的《蕉轩随录》记载，有一次毛奇龄与李因笃论古韵，这位以博闻强记、名重于时的关西夫子，与顾炎武被视为当世可师之文宗，自然不甘示弱，于辩诘中竟使西河先生一时语塞。毛老人家哪经过这等挫折，始则恫喝，继则大怒，最终甚至施以拳脚，武力相峙，这简直大辱斯文。在大家的排解下，老头子仍一脸愠色，咆哮不已，未肯罢休。那样子，在座的人肯定是想笑而不敢笑，脸上不笑，心里却又乐不可支。

陈康祺《郎潜纪闻三笔》卷十一《李天生之豪侠》条载："李天生（即李因笃）检讨，性行忼豪，尚气慨而急人患，一秉秦中雄直之气。生平与二曲交最密。天生宗朱子，二曲讲良知，各尊所闻，不为同异。亭林在山左被诬陷，天生走三千里至日下，泣诉当事，而脱其难。在都门，尝与毛西河论古韵不合，西河强辩，天生气愤填膺不能答，遂拔剑斫之，西河骇走。康祺窃谓天生古豪杰，其周旋亭林、二曲，不愧古人之交；其剑劫西河，未免稍失儒者气象。然以西河之利口，喋喋，滑稽不穷，非劲敌如天生，恐亦不足以折其骄横诡诞之气，宜当时传为快事云。"

全祖望在其《鲒埼亭集外编》中，也说到这次先动口后动手的故事："西河雅好殴人，其与人语，稍不合，即骂。骂甚，继之以殴。一日，与富平李检讨天生会于合肥阁学座论韵学，天生主顾氏韵说，西河斥以邪妄。天生秦人，故负气起而争。西河骂之，天生奋拳殴西河重伤。合肥素以兄事天生，西河遂不敢校，闻者快之。"

毛氏的这种活到老杠到老，一息尚存，"抬杠"不止的精神，直至乾隆年间，纪昀主编《四库全书》时，大概仍是文坛的热点话题。

作为主笔的纪晓岚，在《四库全书总目提要》里，对他敬之，畏之，又无可奈何之，因为此公无论做学问、写文章，无论考据经学、发表观点，都"好为驳辩"，遂作了一个极精辟的总结:"凡他人所已言者,必力反其辞。"你说东,他偏说西;而你一旦说西了,他又说东。纪昀在评介他的著作《诗话》时,对他这种非人之所是,是人之所非的文学批评态度,也是不以为然的:"奇龄以考据见长,诗文直以才锋用事,而于诗尤浅。"并认为毛之"所论宋诗,皆未见宋人得失,漫肆讥弹","所论唐诗,亦未造唐人藩篱,而妄相标榜,如诋李白,诋李商隐,诋柳宗元,诋苏轼,皆务为高论,实茫然不得要领"。

应该说,纪昀对他的评价,相当客观:"奇龄之文,纵横博辩,傲睨一世,与其经说相表里,不古不今,自成一格,不可以绳尺求之。然议论多所发明,亦不可废。其诗又次于文,不免伤于猥杂,而要亦我用我法,不屑随人步趋者,以余事观之可矣。"尽管如此,纪昀又不能不郑重对待这位著作等身的学者,在所主编的《四库全书》中,收其著作达52种之多。作品被收入《四库全书》,自然也是一种荣耀,以作家被收藏的数量计,他不数第一,也数第二。在《四库全书》收藏古今书目中,名列前茅,也许是历史对他刮眼相看的一点。

我始终认为,毛奇龄的抬杠,是他心理不平衡的结果。他的否定一切,一切否定的绝对态度,是他对自己期待过高，但在现实世界里，这些期待不仅难以落实，却处处碰壁。他认为他应该受到世人的尊崇，然而他又做出不被世人尊崇的事情，也就难以得到众口一词的推誉，于是失落，于是恼火，于是动口加之动手，于是天下人不中他的意，同样，他也不中天下人的意。

我很钦佩这样于书无所不窥，学识博大精研，笔锋无所不涉，才气汪洋恣肆，能够一辈子"好为驳辩"，贯彻始终的怪人。当代文坛上"好为驳辩"者，也有，但如毛西河淹古贯今的饱学之士，简直再也找不到了。

二

毛奇龄，浙江萧山人，字大可，号秋晴，因郡望西河，又称西河先生。生于明天启三年，逝于清康熙五十五年，享年93岁。

此人称得上腹笥丰赡，学识渊博。凡经学、文学、史学，乃至音韵、诗词、书法诸多方面，都达到了完善成熟的程度。应该说，钻研学问不难，而娴熟方方面面的学问，成为一个无不该洽的通才，那可不易。毛奇龄为清代初期的一位全天候、货真价实、经得起历史考验的学问家，当是无疑的结论。

这位负才纵横傲睨当世的文人，固然是狂狷一生，反弹一生，对传统质疑一生，对正统非议一生，对众口一词的儒家定论逆反一生。可表面上的嬉笑怒骂，狂放恣意，别人眼中的无所忌惮，事必反弹，这一切，并不代表他活得很快乐。虽然，抬杠不止，可以取得口头上的一时宣泄之快；虽然，施以拳脚，可以得到肢体上的暴力发泄之快，但都不是他所追求的目标，更不是他所期盼的境界。

毛奇龄手书

如果我们仔细看他明清鼎革前后的人生轨迹，便知道他不快乐的由来。

一、"总角，陈子龙为推官，爱之，遂补诸生。"

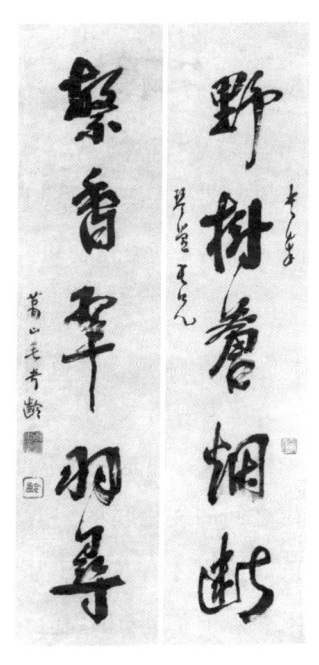

二、明亡后,"哭于学宫三日,山贼起,窜身城南山,筑土室,读书其中"。

三、顺治三年(1646年)陈子龙抗清殉难,毛奇龄追随其师大义,入南明政权毛有伦宁波抗清军中。"是时,马士英、方国安与有伦犄角。奇龄曰:'方、马国贼也,明公为东南建义旗,何可与二贼共事?'国安闻之大恨,欲杀之,奇龄遂脱去。"(《清史稿》)

在中国儒家的传统精神中,师承,既是一种责任,也是一种信义,更是一种不可背约的担当。因为中国人相信,师生之间的文化联系,是与父子之间的亲情联系应该画等号的,所以才有"一日为师,终身为父"这个太公遗训。因此,陈子龙对于旧国的眷恋,对于故土的忠贞,对于异族的抵抗,对于生死的豁达,以及他最后被俘不屈,杀身成仁的大义,如炬如火,燃烧起这位弟子对于江山社稷、不被腥膻的反抗意识;如光如电,指引着这位传人对于复我衣冠,还我故土的斗争道路。可以说,毛奇龄的一生,始终是在陈子龙精神力量的笼罩下,感召有之,激励有之,鞭策有之,镜鉴有之。而炯戒,则更有之。

一个大写的人,永远足以为人师范,而对早年受业于陈子龙的毛奇龄则尤其是,明崇祯八年(1635年),才13岁的他，以优异才禀，应童子试，恰陈子龙为主考官，见其稚气尚存，曾戏称："黄毛未退，亦来应试？"毛奇龄答曰："鹄飞有待，此振先声。"从此，遂为入门弟子。在所有关于这位西河先生的记载中，无不特别提到他受知于陈子龙这一点，可以断定，他以他的座师自豪，也曾经登堂入室，随侍左右，奔走往还，颇以其师那首《易水吟》中"昨夜匣中鸣"的"并刀"自许。

1664年，时年21岁的毛奇龄，与全体中国人一样，陷入了痛苦的抉择之中。是留发不留头，做明朝的忠烈；还是留头不留发，做清朝的顺民？对儒家子弟而言，改朝换代，也许不及衣冠制度的变换，更为触及灵魂。而薙发留辫，要比胡服左衽，更是一种屈辱性的令其臣服的手段。所以，他与其师采取了与大清王朝为敌到底的措施。

毛奇龄有一首《赠柳生》的绝句："流落人间柳敬亭，消除豪气鬓星星。江南多少前朝事，说与人间不忍听。"那是一个熬煎的年代，那是一个折腾的年代，当时，摆在知识分子面前，出路大致有四：

一、以死殉国；

二、武装斗争；

三、变节降顺；

四、苟且偷生。

毛奇龄既是抗清英雄陈子龙的得意门生,自然也当追随其宗师,转战江南,负隅顽抗。这段历史空白,已无从知悉,但陈子龙历经艰险、不折不挠,屡遭挫败、九死不悔,最后,不幸被俘,以死明志。殉忠前朝以后,作为陈子龙门生的毛奇龄,这位明末廪生,虽未能与其师同进共退,但迅即加入南明鲁王的军事活动,沿着他老师抗清足迹,游击于江浙一带,继续战斗。然而,崇祯朝所有的败象,在南明小政权再度重复,大势既去,败局已定,大厦之既倾,非人力之所能挽救,只好看它完蛋。鲁王败后,毛奇龄化名王彦,亡命江湖。这应该是顺治十七年(1660年)至康熙十七年(1678年)间事。明亡后的这30年间,应该说,毛奇龄对他的入门老师陈子龙,在精神上的尊重,在感情上的缅怀,在反清复明事业上的传承,完全合乎儒家"父在,观其志;父没,观其行。三年无改于父之道,可谓孝矣"所要求的。

可是,到了康熙十八年(1679年),西河先生56岁,已经是知天命的年纪,突然出现令人大跌眼镜的变化,竟要应博学鸿儒科,受招安。

在这个世界上,有勇敢者,也有不勇敢者。勇敢者,固可钦敬;不勇敢者,也不应苛责。毛奇龄不是绝对的不勇敢者，勇敢过，不成功，遂再也勇敢不起来，这是可以理解的，但完全没有必要一百八十度转向，放下武器也就够了，一定要去当伪军吗？这世界好宽广，这天地好辽阔，你40年浪迹江湖，萍踪万里，清朝政权不也未能伤及你分毫吗？为什么要自投罗网？再退一步论，按师即父，父即师的儒家传统，你怎么能够向有杀父之仇而不共戴天的异族主子输诚纳款，俯首帖耳呢？近人梁启超在《中国近二百年学术史》中，将毛奇龄与钱谦益、李光地等辈，俱列入伪学者之流，很显然，1679年被招安是他头顶这个"伪"字的来历。

康熙对汉族士人一手硬一手软的剿抚并重政策，最成功的一次，莫过于1679年5月的博学鸿儒科了。第一，大清王朝江山坐稳；第二，大明王朝气数已尽；第三，最具有实力的三藩眼看完蛋；第四，康熙高规格地收买人心。于是这次"己未特科"，便成为一个表演的戏台。中国文人中最赖蛋的，最没起子的，最卑鄙无耻的，最下作最丧心病狂的，都跳了出来。群魔乱舞，丑态毕露，洋相百出，令人不齿。而在这个舞台上看不到身影的一群，却是中国文人中最精华的，最有骨气的，信仰最坚定的，最正直最光明磊落的精英。他们拒不从命、谢绝招安、守拙安穷、不求闻达的高风亮节，令人高山仰止。那些与毛奇龄年纪相当的同辈文人——如黄宗羲，如顾炎武，如王夫之，如李颙——他们或逃入山林，或躲进洞穴，或绝粒成病，或誓死抵制。不买账，不上当，不应征，不受招安，与无法拒绝诱惑的西河先生相比，高下立见，瑕瑜不同。

此公兴冲冲从萧山北上，以布衣应博学鸿儒科，本想大显身手。谁知康熙志在安抚汉族知识分子，不在意才干识见，无所谓人品学问，只要你来应试，你就等于弃明投清，入吾彀中，只试一诗一赋，统统予以网罗。发榜后，毛试列二等，授翰林院检讨，任《明史》撰修官，充会试同考官。便在南城找了间小院，接来家眷，过起京官的衙门生涯。饮茶赋诗，品酒会友，三天一雅集，五天一堂会，倒也忙得不亦乐乎。此时此刻，早把一日为师、终身为父的陈子龙，抛在九霄云外。毛奇龄的这一"华丽"转身，由布衣而庙堂，由遗民而新贵，本以为会轰动，会叫座，会得到一个满堂彩，没想到却有很丑陋、很恶心的结果。因为中国人的记忆力，说来也有点奇怪：常常忘掉不该忘掉的，某些人自以为的伟大；但却常常记住不该记住的，某些人最忌讳的渺小。陈大樽，一代诗豪，末世奇雄，谁人不知，哪个不晓？你是他的门生，他是你的座师，阁下的这种背师行径，能不让人啐唾沫么？

作为《明史》馆纂修,毛奇龄并不安心于埋头史料,搜罗资证,却忙里偷闲,给康熙上了一本《平滇颂》。毫无疑义,这是一篇马屁文学。当时,康熙征讨吴三桂,尚未取得胜利,毛奇龄一方面对吴三桂讨伐之、粪土之,一方面对康熙吹捧之、神化之。也许康熙身边有的是阿谀奉承的御用文人,毛奇龄哪里拍得过高士奇这等马屁精,白忙活一场,什么也没捞着。那年的年终奖有没有倒在其次,这篇《平滇颂》引起的物议,却沸反盈天。第一,吴三桂对于大明王朝,虽万死不赎,但你毛奇龄也是降人一个,以同类为牺牲,作俎上肉,千刀万剐,以求取悦于新朝,在道德上先就站不住脚。第二,你毛西河本来"少年苦节","有古烈士风"的美誉,如今怎么也溜须拍马、不顾廉耻地下作起来。于是,给人留下"晚节不忠,媚于旃裘"的恶评。

终于,他明白了,这是一次投入太多,付出太大,而收获甚少的蚀本生意,不当遗民当顺民,不作孤忠作时贤,只是得到史馆中的一席位置。长年坐冷板凳下去,这实在太划不来了。呜呼,这样一个聪明人,怎么能不懂得物稀为贵的市场原则呢?当清兵入关之初,抵抗者众,反对者多,不合作者遍地皆是时,第一个软骨头洪承畴表示降服,会被皇太极视若至宝。第二个软骨头吴三桂表示归顺,会让多尔衮倍加珍重。可后来，一个比一个赛着软骨头，一个比一个赛着王八蛋，你毛奇龄迟来的投诚，康熙就不会将你当香饽饽待了。于是，康熙二十五年（1686年）毛奇龄因痹疾患足症，借病隐退，长居杭州，既没有堕落为大清王朝鹰犬，也不敢公开为大明王朝招魂。他住在杭州竹竿巷哥哥的家中，专事著作，苟安求生。

这期间，康熙因政局渐趋稳定，遂加紧对汉族文人的严密控制，遂有戴名世的《南山集》案。这次文字狱，牵连方苞和安徽桐城方氏宗族，被绞，被杀，被关，被流，以及合家老小集体自缢、投塘者，足有数百条人命，这是康熙五十年（1711年）间发生的悲剧。时已米寿的毛奇龄，听到这个消息后，吓坏了。因为方苞为《南山集》写序，而成为同案犯，他很害怕为其师卢函赤《续表忠记》一书所作的序，会因记南明政权的史事，招来杀身之祸。凡文字狱兴，最可怕的不是皇帝的震怒，而是会有无数的小人跳出来，鸡蛋里找骨头，文章里做文章，顺藤摸瓜，找缝下蛆。毛西河一生，因这抬杠，不知得罪了多少人？谁要趁此咬他一口，必死无疑。因此，他一天到晚，提心吊胆，茶饭不思，坐卧不宁。偶有动静，心惊肉跳，公人路过，魂飞魄散。一个88岁的老汉，哪禁得如此折腾？看来，即使没有小人收拾他，他自己也会在惊吓中，收拾了自己。

天才的最大不幸，首先是生错了年代；其次是生错了地方；再次，居然活得很长很长，所谓"老而不死"，所谓"寿则辱"，其实就是拖着很长的痛苦。那些日子里，这位老先生如坐针毡，如履薄冰。至此，作为一个苟全于世的文人，他所能做的，就是推得一干二净，嫁祸于人了。全祖望《鲒埼亭集外编》中《书毛检讨忠臣不死节辨后》一文，对这位老先生为保全自己，推卸责任的卑污行止，大加谴斥："已而京师有戴名世之祸，检讨惧甚，以手札属镇远之子曰，吾师所表彰诸忠臣，有干犯令甲者，急收其书弗出也。其子奉其戒惟谨。乃检讨惧未止，急作此辨而终之曰，近有《续表忠记》者，假托予序，恐世人之不知，不可无辨。呜呼，检讨不过避祸，遂尽忘平日感恩知己之旧。检讨所作底本并其手札，至今犹藏卢氏。其子尝流涕出以示予，予因而记之。检讨亲为之序而反覆如此，则可骇也。"

于是，我们看到了那个抬杠的毛奇龄猥琐、自私、庸俗、卑下的另一个侧面。他虽然有学问，但是人格上并不完整；他虽然著书等身，但是思想上并不高尚。当他汹汹然驳难这个世界时，他曾经是谁也压不服的强者；可当他面临利害选择、安危应对时，他却是一个进退失据的侏儒。

一个人怎么活？是他自己的选择。好和坏，对和错，旁人是不宜置喙的。同样的道理，一个古人，他的一辈子，他走过来的路，印着自己无悔的足迹，别人是无法改变那段历史的。后人评价得好和坏，与本人感觉得对和错，也许并不总是画等号。因为时代不同，观点不同，立场不同，感受也不同。明白这一点，对于古人，应该尽量宽容一点才是，背离时代的求全责备，罔顾性格的过高期待，认为应该站直了活，宁死也不屈，而不应该低三下四、受嗟来之食的高调，都有缺乏辩证唯物和实事求是的不足之处。

所以，全祖望在他那篇文章的末后，说了这样一句话，给我很大的启发："天门唐庶常建中曰，君姑置检讨弗问，盖谅其非本心耳。予大笑而颔之。"同样，法国汉学家戴廷杰（Pierre-Henri Durand）在其所著《戴名世年谱》中，提到这件事，也表现出来一种宽容和厚道的精神："文祸方震天下，股栗畏陷坑，伤义以避网，岂独毛奇龄一人而已哉？"

康熙五十五年（1716年），西河先生终于寿终正寝。

死前，他留下遗言："不冠，不履，不易衣服，不接受吊客。"这四"不"，也许是他对这个世界最后一次的抬杠。

慈禧躺着也中枪

老舍先生的《正红旗下》写的是晚清年间的事，其中涉及两个人物关系为舅甥的美国人。外甥在中国，为北京城里某福音堂的牧师，以布道传教为业；舅舅在美国，因为拥有很多资产，所以相当牛逼。很可能是国会议员之类的要人，从他一张嘴就说"我们会出兵"的霸凌口气，也是可以判断出来的。此人"年轻的时候偷过人家的牲口，被人家削去了一只耳朵，所以逃到中国去，卖卖鸦片什么的，发了不小的财。发财回乡之后，亲友们，就是原来管他叫流氓的亲友们，不约而同地称他为中国通"。

从此，"在他的面前，人们一致地避免说'耳朵'这个词儿，并且都得到了启发——混到山穷水尽，便上中国去发财，不必考虑有一只，还是两只耳朵。（那时还在美国当牧师的他的外甥）生活相当困难，到圣诞节都不一定能够吃上一顿烤火鸡。舅舅指给他一条明路：'该到中国去！在这儿，你连在圣诞节都吃不上烤火鸡；到那儿，你天天可以吃肥母鸡，大鸡蛋！在这儿，你永远雇不起仆人；到那儿，你可以起码用一男一女，两个仆人！去吧！'"于是，这位其实相当窝囊废的牛牧师，到了北京，居然神气活现起来。不但"有了自己独住的小房子，用上一男一女两个仆人；鸡和蛋是那么便宜"，而且"他差不多每三天就过一次圣诞节。他开始发胖"。于是，他跟他舅舅一样，这个渐渐胖起来的牧师，理所当然地成了"中国通"。

"中国通"，这说法如今不时兴了，由于总能勾起百多年来被列强侵略的阴暗记忆，不那么令人愉快，逐渐称为"汉学家"，已是当下习惯。

虽然牧师的舅舅，这个曾经的流氓，因有在华贩卖鸦片的履历而成"中国通"，不等于是西方世界里过去的"中国通"与现在的"汉学家"，都是流氓。按照美国作家马克·吐温骂一些国会议员"是狗娘养的"，后来被要求登报道歉说"一些国会议员不是狗娘养的"逻辑推论，那么，"中国通"或"汉学家"中有一些流氓，应该是符合实际情况的。因此，每当看到这样一些"汉学家"，来中国打秋风的时候，那副嘴脸，着实教人不敢恭维。尤其我的那些同行，围绕着这些洋人时那副谄笑胁肩的仆人相，更是不堪入目。

更有甚者，有可能入围诺贝尔文学奖的某某，与另一位也可能入围诺贝尔文学奖的某某，争风吃醋，互别苗头；甚至还有一位更可能入围诺贝尔文学奖的某某某，加工定做迎合洋人口味的异端作品，投其所好。这与老舍先生笔下的那个崇洋媚外的多老大，挟着一本《圣经》，成天跟着牛牧师，装傻充愣，卖乖讨好一样，无非想得到几文赏赐，好到便宜坊买点卤肉杂碎，用干荷叶包了回家喝两口白干，在本质上没有什么不同。虽然，多老大的兄弟，一位正经人劝他："老大！给咱们的祖宗留点脸吧，哪怕是一丁点儿呢！别再拿洋人吓唬人，那无耻！无耻！"一个中国人，只要他的脊椎中有了这根哈洋的贱骨头，你跟他说一百个"无耻"，也不顶屁用，因为他的灵魂中已经没有"耻"的概念。

大概在多老大尾随牛牧师混吃混喝的时候，一个名叫巴克斯的英国人，也出现在北京城里。

此人不是老舍先生笔下牛牧师或多老大那种虚构的文学人物，而是拥有一个男爵头衔的英国贵族。在他的家乡英格兰的约克郡，人们先称之为Sir（爵爷），然后才是他的名姓。埃德蒙·巴克斯（Edmund Trelawny Backhouse，或译白克浩司、拜克豪斯），他生于1873年，死于1944年，在北京差不多生活了大半个世纪。

这是一个极具侵略色彩的"中国通"和流氓意识的"汉

学家"。不过，对中国人来说，尤其对经历过八国联军和英法联军侵华的北京人来说，对于那段屈辱的历史，对于那些曾经趁火打劫过的"中国通"和为非作歹过的"汉学家"，早就扫进垃圾堆，并努力将其忘却。最近，由于他的一本《太后与我》，先在香港问世，后在台湾出版，接着，我们这里一些见利忘义的文化人，又将这个英国老瘪三从泔水缸里翻腾出来。可想而知，这本睡了慈禧太后的书，当红一时，译者和出版社赚了一个钵满盆满，连做梦也笑出声来。但是，如此指名道姓地糟蹋死去的人，为老外作伥，干这种刨坟掘墓、燔尸扬骨的行径，若按中国人的传统道德观

埃德蒙·巴克斯，一个自称为慈禧情人的谵妄症患者。

点衡量，早晚是要受到天谴的。

这有什么办法呢！如今哈洋的中国人太多太多，人一哈洋，必无心肝，所以慈禧躺着也会中枪。不过，细想起来，西方世界对付中国的手段、伎俩、把戏、招数，一蟹不如一蟹，不免可笑。从18世纪的炮舰政策，到19世纪的殖民蚕食，到20世纪的封锁扼杀，到21世纪的分化肢解，如今竟然堕落到用这等手淫式的文学作品抹黑中国，借以宣扬西方优越的沙文主义，标榜白人至上的种族主义，大概也确是无计可施，才出此下策。你不能不服气中国民谚"黄鼠狼下豆鼠，一窝不如一窝"之深刻，"三十年河东，三十年河西，落魄的凤凰不如鸡"之透彻。如果鸦片战争中英军统帅义律、巴夏礼，或八国联军统帅瓦德西之流，从地底下活转过来，看到他们的后人，居然下三滥到如此不堪的程度，恐怕又会气死过去。

巴克斯之所以要到中国来撞撞运气，与老舍先生笔下的牛牧师之舅贩毒中国，倒有相似之处。牛牧师的舅舅因为偷牛在美国混不下去，巴克斯因为债务缠身在英国混不下去，两人走了同一条道。不过，牛牧师的舅舅因偷牛的缘故，被割去一只耳朵，而巴克斯欠债高达32000英镑，一抹脸宣布破产，就开溜到中国了。按18世纪英镑的金本位制，每一个英镑，应含纯金7.32238克计，合美金1500元，近人民币一万元，他所欠之债，差不多可以买下三万头牛，然而他却屁毛无损，两只耳朵完好如初地在脸上待着，出现于东交民巷原为淳亲王府的英国大使馆。

本来，巴克斯到中国来，走的是时任大清王朝海关总税务司英国人赫德的门路，希望能在这样一个肥得流油的衙门，谋一份差使。谁知是他宣告破产的不良记录，信用丧失，还是他声色犬马的浪荡丑闻，不堪收留，考虑其精通中文这一点，赫德顺水推舟，将他荐举给英国驻华使馆。此时，适为"戊戌变法"的1898年，到了9月份，形势突变，住在颐和园里的老佛爷，一举扼杀光绪新政，下令逮捕维新派领袖康有为和梁启超，并在菜市口处死谭嗣同等六君子。而当时担任《泰晤士报》驻远东特派记者的莫理循，偏偏在远离北京的外地旅行，于是，越俎代庖的巴克斯以莫理循之名，在《泰晤士报》发表了一连串的北京电讯，其中有许多真假莫辨的第一手新闻，胡编乱造的独家消息，扑朔迷离的宫闱内幕，以及无法证实的政变背景，一时间不但轰动英伦，欧美也为之侧目。70多年以后，英国历史学家休·特雷费·罗珀经过研究查实，郑重宣布，这一时期《泰晤士报》关于北京康梁维新以及随后的政变报道，"绝大多数是巴克斯出于维持生计需要而进行的杜撰"。

文学允许虚构，不虚构哪来文学。新闻必须真实，不真实还能算是新闻吗？那就是造谣了。看来，西方媒体戴着有色眼镜看中国，是非颠倒，黑白不分，信口雌黄，扭曲真相；无中生有，捏造事实，煽动蛊惑，挑拨离间……百多年来，一脉相承，敢情其来有自，祖师爷就是这位巴克斯男爵。英国历史学家休·特雷费·罗珀的结论，"杜撰"二字，正中造假作伪者的命门。不但一针见血地戳穿了巴克斯，也使伪善的西方媒体露出本相。如果说，男爵先生的杜撰，是为了"维持生计需要"，至少还要编得让人信以为真，而系出同门的后续之辈，那些西方媒体的杜撰，为了西方世界的政治需要，迫不及待，明火执仗，铺天盖地，打上门来，要比巴克斯更为强势。

中国有句俗话，"来者不善，善者不来"，那个一只耳朵的牧师舅舅、偷牛贼出身的美国阔佬，尚能在中国靠贩卖鸦片发迹；那么，两只耳朵的英国男爵一口气赖掉32000英镑的拆白党，能够安安生生坐定下来，做汉学家应做的学问，做中国通应做的研究吗？

所以，应该庆幸18世纪初期，照相机的使用，还停留在老式柯达单反当家的时代，那时既没有数码技术，更没有

photoshop手段，否则，这个巴克斯肯定会炮制出慈禧太后暴露三点的春宫图，那才叫真恶心呢！一个贵族要是下流起来，那肯定就是无恶不作，就像明末遗民王夫之在分析君子和小人区别时所说的，"君子之道，有必不为，无必为；小人之道，有必为，无必不为。"君子，是有界限的，有他绝对不能做的事情；小人，是没有界限的，没有他不可以做的事情。所以，如果，巴克斯拥有下流的可能，必然百分百的下流；如果，无耻能获得回报，巴克斯会比任何人更无耻。

你无论如何想象不到这个来自绅士国家、讲究gentleman风度、被授予男爵头衔的贵族巴克斯，竟是英国作家萨克雷说过的"卑鄙地崇拜卑鄙事物的人"。1900年，八国联军攻进北京以后，允许士兵杀人放火、奸淫妇女、抢掠财产、镇压百姓，北京城顿成人间地狱。巴克斯也率领一彪人马，混在这伙成群结队、四处搜括的强盗队伍中，趁火打劫，浑水摸鱼。他所牵头的这支抢劫小分队，窜行于大街，游走于小巷，重点剽袭王公府邸和大臣私宅，用他的洋人面孔进行恫吓，用他的流利汉语实施诱骗。据他在回忆录内自供，就在那短短的几天里，他连唬带蒙，连抢带偷，搞到600多件青铜器，两万多卷珍版书籍，数百件名家书画。这是一个专家型偷盗者，他知道该偷什么，不该偷什么，他甚至以盗来的珠宝、玉器与联军士兵交换他们手中所抢得的具有文物价值的东西。

如果说，他以莫理循的名义，在《泰晤士报》上发表有关北京"戊戌变法"的文字，开始了他杜撰式写作的第一步，那么，庚子事变（这也是老舍先生的《正红旗下》将要写到而未写的一个章节）中，基本上算是一个文物大盗的巴克斯，所抢到的堆满好几间屋的物品，该是他在中国挖到的第一桶金。这小子，那年他27岁，已经抱负大大，希望有朝一日能将他的这些赃物，献给他的大不列颠王国，实现他衣锦荣归的梦想。

我有幸在伦敦的大英博物馆里，看到他们堆积如山的中

慈禧常以手书恩赐臣下，但未必是她亲笔题写。

国收藏，显然，这其中少不了巴克斯的贡献。

辛亥革命以后，《泰晤士报》驻华记者莫理循被民国政府聘为政治顾问，与这个杜撰式被代笔者没有继续合作下去，但接替他的另一位《泰晤士报》驻华记者濮兰德，由上海转派北京。这个爱尔兰人，中国话说得十分流利；那个英格兰人，中文功底相当扎实。说是心有灵犀也好，说是一丘之貉也好，都是吃着中国、啃着中国、恨着中国、骂着中国的洋人，一拍即合，臭味契洽，一点就通，相见恨晚。很快，一本题名叫做《慈禧外传》，又叫《太后统治下的中国》的书，1910年出版。另一本题名叫《清室外记》，又名《北京宫廷的编年史和研究报告》，1914年出版。尤其《慈禧外传》，由于拥有《景善日记》"独家资料"，等于是"庚子事变"全过程的实录。此书不但展示清廷高层的内部斗争，更揭露帝后之间的矛盾决裂；尤其吸引眼球的是，披露了大量鲜为人知的慈禧生活细节，几乎就是一本这位太后淫乱的性生活史。此书问世，立刻在西方世界引起轰动，出版后的最初一年，就再版重印了十多次。

不过，民国初年的出版业者，比较谨守本业行规，也就是王夫之所说的"君子之道，有必不为，无必为"了，虽然这是捞钱的好生意，但也没有很快翻译出来，大赚一笔。

大多数国人对此书懵懂不知之时，称得上既深知西方，更精通汉学的第一名人辜鸿铭，随即表示"极大愤慨"。据一篇《迟来的清算：濮兰德和贝克豪斯（即巴克斯）的骗局露馅始末》文章，因为"濮兰德和贝克豪斯极尽讥嘲揶揄之能事，而又煞有介事地将慈禧的阴狠残暴，擅弄权柄，腐化奢靡，龌龊肮脏的种种传闻予以充分刻画的下流做法，不仅意在满足西方读者对慈禧近乎'窥阴癖'的阅读需要，更主要的还是试图通过羞辱君主的手段，来诋毁一个古老而伟大的民族"。

所以，"作为中国传统文化的忠实卫士，辜鸿铭对于濮兰德和巴克斯及其《慈禧外传》的憎恨，首先出于他钦慕西方人士对于王室和国君荣誉那种与生俱来的珍惜和尊崇"。其实，这位天真的老夫子，哪里知道这些穿着燕尾服的帝国主义分子，认为眼中的中国和中国人，如果不是野蛮人的话，至少也与非洲的黑人、与美洲的印第安人一样是低等人。辜老先生啊，殖民者视你为劣质民族，你还想从他那里获得最起码的尊敬吗？西方世界里，确有很多高尚人士，但也有更多不高尚的混账。

譬如老舍先生的《正红旗下》里，那个一只耳朵的美国人，就是这样吃中国、啃中国，又唯恐中国不乱的混账，就看他怎样开导那个在北京传教的窝囊废外甥，便一目了然："在一个野蛮国家里，越闹乱子，对我们越有利！乱子闹大了，我们会出兵，你怕什么呢？问问你的上帝，是这样不是？告诉你句最有用的话：没有乱子，你也该制造一个两个的！你要躲开那儿吗？你算把牧师的气泄透了！祝你不平安！祝天下不太平！"以此类推，便知道濮兰德和巴克斯糟蹋慈禧，埋汰中国，不过是唯恐天下不乱的老把戏而已。

挟舆论渲染之强势，借媒体轰炸之暴力，这本是西方世界玩得熟透熟透的惯技，辜鸿铭哪里敌得过濮兰德和巴克斯，以及他们身后那些愿意看中国笑话，看中国人出丑的洋人世界。于是，这本风靡欧美的书，刻画的集丑恶淫乱于一身的慈禧形象，从此定格。后人对西太后的负面观感，不良印象，都是受到这两个"中国通"的《慈禧外传》影响。幸好，曾任慈禧女官的裕德龄，用英文著述的《清宫二年记》问世，让辜鸿铭松了口气，终于有人写出来一位真实的太后，倍加赞赏之余，还为此写了一篇英文书评，发表在当时上海的英文报纸《国际评论》上。他说："这部不讲究文学修饰、朴实无华的著作，在给予世人有关满人的真实情况方面（尤其是关于那刚刚故去的高贵的满族妇人情况方面）要远胜于其他任何一部名著。"最后这句话，显然是冲着那两位"杜撰"的汉学家而去的。

1915年辜鸿铭在他那部《中国人的精神》中,再次提及这个话题。"我原本想把我写的对于濮兰德和巴克斯著名的关于前清皇太后的著作的评论文章收入本书,遗憾的是没有找到该文章的复件,此文大概四年前发表在上海的《国际评论》上。在那篇文章中,我认为,像濮兰德和巴克斯那样的人,他们没有也不能理解真正的中国妇女——中国文明所造就的最高贵的女人,即清朝皇太后,因为濮兰德和巴克斯这样的人不够淳朴——思想不够率真,过于精明计较,像现代人那样,排演的是扭曲了的理智。"如果,这位享誉中外的大师,看到这个巴克斯接着写的第三本书《太后与我》,我想,老先生未必就能这样平心静气了。

而且,从那以后,迄今为止,那些"扭曲了理智"的西方媒体,依旧本着那位一只耳朵的美国大佬对他外甥的"开导",加上巴克斯男爵的"杜撰"精神,妄自臆造着合乎他们口味的唯恐中国不乱的消息。

《慈禧外传》第十七章所引用的《景善日记》,被视为奇货可居的独家秘籍,其实是巴克斯闭门造车的"杜撰"。他的搭档,这本书的另一作者濮兰德,说他自己并没有看到过这本日记的中文原稿。1924年前后,英文版《景善日记》

单独在报纸上刊载,随后,濮兰德将英文手稿赠送大英博物馆。馆方循例要得到译文的中文原件,但不知是当时越洋电话不好打,还是巴克斯心中有鬼,濮兰德先是说他因生计困难,早就转手卖掉;后是说他偶一不慎,落入炉中焚毁。撒谎的人常犯的一个低级错误,就是欲盖弥彰、越描越黑。中国社会科学院学者丁名楠断言:"《景善日记》是假的,白克浩司(即巴克斯)发现日记的整个过程也是假的。它不过是白克浩司为了蒙骗人们故意玩弄的花招而已。"

第一,作为日记这种文体,除了类似博客或微博,是要给人看的外,绝大部分日记,都具有相当程度的私密性质。然而在这本日记中,看不到主人公一点点的私生活,内心活动,感情色彩,渴望追求的文字,更不用说对那些不足为外人道的讳莫如深的一切,有所流露了。

第二,主人公为当时京城大把抓的普通官员,论理,有可能接触个把高官,但官卑职微的他,居然成为执政当局路路通的人物,从这本相当于新闻纪实的日记看。立场不同,观点不一的高官贵爵,不分派别,与他过从甚密,事发始末,无不巨细悉言。在那个等级分明的封建社会里,更是令人匪夷所思的事情。

第三,一个坐冷板凳的礼部右侍郎,或一说为内务府官员，绝非炙手可热的军机处章京可比。他不可能处于新闻发生的源头，更不可能介入政争的风口浪尖，尤其不可能侦听各方动态，打探内外消息，获知老佛爷喜怒，了解百姓反映。我一直认为，这样"包打听"式的人物，正是当时巴克斯所扮演的角色。一个不上不下的旗籍官员，恪守本分，犹恐不及，哪有胆子卷入政治漩涡，惹是生非。

第四，最说不过去的，也是最不应少的，这位进士出身的官员，在自己的日记里，起码要记下他四时八节，有感而发，应酬唱和，附庸风雅的诗词歌赋，这也是中国文人最爱表现的一点。哪怕一个狗屁官员，要是不会写两句诗，要是不会题两笔字，要是不会喝两壶酒，要是不能风花雪月两下子，在官场上能混得下去吗？

百密一疏，巴克斯完全有能量弥补这些漏洞，他应该会，也并不难。然而，所有伪币制造者都有其无法摆脱的，受到时间、空间限制而注定失败的宿命，因此，马脚是不可避免的，任何一个细节上的疏失，最后导致满盘皆输，因为这个野心勃勃的巴克斯太急碴了。1913年，这位老兄40岁，他的《太后统治下的中国》出版，另一本《北京宫廷的编年史和研究报告》也要问世。大清王朝刚刚断气，尸骨未寒之际，他的杜撰著作即应声而出，这阵势，这彩头，最敏锐，最深刻,也是最及时的首席中国政治观察家身份,能不稳操胜券地落入他的囊中吗?于是,基础奠定,本钱十足,名声响亮,底气充沛的巴克斯,开始向伦敦叫板。

当年8月,巴克斯通过海运,将他重约8吨的收藏,包括27000件中文古旧手稿、书画卷轴、古版图书以及青铜器之类的文物,运抵伦敦。这当然是轰动一时的新闻,而更轰动的是巴克斯宣布,他将全部藏品捐赠给他的母校牛津大学,以回报对他的培育。这批在中国所搜括的东西,百分之百皆系赃物,充满了贼腥味,但受赠者牛津大学,倒也没有嫌弃,欣然接受。不过,牛津大学也有其"牛筋"或"牛劲"之处,就是不答应巴克斯提出的唯一交换条件,给予他教授头衔。东西,我要;教授,不给。因为:一、他在牛津没有修完学业;二、他在汉学领域里没有权威著作。当一名普通的汉学家,可以;想当牛津大学的汉文教授,没门。巴克斯退而求其次,看看是否可以得到一个名誉文学硕士的学位?主持校政的那些老朽,研究来研究去,最终也没一个结果。

一气之下,他买了一张到天津大沽的船票,回到北京,在西城石驸马大街一处院子里,过起隐士生活,从此终老中国。

1937年,日军占领北平,巴克斯避难于奥地利驻华使馆，结识瑞士领事贺普利。贺普利还是一位医生，给他治疗的同时，建议他把一生的经历写出来，于是，就有了这本《太后与我》。在这本书里，这个被人视为疯子加骗子的巴克斯，自称与不少名人保持过同性恋关系，其中包括英国作家奥斯卡·王尔德、奥布里·比尔兹利，法国诗人保罗·魏尔伦，英国首相索尔兹伯里……唯一的异性性交往者，为年过七旬的慈禧太后。在不堪入目的情色描写之外，还杜撰了大量的政治事件，似是而非，荒唐突梯，驴唇不对马嘴，比时下流行的"穿越小说"还要走火入魔。诸如：大学士孙家鼐与邮传部尚书密谋将太后与作者"捉奸在床"，不果；醇亲王福晋（荣禄之女幼兰）指使御膳房厨师下砒霜毒死作者这个"奸夫"，未遂；载沣、奕劻、军机大臣毓朗、总管内务府大臣世续策划废掉太后，迎光绪"归政"；慈禧获知密谋，即指派太监绞杀光绪，打算立溥伦为帝并处死袁世凯；随后，袁世凯在召见时拔出手枪，"向太后连发三枪"……

你不能不佩服这老小子，真是亏他想得出来。一位名叫斯特林·西格雷夫的批评家说："巴克斯对于这些和太后之间的荒唐性爱游戏的放肆铺张，以及关于他们之间遭遇战的荒诞不经的详细材料，使得他在精神彻底失常的极度兴奋的性幻想变得令人生厌。开始于几十年前的被视为机智、淘气的讽刺作品（伪装成了历史），如今退化为疯子的涂鸦。"

那位最早指出巴克斯"杜撰"书作的英国历史学家休·特雷费·罗珀在《北京的隐士——巴克斯爵士的隐蔽生活》一书中，建议这本《太后与我》，应该换个书名。他说，这本巴克斯的回忆录，应该改为《巴克斯幻想的性生活》：第一卷，在19世纪90年代的文学界和政界；第二卷，在慈禧太后的宫廷中。更为贴切。

连对巴克斯深信不疑的贺普利，在编辑整理他这本书稿的后记时，也不得不坦承："这些事实在多大程度上因记忆混淆而歪曲，在多大程度上加入了想象成分，只能留待以后判断。"所以，他手里掌握的这份巴克斯的《太后与我》，不但在沉湎于性幻想中男爵还活着的时候，没有张罗出版，甚至1944年巴克斯逝世以后，也没有为他出版此书的意思。只是将他亲手在打字机上一个字一个字敲出来的原稿，复印多份，分别寄存于英、美数间大学的图书馆。1973年，贺普利也去世了，这本《太后与我》，一直在图书馆束之高阁。

冷落了大半个世纪的这本书，到了2011年，似乎有点一声令下的声势，先是英文版，后是繁体字版，接着简体字版，接踵而至，好不热闹。

《太后与我》的出现，也许不过是一起想发财而想疯了的偶发事件，也许并非反华政客们有谋略的刻意安排，但是西方世界对于中国和中国人的文化骚扰，精神攻势，其实是有着深刻的历史渊源和时代背景的。试想一想，老舍先生的《正红旗下》，多老大曾经说过"连咱们的皇上也怕洋人"的岁月，一去而不复返，那些抱有种族偏见，殖民心态，白人至上，霸凌恶习的西方人士，怎么说也是不甘心、不顺心、不安心的。更何况面对自身难以排解的衰势，面对中国难以阻挡的崛起，那种"无可奈何花落去，似曾相识燕归来"的失落感、挫折感，还有从心底泛上来的酸溜溜的味道，在肺膈腑脏间梗阻着，当然不好受，不痛快，不开心。于是，就像唐人柳宗元寓言中那头最早运到贵州场坝上的毛驴，在没有完全技穷之前，再尥你两蹶子，恶心你一下，捣乱一下，让你难以招架，让你穷于应付，是绝对有可能的。

十年前死为完人

一

吴沃尧（1866~1910），字小允，又字茧人，后改趼人。《二十年目睹之怪现状》为其代表作，与著《官场现形记》的李伯元、《老残游记》的刘鹗、《孽海花》的曾朴，并称为晚清四大谴责小说作家。很遗憾，现在，吴也好，其他三人也好，已不大为人提及。虽然图书馆可以找到他们的书，文学史可以找到他们的名字，但是，除专门研究者外，已非当代读者热烈关注的话题。说到底，文学如同行云流水一样，有它自己澄清、淘汰、扬弃、沉淀的运行法则，通常以20年计，更多以30年、50年计，或者以世纪计。时间越长，想制造文学史的人，越不易操弄；想改变文学史的人，越不易做手脚。因此，所有作家和所有作品，都得服从文学史这面时光筛子，会一直筛到影响衰减，声名淡化，销声匿迹，被人遗忘为止。谁都不可能永远绚烂，长久辉煌，鲜花怒放，永不凋谢。

可以做美丽的梦，但文学史这面筛子不一定买你的账。

吴沃尧其实就是一个例子。胡适等大人物，曾对其评价甚高。那张大嘴说过："故鄙意以为吾国第一流小说，古唯《水浒传》《西游记》《儒林外史》《红楼梦》四书，今人唯李伯元、吴趼人两家，其他皆第二流以下耳。"

这应该是五四运动时期，作为白话文的提倡者，对这类非文言文的作品，着重予以强调的夸张说法，具有某种表态性质。但实际上，50年过去以后，文学史证明大嘴胡适的话，说过头了，难免有鼓吹之嫌。严格讲，晚清四大谴责小说，是无法与四大古典文学名著相提并论的。一般而言，也许作品的现实意义，在其初初问世时要大于它未来的历史意义。因此，对同时代的人来说，读《二十年目睹之怪现状》，那大快人心之感，非后来人所能体味得到。所以，我想，至少在一两百年内，整个中国社会多多少少、程度不同地还存在着类似丑恶的怪现象，估计吴趼人及其谴责小说还会在读者心中找到一丝共鸣。

不管怎么说，在清末小说界，吴趼人算得上一位领军人物。然而，他很短命，1910年（辛亥革命前一年）客死于沪，享年44岁。否则，他会写得更多，写得更好。这是可以肯定的，他极具文学天才，这是毫无疑问的。

吴趼人，因其祖籍广东佛山的缘故，自称"我佛山人"。其祖父官于京师，其父随侍任所，他同治五年生于北京，后家道中落，回到佛山。18岁时，吴趼人离开家乡到上海谋生，先在上海做事（为江南制造局抄写员），后在上海为文（创小报办杂志，撰稿谋生）。他曾这样描写自己："无事一樽酒，心闲万虑清。古书随意读，佳句触机成。幽鸟寂不语，落花如有声。此中饶雅趣，何必问浮生。"然而，此诗的境界，对这样一位才思敏捷、倚马可待的清末作家来说，是毫不吻合的。他是一位嚣张型的才子，一位玩乐型的才子，还是一位在学问上无不洽通，在文章上无不娴熟的全天候才子，不可能像这首诗的题目《无事》那样安生和太平。他很能闹，也太能闹，从打笔仗到打嘴仗，到动手动武动粗，闹到不可开交的地步，以致四马路巡捕房出来干预。

吴趼人像

闹，是一种体力加精力的强消耗，这盏灯油，哪经得起他反复折腾，所以，英年就告别人世。44岁，不到半百，应该说，吴沃尧死得未免太早了一些。即使按那时中国人的平均寿命看，也只能算是夭逝。据说，死的那天，一切都好好的，刚搬了新房子，从原住所多寿里，迁到鸿安里，朋友来庆贺他的乔迁之喜，酒阑人散，夜里就发急病，一口气没过来，便咽气了。应该说，他的生命突然结束，有一点非正常死亡的嫌疑。此人一生浪漫，有钱敢花，没钱更敢花，死后身上只剩下四角小洋，真可谓赤条条来，赤条条去；不过，他却给这个世界，留下来了有价值和无价值的笔墨，达数百万字之多的著作，堪称清末多产作家。

我认为，他的海量创作，自然消耗精力，但不完全是他早殇的原因。他之短命，算起来，原因有二：一是他办报办得太卖命，那是一个身兼数职，从主编到编校，从画版到印刷，从发行到卖报的苦差使，无不亲力亲行，耗心耗力。二是如果仅仅是写作，仅仅是办报，"我佛山人"也许还可能多活两年，偏偏他是一个玩起来也玩得太没命的潇洒义人，混迹十里洋场，招摇过市，闯荡黑白江湖，招是惹非，流连歌场舞榭，吃喝玩乐，寻欢情色场所，风花雪月。由于他过度消费了自己的青春，由于他浑不在乎地挥霍生命，很快走到人生尽头。

据徐珂《清稗类钞》载,对此公之死,也持类似看法:"南海吴趼人,年四十,浪迹燕、齐。既郁郁之不得志,乃纵酒自放。每独酌大醉,则引吭高诵《史记·游侠列传》,座以沉湎致肺疾。返沪三年,日从事于学务,心力交瘁,病益剧,而绝饮如故也。一日,遨游市上,途遇其友某,遽语之曰:'吾殆将死乎?吾向饮汾酒,醰醰有味。今晨饮,顿觉棘喉刺舌,何也?吾禄其不永矣。'某慰藉之。掉臂不顾,径回舍。趺坐榻上微吟陶靖节诗'浮沉大化中,不恋亦不惧'二句,声未终而目瞑矣。"

他算得上是中国办小报的开创之辈。那时的上海,不像现在,一有出版部门的管理,二有书号刊号的限制。那时,只要有钱,想出报就出报,想办刊就办刊。一旦无钱,不想停也得停。所以,经他手办起来的刊和报,虽名目繁多,但大半短命;虽花样百出,但悉皆浅薄;虽标题吓人,但内容空洞;虽文章狗屁,但颇有市场。如今看起来,其中不少是属于文化垃圾之类,已无什么意义。因为他以卖文为生,不得不制造这些供有闲阶级茶余饭后、消食化痰的作品。为稻粱谋,情有可原,后人是不必深责的。所以,他的笔下,既揭露官场黑暗,士绅恶行,也指斥洋场劣态,媚外丑态,更嘲弄无知愚昧，封闭落后；当然也少不了无聊文字，捧场篇章。此人短短的一生，以打笔墨官司、捧长三堂子、骂官府要人、损有钱老板，颇有声名，闻于沪渎。

我佛山人，既有广东人的精悍，也有北京人的豪爽，更有上海人的聪明，更有洋泾浜的噱头。因此，尽管他树立的仇人不少，不过，结交的朋友更多。当他躺在棺材里大出丧时，在洋鼓洋号导引的送殡队伍里，他著文捧过的四马路倚门卖笑的莺莺燕燕、花花草草，也掏出小手绢，假装为之一掬同情之泪；那些他在小报上修理过的租界寓公、纨绔子弟、没落官僚、师爷衙役，那些他在文章里刻薄过的吃洋教、办洋差、做洋事、说洋话的买办、西崽、拿摩温、包打听之类，或酒肉之交，或牌桌赌友，或妓院常客，或报界同人，不管对他怎么不满意，不开心，面子上的江湖义气，总是要的，都赶来为这位文人送行。

那次大出殡，轰动十里洋场。有一副挽联，尤其引起好事之徒的注意。随后，有一位先生对他的死，发表了一通议论："吴趼人先生，小说巨子，其在横滨，则著《痛史》；在歇浦，则作《上海游骖录》与《怪现状》，识者敬之。不意其晚年作一《还我魂灵记》，又何说也！因作挽联曰：百战文坛真福将，十年前死是完人。评说确切，盖棺论定，趼人有知，当亦俯首矣！"无独有偶，鲁迅在《中国小说史略》中，谈到《二十年目睹之怪现状》的作家吴趼人，也提及此事，说在上海办报时，"又尝应商人之托，以三百金为撰《还我魂灵记》颂其药，一时颇被訾议，而文亦不传"。看来，吴沃尧这一件不干不净之事，当时也很轰动过的。

虽然鲁迅只不过记述其事，但春秋笔法、微言大义存焉！我们知道鲁迅是光明正大、嫉恶如仇的精神象征，但他的求全责备，只是他的做人准则。其实，他老先生哪里晓得，放在当代作家眼里，可以说屁事一桩，不会在意的——说不定还嫌他要价太低，便宜了商人，让人家抓了大头呢！如今堂而皇之地见诸报刊的"广告文学"或"收费文学"，哪一篇不得大把大把地进账？早先，编辑和作家还有"逼良为娼"的感慨，后来，钱不扎手，便乐不得地解裤带，脱裤子，大有当婊子上瘾之势。凡报刊上登出来的吹捧名不见经传的厂长经理们的文章，十之八九是付费的，包括介绍人的回扣，以及文坛潜规则之类在文坛上司空见惯的行为，早已见怪不怪了。吴趼人这事算什么，小事一桩。鲁迅太古典主义，太追求纯净，一点也不通脱，这是许多人不喜欢他的原因。

其实我佛山人很大程度上是拘于面子，答应了中法大药房老板黄某（据曹聚仁先生说，此人是上海有名的大滑头），写了一篇短文《还我魂灵记》，吹嘘其制造的"艾罗补脑汁"。他说服用此药后，如何"文思不涩"，如何"劳久不倦"，证明该药的功效非凡，共780字。黄老板馈送大洋300块，以示酬谢。写字付润笔，作文给报酬，应该说是一种无可厚非的正常的商品交换行为。

其实，中国古代的文人，也不是不食人间烟火，讲起阿堵物来，也是很在乎，而且并不很清高的。《谭宾录》记载唐代的李邕，"早擅文名，尤长碑石，前后所制，受纳馈送，亦至巨万。自古鬻文获财，未有如邕者"。清代的郑燮，狂放不羁，愤世嫉俗，为"扬州八怪"之一，但也不耻谈钱。他在《板桥润格》里公开砍价："画竹多于买竹钱，纸高六尺价三千。"即或是三千枚当十铜钱，也不亚吴趼人每个字值不足大洋半块的开价，比之前人，吴先生该算得上是一位谦谦君子。

要较之时贤呢，这价码会令人笑掉大牙的。君不见近日有书商某某，斥资百万，悬赏他所需要的小说，出手比之前两年某刊的大奖十万，阔绰了十倍。但文学能否因注入资金而产生类此倍数的进步，恐怕连鬼都不信的。但放心，按照马克思在《资本论》第一卷注释中所说的利润的驱动力，肯定会有作家脱得光光的,甘愿被这位书商量身定做,制造中国的马克·吐温式的"百万英镑"故事。但愿这一次不是老戏法、新翻版的障眼术,也许一不小心,又弄出一部《红楼梦》也未可知,那中国文学就有福了。

回过头来再说这位吴趼人,他虽在清代文学史上不占特殊的位置,只是一位泛泛而言的文人而已。但说到底,文学是一个消费市场,那些顶尖儿的大师,不可能满足全社会所有读者的需求,自然而然,就留下一些足够非大师级作家兜售自己的份额。我佛山人就属于这一类作家,不算高明,也不算不高明,他有他的读者,我就是一个。至今还能记得中学时代,读他《二十年目睹之怪现状》时欣快热辣、捧腹大笑的乐趣,所以对这位著作一生、风流一生、嬉笑怒骂一生的吴沃尧,颇具兴味。

德国诗人海涅说过:"文学史是一所硕大无朋的停尸场,人人都在那里寻找自己亲爱的死者,或亡故的亲友。"那年,因广东文学院招聘作家事,曾到吴趼人的原籍广东佛山一走。我真是渴望在他的家乡,看到些什么,知道些什么。惜未能如愿,只得怏怏而归。吴趼人甚爱自己的家乡,故笔名索性叫做"我佛山人",但也未见故土对于这位名家有什么特别的纪念,深感文人之寂寂无闻。继而一想,倒也不是什么坏事,这样,对故去的文人,说不定反而消停些,清静些。

二

但是"十年前死是完人"的这副挽联,倒不失为对年纪一把者十分有用的警语呢!

我想,用在举世闻名的波拿巴·拿破仑一世的经历上,大概是最合适的了。这位科西嘉的上尉,身体力行他的格言:一个不想当元帅的士兵,不是好士兵。他于1799年"雾月政变"中,建立执政府,为第一执政;接着,1804年把罗马教皇庇护七世搞来,给他加冕称帝;这还不够过瘾,1805年兼任意大利国王;1807年对英国实行"大陆封锁"政策;同年,入侵葡萄牙;1808年入侵西班牙。这时,虽然他的皇后约瑟芬没少给他戴绿帽子,但情场失意的他,赌场相当得意,骄妄跋扈,不可一世,其势力几乎扩张到整个欧洲。但是,到了1812年,在死前9年,穷兵黩武的拿破仑,大举进攻俄国,这个战无不胜的家伙,开始走"华容道"了。

看来,"早死十年"的这副挽联,有其道理。年轻的作家也许暂时用不着留意,上了一点岁数的作家,真是值得冷

静思索一下呢!

老托尔斯泰的《战争与和平》，写的就是这场战争。对这位法国的小个子和那位独眼的库图索夫的较量，有着生动的笔墨。1813年，死前8年，拿破仑在莱比锡会战中败北，1814年反法联军攻陷巴黎，他被迫宣布退位，流放厄尔巴岛。1815年，死前6年，不甘失败的拿破仑卷土重来，率军于法国南部儒昂登陆，进入巴黎，再登帝座，史称"百日政变"。但"廉颇老矣"，虽蠢蠢欲动，困兽犹斗，又能有几许作为？同年，以兵败滑铁卢战役结束他的戎马征战生涯。从此，小个子彻底完蛋，流放圣赫伦那岛，直到1821年于这个荒岛上病逝拉倒。历史总是无情地嘲弄那些最后以败笔告终的大人物。若拿破仑恰恰在死前十年，没在横征暴敛、东讨西伐、加剧矛盾、陷入危机的情况下，发动对俄罗斯战争的话，他未必成为一个完人，但以处于成功巅峰的光辉形象，载入史册，是毫无疑问的。绝不是后来被抛弃在荒岛上，"斗败的鹌鹑，打败的鸡"那种落魄的德行。

这说明，中国老百姓常挂在嘴边的"适可而止""见好就收""八九不离十"的不求满盈的哲学体系，实在是具有科学道理的生存方式。任何事物玩到了极致程度，进入所谓的临界状态，必然要发生质的变化，并且，那势头是不可逆转的。所以，拿破仑只有一百八十度地走向自己的反面，毫无转圜余地，非滑铁卢不可。如同伍子胥谢申包胥所说的"吾日莫途穷，吾故倒行而逆施之"，他未必想如此，但又不得不如此，这就是人世间悲剧不断的原因。话说回来，中国历史上那些赫赫扬扬的帝王将相，类似拿破仑下场的也不少。一部"二十四史"，由于最后十年里的荒谬绝伦，而毁了前半生英名者，一数就是一大把。据说是毛主席生前最爱看的一部笔记小说《容斋随笔》，其中有一篇《人君寿考》，列举宋代以前的五位高龄帝王，他们分别为69岁的汉武帝刘彻、70岁的吴大帝孙权、85岁的梁武帝萧衍、69岁的唐高祖李渊和77岁的唐玄宗李隆基。他们基本上都是在一生中的最后十年，把自己毁掉的。

死前十年，似乎是一个人变好变坏的大限。政治家也好，文学家也好，大人物也好，普通人也好，隐约有这样一个规律在。真是令吾等上了年纪的人引以为戒呢！总是要变的，这是宇宙的发展规律，尽量使自己变得不令后人生厌，就谢天谢地了。

平心而论，这五位高龄帝王，早年都称得上有为的英君，其历史上都曾经有辉煌的一面。就以刘彻来说吧，他即位后，采用董仲舒的"罢黜百家，独尊儒术"建议，控制思想言论，加强封建统治；采用主父偃的"推恩"策，削弱侯国和地方势力，巩固中央集权；采用孔仅和东郭咸阳的冶铁、煮盐、酿酒官府专卖法规，增加朝廷的财政收入；而且开凿漕渠，大力发展农业生产；同时对侵扰不已的北方匈奴，改变汉初所使用的和亲政策，用卫青、霍去病、李广等名将，大规模出击，赶走匈奴，收复失土，开通西域。汉武帝时的中国版图，疆域之大，在历史上是少有的。

其他几位长寿皇帝，握权早期，也很有一番作为。譬如孙权在魏、蜀、吴三国争雄中，是个头角峥嵘的领袖人物。任命周瑜为"赤壁之战"的元帅，打败了曹操；委派陆逊为"夷陵之战"的司令，打败刘备。这都和他的英明决断、果敢行事分不开。他能据有江东一隅52年，"国险而民附"，南辟疆土，北御强敌，碧眼儿的英武，连曹操都佩服得恨不能生这样一个儿子。

再譬如萧衍，那是一个博学多才的皇帝，与文人唱和，精通乐律，雅善书法，非一般附庸风雅者写两句臭诗，题两笔孬字可比。他当了皇帝，一开始也曾勤勉政事，巡郡恤狱，劝课农桑，禁抑豪强。至于李渊，要不是他削平了隋末各地的武装割据势力，也无法统一全中国，创立伟大的唐王朝。而李隆基在人们心目中，虽然几乎成了个恋爱至上的风流天子，其实他在位前期，头脑清醒，英武明断，选贤任能，励精图治。开元之治，也是著之于史册，一直被后人称道的。

但洪迈对这五位长寿皇帝，是很不以为然的，他说："即此五君而论之，梁武召侯景之祸，幽辱告终，旋以亡国；玄宗身致大祸，播迁失意，饮恨而没。享祚久长，翻以为害，固已不足言。汉武末年，巫蛊事起，自皇太子、公主、皇孙皆不得其死，悲伤愁沮，群臣上寿，拒不举觞，以天下事付之八岁儿。吴大帝废太子和，杀爱子鲁王霸。唐高祖以秦王之故，两子十孙同日并命，不得已而禅位，其方寸为如何？"如果查一查年表，简直令人骇异，这些皇帝自己制造的动乱，都是在他们死前十年间先后发生的事情。

刘彻在可怕的变态心理支配下，一手制造的巫蛊事件，是他死前的五年，也就是公元前91年、前92年发生的。孙权废太子，杀鲁王，凡群臣劝谏者，无不当廷杖杀的歇斯底里大发作，是在他死前的两年（250年）东吴宫廷里一场血腥的清洗。萧衍饿死于545年，而饿死他的，正是死前两年，不顾群臣反对，非要接受的东魏降将侯景。此人晚年，昏聩愚钝，受侯景降，以为得计，谁知引狼入室，作孽自毙，建康化为灰烬。而他自己，86岁的老汉，成为侯景的阶下囚，饥寒悔恨，也只有一死了之。随之，国也就亡了。而"玄武门之变"，正是李渊晚年昏愚的结果。李世民、李建成、李元吉的夺权斗争，两子十孙顷刻间毙命，实际是他死前十年发生在眼前的一次宫廷政变。而唐玄宗从752年拜杨国忠为相，到755年酿成安史之乱，756年仓皇奔蜀，不得不于马嵬坡前杀妃的一连串事件，都在他死前十年间发生的。

不知是作吴趼人"十年前死是完人"挽联者，善于总结历史经验，还是深知人老以后难逃这最后十年的恶变？古往今来的高龄统治者，在往生命终点走去的时候，好像难以逃脱这十年大限，必定要犯日暮途穷，倒行逆施的老年病。有的皇帝，未必高龄，也存在这种死前十年恶变的可能，如活了63岁的隋文帝杨坚，生性俭素，不事繁华，但在595年，他死前九年，背弃自己一贯作风，竟纵容杨素修了一座豪华盖世的仁寿宫，花费巨万，劳民伤财，供驱使的役夫民工，在酷暑下施工，死者相继，连烧尸都来不及。

所以，洪迈不禁嗟叹："然则五君者虽有崇高之位，享耄耋之年，竟何益哉？"言下之意，这几位皇帝活这么长久，对老百姓究竟有什么用处呢？"老而不死谓之贼"，这个"贼"，就是贼害后人、贻祸下代、制造灾难、天下不宁，还真不如死毬算了，老百姓少受点罪。孙权清醒时，认识到无论如何不能重蹈袁本初、刘景升废长立幼,导致兄弟厮杀的覆辙,但他到了晚年,对太子们或囚或废,比袁、刘还要严酷,造成了他死后继承人的大屠杀。在魏、蜀、吴三国中,吴国宫廷里的血腥记录,最骇人听闻了。李隆基当年为了提倡节俭,甚至烧毁宫内奢侈品,令后妃以下不服珠玉锦绣,罢去两京织锦坊。可他到了晚年,纵容杨氏姐妹的奢靡浮侈,与他早期的廉政行径,判若两人。萧衍老了以后沉迷佛法、舍身寺院,荒唐到谁都看得出侯景的狼子野心,他却信之不疑,至死不悟。这位咎由自取的老人,最后饿死在他的宝座上,也是活该了。如果,这些统治者早死十年,当一个明君、英君,大概是不成问题的;多活十年,便成反面人物。

年老的统治者走向自己的反面,当然不仅是生理的、心理的衰老,更主要的是久握权力必致腐化的结果。由于事不躬亲,偏听偏信,自然拒绝直言,喜爱奉承;由于好大喜功,贪慕虚名,自然宠用非人、群小当政。这些都是历代老人政治的特点。再加之纸醉金迷、声色犬马、深闭后宫、嬖幸用政,最后必定会腐败堕落、胡作非为、穷奢极欲、祸国殃民。有的,哪怕驾崩了,死毬了,也还贻害未来,得多少代人为他一时的荒谬,付出沉重的代价。有的,历史上写了；有的，历史上没有写，或来不及写，但并不等于不存在，或没有发生过。

现在看吴趼人所收下的三百大洋，比之那些造祸于民的帝王遗患，不过沧海一粟而已，但为他所作的这副挽联，却实实在在道出了一个真理：老，是一个不可避免的过程。每个人都要老，老而不悖晦，不悖谬，不失态，不张狂；老而不倚老卖老，不驽马恋栈，不疯疯癫癫，不唠唠叨叨；老而不与年轻人为敌，不做损人利己或损人不利己的事情，不让他人在背后戳脊梁骨……这都是值得时刻提醒自己的。

我们口头上常说的"晚节"，据《辞海》释意：一、作"晚年"讲。《汉书·鲁恭王刘余传》："（子安王光）初好音乐舆马，晚节遴，唯恐不足于财。"颜师古注："晚节，犹言末时也。"二、作"晚年的节操"解。引宋杨万里《清虚子此君轩赋》诗句："愿坚晚节于岁寒。"因此，文人的晚节也好，非文人的晚节也好，千万不能不当回事，绝对不能在最后十年，越活越糊涂，越活越完蛋。按中国人不求满盈的哲学，不一定做得成完人，但做一个八九不离十的人，还是应该作为奋斗目标的。

话说辜鸿铭

辜鸿铭，民国初年文人。当时，他不但是文化界议论的焦点人物，因其民国以后还留着的清朝辫子，更是一个老百姓瞩目的风头人物。

20世纪初，在北京的洋人生活圈子里，流传着这样一句口头语，来到这座古城，可以不看紫禁城，不逛三大殿，却必须要看辜鸿铭。这也许还不足以说明他牛，举一例便了然了。此公在东交民巷六国饭店作演讲，入场是要收费的，并且价值不菲。那时，梅兰芳刚出道，红得不得了。看他的戏，包厢雅座的票价，也不过大洋一元二角，可要听辜鸿铭的演讲，却要比梅兰芳的票价多出八角，而且你未必买得到，因为海报一出，驻北京的外交使团就全给包圆了。

这让中国人有点傻，一看洋人对此公如此高看，灵魂中总是蠢蠢欲动的，总是按捺不住的，那崇洋媚外的劣根性就泛滥起来。第一，眼露谄光；第二，脸现羡色；第三，圆张着的嘴，再也合不拢。直到今天，你就看文化知识界的某些精英，只要隔洋的洋大人放个屁，立刻凑上去说"好香好香"的西崽相，就说明鸦片战争、八国联军以后，西方列强对中国人精神上的戕害，是何等久远和沉重！挺不起腰来的佝偻后遗症，至今也直不起来。于是，你便会了解在民国天地里，还留着辫子的辜鸿铭，因洋人的特别眷注，该是怎样引人在意了。

辜鸿铭的黄包车夫刘二，与他一样，也留着辫子。堪称天下无二，举世无双。可以想象，这一对主仆，从东城柏树胡同寓所出来，穿过王府井，穿过交民巷，直奔六国饭店，去发表演讲的这一路上，在闹市该造成多大的惊动了。那些附庸名流、巴结邀好的人，那些点头哈腰、鞠躬致敬的人，那些认为他牛得连老外也在乎的人，是多么想与他搭讪，与他攀谈，与他拉关系，借得一点洋人的仙气，好风光风光，肯定Good morning（早安），或者Good afternoon（午安），赶不及地趋前表示崇敬了。

辜鸿铭不理这一套，或者也可以说，他压根儿不吃这一套，眼珠子一弹，招呼他的车夫刘二："愣着干吗？给我走人。"

六国饭店的礼堂里座无虚席，听众翘首以盼，并不完全因为这硕果仅存的辫子，人们乐意花两块大洋。好奇是一面,但来听他的精彩演讲,为的就是享受一次语言的盛宴,则是更重要的一面。据说,他很看不起胡适,鄙夷地说,此人只会一点"留学生英语",不识拉丁文和希腊文,居然要开西方哲学课,岂不是误人子弟么?而他在演讲中,时而英语,时而法语,时而德语,时而古拉丁文,时而"之乎者也""子曰诗云"。从盎格鲁—撒克逊,到条顿、日耳曼、高卢鸡,到那个在新华门内做着皇帝梦的袁大头,一路横扫过来,统统不在话下。

他之所以能够这样粪土一切,就因为他有足以粪土一切的本钱。这位在中国近代史上极为少见的学者,不但通晓汉学典籍,熟知中华文化的传统精神,更娴习英、法、德、拉丁、希腊、马来等9种语言,深谙西方世界。他富有文学天赋,自是不用说的了,哲学、法学、工学,兼及文理各科,均有深刻造诣。像他这样有人学问、有真学问的文人,在中国,他之前,肯定是有的;他之后,肯定是没有的了。至少,一直到现在,敝国尚未有一位称得上享誉全球的文史哲方面的大师出现,实在是很令人汗颜的。

当下,在中国,带引号的"大师",还真有的是。碰上文坛聚会,大家一齐吃饭,你会发现到场的"大师",要比端上来的干炸丸子还多,一个个脑满肠肥,油光水滑。因为这班"大师",倘非自封,便是人抬;若非钦定,必是指派,难免有一种假钞的感觉,水货的嫌疑。那些在文史哲方面的权威、名流、前辈、大佬,好一点的,饾饤治学、獭祭为文,顶多是一架两脚书橱而已;差一点的,狗屁不是,浪得虚名,一群文化骗子而已。由于在物质社会里,做婊子要容易些,立牌坊就比较难了,这就使不做学问者,要比做学问者,活得更滋润,混得更自在。于是,那些权威、名流、前辈、大佬,也都赶不及地脱裤子下海,所以,在这一界,假大空盛行,伪恶丑当道,也就不值得奇怪了。

大概民国初年,真正有学问的人,还是很被看重的。于是,1917年,就有辜鸿铭应蔡元培之邀请,到北京大学讲授英国诗之举出现,大家觉得可乐,大家也等着瞅这场可乐。果然,他首次出现在北大红楼教室中时,戴瓜皮帽,穿官马褂,蹬双脸鞋,踱四方步,好像刚从琉璃厂古董店里发掘出来的文物,配上那一根系着红缨的滑稽小辫,引起哄堂大笑。等到众学生笑到没力气再笑时,他开口了,声调不疾不徐,声音不高不低:"诸位同学,你们笑我的辫子,可我头顶上这根辫子是有形的,而你们心中的辫子却是无形的。"顿时,全场哑然。

从那一天开始,他在北大讲授英国诗,学期开始的第一堂,叫学生翻开Page one(第一页),到学期结束,老先生走上讲台,还是Page one(第一页)。书本对他来讲,是有也可,无也可的。他举例诗人作品,脱口而出,不假思索,若翻开诗集对照,一句也不会错的,其记忆力之惊人,使所有人——包括反对他的——也不得不折服。据女作家凌淑华回忆,辜鸿铭晚年,曾是她家的座上客,这位上了年纪的老人,犹能一字不移地当众背出上千行弥尔顿的《失乐园》,证明他确实是非凡的天才。

他对学生说:"我们为什么要学英文诗呢?因为诗乃文之精粹。只有得其要领,通其全貌,这样,才能将中华文化中温柔敦厚的诗教,译为西文,去开化那些四夷之邦。"在课堂上的他,挥洒自如,海阔天空,旁征博引,东南西北。那长袍马褂的穿戴,不免滑稽突兀,但他的学问却是使人敬佩的。他讲课时,幽默诙谐,淋漓尽致,嬉笑怒骂,皆成文章。用中文来回答英文问题,用英文来回答中文之问,学识之渊博,见解之独到,议论之锋锐,阅历之广泛,令问者只有瞠目结舌而已。因此,他的课极为叫座,教室里总是挤坐得满满的。

辜鸿铭,字汤生,1856年生于马来西亚槟州,1928年终老北京。祖籍福建同安,故有"辜厦门"之称。幼年成长于槟州种植园，10岁赴英伦，以优异成绩考入爱丁堡大学，随后又赴德国莱比锡大学深造。这位生在南洋，学在西洋，婚在东洋，仕在北洋，获得过13个博士学位的中国文化巨人，与大部分学有所成的中国学人不同。其先在国内奠定深厚的学养基础，再到国外充实提高。人有一种喜新厌旧的趋向，先前耳熟能详的一切，常常会被后来才了解的事物的新鲜感所压倒，所以，辜老先生与那些到了外国以后盛赞月亮也是外国的圆，而对中国则视之若敝屣的假洋鬼子不一样，对于中华民族的文化，他表现出强烈的尊崇。

光绪年间，他从国外归来，在张文襄幕府当洋务文书，任

辜鸿铭像

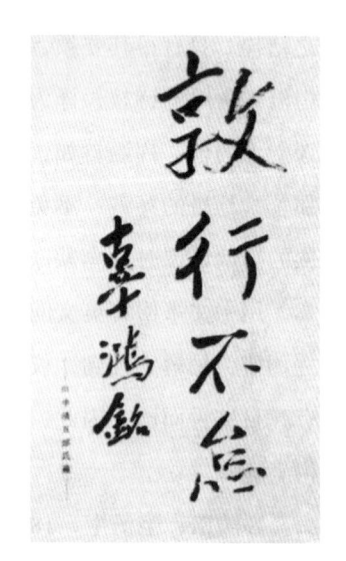

辜鸿铭手书

"通译"20年。他一面为这位大臣统筹洋务（因为张之洞提倡实业救国，支持改良维新），一面精研国学，苦读经典，自号"汉滨读易者"。时值这位总督筹建汉阳兵工厂，他参与其事。张之洞接受另一洋务派，也是东南大买办盛宣怀的建议，委托一个外国商人总司其事。辜鸿铭和洋人接触几次以后，封了一份厚礼，请他开路了。过了几天，张之洞想和这个洋人见见面，下属告诉他，那洋老爷早让辜师爷给打发了。张把辜鸿铭叫来责问，辜正色地对他说，不一定凡洋人都行，有行的，也有不行的，我们要造兵工厂，就得找真正行的。辜鸿铭遂委托他的德国朋友，请克虏伯公司来建造，结果，汉阳兵工厂在各省军阀建造的同类厂中，是最好的。这个厂出品的步枪"汉阳造"，一直很有名气。

所以，他对于洋人的认识，和那个时候见了外国人先矮了半截的普遍的畏缩心理，完全相反，他是不大肯买外国人账的。"五四"以后，文化人言必欧美，一切西方，恨不能自己的鼻子高起来，眼珠绿起来，是很令人气短的。直到今天，贩卖洋人的唾余，吓唬中国同胞的假洋鬼子，络绎不绝于道；外国什么都好，中国无所不糟的候补汉奸，可谓层出不穷，实在是让辜老先生九泉下不开心的。

鸦片战争之后，中国人被列强的坚船利甲，打得魂不守舍，崇洋羡洋，畏洋惧洋，已为国民心理常态。中国人对于西方的认识，已由过去的妄自尊大变为自卑自轻，更多的人甚至转而崇洋媚洋，这也是被列强欺压得没有一点底气的表现。一见洋人，膝盖先软，洋人说了些什么，必奉之为圭臬。诺贝尔文学奖离自己尚远，就赶不及鞍前马后地向洋人叩首。认识两个老外，到外国去过，便自以为高人一头。有的，索性躲到外国，寄人篱下，像哈巴狗一样对洋老爷摇头摆尾，以领几十美元津贴，吃垃圾食品而自甘堕落。

独这位辜鸿铭不买账，不怕鬼，不信邪，从1883年在英文报纸《华北日报》发表题为"中国学"的系列文章始，便以发扬国学，揶揄西学为己任。他先后将《论语》《中庸》《大学》译为英文，推介到国外。据说，在他之前，因未有更好的译本，孔子的这三部经典著作，在西方知识界未得广泛反响，至此，才有更多的传播。从1901年至1905年，他的172则《中国札记》，分五次发表，反复强调东方文明的价值。

辜鸿铭认为，"要懂得真正的中国人和中国文明，此人必须是深沉的、博大的和纯朴的"，因为"中国人的性格和中国文明的三大特征，正是深沉、博大和纯朴，此外还有灵敏"。在他看来，美国人博大、纯朴，但不深沉；英国人深沉、纯朴，却不博大；德国人博大、深沉，而不纯朴；法国人没有德国人天然的深沉，不如美国人心胸博大和英国人心地纯朴，却拥有这三个民族所缺乏的灵敏；只有中国人全面具备了这四种优秀的精神特质。所以，辜鸿铭说，中国人给人留下的总体印象为"温良"，"那种难以言表的温良"。在中国人温良的形象背后，隐藏着"纯真的赤子之心"和"成年人的智慧"。

他用英文写成的《中国人的精神》（*The Spirit of the Chinese People*）一书，在西方世界产生巨大反响，据说，一些大学哲学系将其列为必读参考书。其文章受到欢迎的热烈程度，还没有一个其他的中国文化人，可以相比拟。托尔斯泰与他有书信往还，圣雄甘地称他为"最尊贵的中国人"，罗曼·罗兰说他"在西方是很为有名的"，勃兰兑斯说他是"现代中国最重要的作家"，英国作家毛姆亲自来到北京，到他柏树胡同的寓所拜见他，向他求教，可见世人对他评价之高。

由于辜鸿铭非常了解西方世界，又特别崇尚中国文化，所以他才有力斥西方文化之非的言论，如"美国人研究中国文化，可以得到深奥的性质；英国人研究中国文化，可以得到宏伟的性质；德国人研究中国文化，可以得到朴素的性质；法国人研究中国文化，可以得到精微的性质"。对于中国文化的推崇，到了如此地步，姑且不对这种趋于极端的一家之言，做出是非的判断，但在20世纪初，积弱的中国，已经到了殖民地半殖民地的地步，他能够说出这番中国文化优越论的话，还是有其警世之义的。

当时，严复和林纾把西方的文化，翻译和介绍到中国来，多多少少是带有一点倾倒于西方文明的情结。但是，这位辜老先生，却努力把中国的文化向西方推广，或许是对这种膜拜风气的逆反行为吧？他不但将《大学》《中庸》《论语》翻译出去，他还著有《中国人的精神》，或译作《春秋大义》，介绍中华文化的博大精深。这些译文，在国外有很大影响，德国、英国甚至有专门研究他的俱乐部，不能不说是他对中华文化的杰出贡献。

他的名字曾经很响亮过的，虽然现在已不大被人提起，可在20世纪一二十年代，他却是京师轰动、举国侧目、世所尽知、无不敬佩的一位大学问家。而且他的幽默，他的行径，他的狂飙言论，他的傲岸精神，也曾制造出许多轰动效应，而脍炙人口。凡知道辜鸿铭这个名字的人，首先想到的，是他那根在民国以后的北平知识界中，堪称独一无二的辫子，那是辜鸿铭最明显的标志。辛亥革命推翻清政府，第一个成就便是全中国男人头顶的辫子，一夜之间剪光推净，独他却偏偏留起来,自鸣得意。他在清廷,算是搞洋务的,按说是维新一派,但皇帝没了,竟比遗老还要遗老,这也是只有他才能做出的咄咄怪事。周作人说过,辜鸿铭是混血儿,父为华人,母为欧人,所以他头发有点黄,眼珠有点绿。更像洋人的他,却一身大清王朝的装扮,不是在戏台子上,而是走在光天化日的马路上,能不令人有目睹怪物之感吗?

蔡元培任校长的北京大学,主张学术自由,主张开明精神,不光请这位拖辫子的遗老来讲课,也请胡适、傅斯年、陈独秀、周树人兄弟这些新派人物执教。这些新文化运动者,尽管不赞成辜鸿铭保守、落伍的主张,但对他的学问,却是敬重的。当时,学校里还有不少的外国教授,也都是世界上的一流学者。这些洋教授们在走廊里,若看到辜老先生走过来,总是远远地靠边站着,恭迎致候。而辜氏到了面前,见英国人,用英文骂英国不行;见德国人,用德文骂德国不好;见法国人,则用法文骂法国如何不堪。那些洋人无不被骂得个个心服。就是这么一个有个性的老头子,不趋时,不赶潮,我行我素,谁也不在他的话下。一个人,能照自己的意志生存,能以自己的想法说话,活得有滋有味,有声有色,达到这样境界,你能不为这个老汉喝一声彩么?

有一次,一位新应聘而来北大的英国教授,在教员休息室坐着,见这位长袍马褂的老古董,拄着根手杖,坐在沙发上运气。因为不识此老,便向教员室的侍役打听,这个拖着一根英国人蔑称为"Pig tail"(猪尾巴)的老头是什么人?辜鸿铭对此一笑,听他说自己是教英国文学的,便用拉丁文与其交谈,这位教授对此颇为勉强,应对不上,不免有些尴尬,辜叹息道:"连拉丁文都说不上来,如何教英国文学?唉!唉!"拂袖而去。碰上这么一位有学问的怪老爷子,洋教授拿他有什么办法?

辜鸿铭的一生,总是在逆反状态中度过。大家认可的,他反对;众人不喜欢的,他叫好。被大众崇拜的事物,他藐视;人人都不屑一顾时,他偏要尝试。追求与众不同,不断对抗社会和环境,顶着风上,就成了他的快乐和骄傲。他说,蔡元培做了前清的翰林以后,就革命,一直到民国成立,到今天,还在革命,这很了不起。他说他自己,从给张之洞做幕僚以后,就保皇,一直到辛亥革命,到现在,还在保皇,也是很了不起。因此,在中国,他说,就他们两个人堪为表率。

因此,他的言论,嬉笑怒骂,耸人听闻;他的行径,滑稽突兀,荒诞不经。无不以怪而引人瞩目,成为满城人饭后茶余的谈资。民国以后,宣统本人都把辫子剪掉了,他偏要留着，坐着洋车，在北京城里招摇过市。他喜闻小脚之臭，赞成妇女缠足，更是遭到世人诟病。他也不在乎，还演讲宣扬小脚之美，说写不出文章，一捏小脚，灵感就来了，令人哭笑不得。不仅如此，他还公开主张纳妾，说妾是"立"和"女"两字组成，如椅子靠背一样，是让人休息的，所以，要娶姨太太的道理就在这里，完全是一个强词夺理的封建老朽形象。一位外国太太反对他赞成纳妾的主张，问他，既然你辜先生认为一个男人，可以娶四个太太，那么一个女人，是不是也可以有四个丈夫呢？这个拖小辫子的老头子对她说，尊敬的夫人，只有一个茶壶配四个茶杯，没有一个茶杯配四个茶壶的道理。

诸如此类的奇谈怪论，不一而足的荒谬行径，连他自己都承认是Crazy Ku（辜疯子）。这里，固然有他的偏执和激愤，也有他的做作成分和不甘寂寞之心。他的性格，不那么肯安生的，几天不闹出一点新闻，他就坐立不安，说他有表演欲、风头欲，不是过甚之辞。然而，他也不是绝无政治头脑，慈禧做寿，万民颂德，他却指斥"万寿无疆，百姓遭殃"，公开大唱反调；辛亥革命，清帝逊位，他倒留起小辫，拜万寿牌位，做铁杆保皇党。袁贼称帝，势倾天下，他敢骂之为贱种，并在当时的西文报纸上著文批袁；张勋复辟，人皆责之，他倒去当了两天外务部短命的官。后来，辫帅失意，闭门索居，他与之过从甚密，相濡以沫，还送去一副"荷尽已无擎天盖，菊残犹有傲霜枝"的对联，以共有那"傲霜枝"的猪尾巴为荣。五四运动，社会进步，他又和林琴南等一起，成为反对新文化、反对白话文的急先锋；但是他却应蔡元培之邀，到"五四"发源地的北大去当教授，讲英国诗，鼓吹文艺复兴。北洋政府因蔡元培支持学生，要驱赶这位大学校长时，他支持正义，领头签名。他反对安福国会贿选，却拿政客的大洋，可钱到了手，跑到前门八大胡同逛窑子。那些窑姐来了，一人给一块大洋，打发了事，但妓女送给他的手绢，却收集起来，视若珍藏。

正是这些哗众取宠之处，使辜鸿铭成为人所共知的一个怪人。当时人和后来人所看到的，全是他的这些虚炫的表象，一叶障目，而对他的中外文化的学识，他弘扬中国文化的努力，他在世界文化界的影响，也都被抹杀掉了。1896年，湖广总督张之洞60岁寿辰，祝贺客人中有一位进士出身，誉称为"中国大儒"的沈曾植，辜作为张的幕僚，自然要应酬接待，尽东主之仪。在席中，辜鸿铭高谈阔论东方文化之长，大肆挞伐西方文化之弊，他发现自己讲了许多许多以后，却不见这位贵宾张嘴说过一句话，无任何反应。他不禁奇怪起来，"先生为何缄默，不发一言？"没料到沈曾植的回答，差点将他噎死。沈说，你讲的话我都懂，可你要听懂我讲的话，还须读20年中国书。两年以后（请注意"两年"这个时间概念），辜鸿铭听说沈曾植前来拜会张之洞，立即叫手下人将张之洞所收藏的典籍，搬到会客厅里，快堆满一屋。几无站脚之处的沈曾植问辜鸿铭，这是什么意思？辜鸿铭说，请教沈公，你要我读20年中国书，我用了两年全读了，现在无妨试一下，哪一部书你能背，我不能背？哪一部书你能懂，我不懂？沈曾植大笑说，这就对了，今后中国文化的重担，就落在你的肩上啦！

如今，敢有一位中国文人，说出这番豪言壮语否？

当然，辜鸿铭的中国文化一切皆好论，连糟粕也视为精华，成为小脚、辫子、娶姨太太等腐朽事物的拥护者，是不足为训的。在政治上成为保皇党，成为五四运动的反对派，则更是倒行逆施。然而，这位骨格傲岸的老先生，对于洋人，对于洋学问，敢于睥睨一切，敢于分庭抗礼，从他身上看不出一丝奴婢气，这一点，对一个中国人来说，应是十分要得的。

沉渣的泛起

从历史的角度看，当一个时代进入终结期时，便会有沉渣不断泛起。这些从泔水缸里翻上来的秽物，自是臭不可闻，令人作三日呕。然而，彼等却泛得理直气壮，而且振振有词：际此最后关头，俺们倘不抓紧翻腾一下的话，那就永无出头之日啦！

同样，从社会的角度看，在大千世界中曾经沸沸扬扬过，甚至曾经不可一世过的人物，进入古稀、八秩、进九、耄耋之暮年，也有作沉渣之泛起、不甘于从此沉沦的个别闹者。由于他们自我感觉依旧良好，由于他们老骥情结依旧强烈，虽然早就离开演出的舞台，虽然生命的支票余额无多，但还陶醉于昨天的沸沸扬扬之中，沉浸于前天的不可一世之中，于是，闹个没完没了。

这其中，最情不自禁、最按捺不住的，莫过于那些过气的文人学者、过时的大师名流，他们若不跳将出来，闹出一点动静，只怕到死也闭不上双眼的。这些豁牙瓣齿、撒气漏风的著名人士，这些老眼昏花、迎风掉泪的顶尖人物，最痛苦的莫过于表演、表现、表态、表示存在的机会，少了；莫过于出场、出席、出面、大出风头的可能，没了。面对世界将其遗忘的残酷现实，想到剩下的日子屈指可数，为了尽可能地吸引世人的眼球，泛起、扑腾、挣扎、蹦跶，一个"闹"字，便是主调。

于是，这些老人家、老前辈、老夫子、老先生，一有机会就粉墨登场，不断曝光于电视镜头；一有可能就抛头露面，经常出现于报章杂志。这也是近年来断不了被那一把老骨头，那一张老脸皮，那一本老皇历，那一副老腔调，弄得时光倒流，今昔错位，以为历史在走回头路，常常吓出一身冷汗的缘故。说实在的，那简直就是一种精神上的凌迟，灵魂上的折磨。

人之老，固属无奈，但也必然，谁也逃脱不了新陈代谢这个自然规律。《千字文》曰"寒来暑往，秋收冬藏"，到了人生的冬天，就应该是"藏"，而不是"闹"了。设想一下，归隐于林下，度桑榆之年；负暄于南墙，享天伦之乐；淡泊且自守，布衣无所求；宁静而致远，唯有菜根香。那是何等怡然，何等恬淡，何等安生，何等悠然的境界啊！可这些不服老的老文人，不愿老的老学者，不承认老的老权威，等等，因为有过名声而且响，落下自视甚高的后患；因为出过风头而且足，坐下害怕冷落的病根。于是，一不甘于老死牖下，而五脊六兽；二不甘于无人问津，常心急如焚；三不甘于湮灭无闻，便抓耳挠腮；四不甘于永远沉沦，就上蹿下跳。正如唱完了戏，不肯卸妆下台，还要荒腔走板唱两句的蹩脚演员，令人大倒胃口一样；正如踢完了球，不肯退出赛场，还要趔里歪斜踢两脚的三流球员，让人大煞风景一样。

有一位知名于清朝末年、民国初年的大文人樊樊山，这位老先生的晚年，就是那段历史终结期间，经常泛起作秀，经常不安于位，经常闹些名堂，经常洋相百出的闹者。樊樊山，即樊增祥，生于1846年，死于1931年，湖北恩施人。字嘉父，号云门，又称樊山居士。此人享年85岁，可谓高寿，可无论当时，还是后来，对这位老文人，尊敬者少，不敬者多。因为此公留在世间的第一印象，就是他最后数十年间不停地表演。尤其，入民国以后，年近古稀的他，一面标榜遗民的志节，一面捞取新朝的好处，为了谋得一个民国政府的参政差使，既求其高雅之身份，更图其丰厚之俸禄，竟不顾脸面，行事不端，更首鼠两端，上下其手，颇受当时社会訾议，士林咸以此公无耻。

不过话说回来，这个非常能闹的樊樊山，非当下那些凭一张嘴自我炒作,凭两条腿八方走动,就能混得既红且紫的菜鸟们所堪比拟的。在旧中国,一个能闹腾得上下皆知,左右不安,来去从容,进退自如的文人,绝非等闲人物。

他自幼苦读诗书,17岁乡闱中式,乾隆三年(1738年),时年20岁,上京会考,中进士,授庶常。随后进入仕途,从渭南知县起家,累官陕西、江宁布政,还当过几天护理两江总督。在文坛上,他师从李慈铭;在官场上,他崇奉张之洞。庚子事变慈禧、光绪逃往西安,那母子俩谢罪国人的罪己诏,就出自他的手笔。是个有真学问的文人,工于诗,为晚清高产诗人;也是个有真才干的官员,擅刑名,其治狱判牍为世所称。

据陈赣一的《新语林》,樊增祥在70岁以前,从政为干练之吏,作文为一时之俊。而且还是一个人长得很帅,官当得很好,字写得很棒,诗做得很多的风头人物。第一,他的形象,"樊云门眉宇轩昂,须发未白,望之如四五十许人,而其年已逾古稀"。第二,他的政声,"历官陕西宜川、渭南诸大邑,嫉恶如仇,听讼明决,有仲由折狱之长,杂曼倩诙谐之笔,良善者有所劝而无情者不得尽其辞,凡对簿公庭莫不相悦以解,世比之海刚峰、陆稼书"。第三,他的捷才,"近人赋诗之速者首推樊樊山"。"樊樊山才思敏捷,下笔千言。其师张之洞七十诞辰,樊尽一日夜之力撰骈文二千余言寿之。有句曰:'不嘉其谋事之智,而责其成事之迟,不谅其生财之难,而责其用财之易。'张阅至此段,掀髯笑曰:'云门诚可人也,二百年来无此作。'"

最令人惊叹的,就是此公诗作丰赡,多达三万首,是清代居乾隆之后的第二位多产诗人。就算他从20岁写起,到80岁搁笔,年均500首,日平均一首有半,也是让人不得不折服的。据陈衍的《石遗室诗话》:"樊山生平以诗为茶饭,无日不作,无地不作……论诗以清新博丽为主,工于隶事,巧于裁对,见人用眼前习见故实,则曰'此乳臭小儿耳'。所做七律居其七八,次韵叠韵之作犹多,无非欲因难见巧也。"又曰:"樊山诗才富有,欢娱能工,不为愁苦之词。自言少喜随园,长喜瓯北,请业于张广雅、李越缦,心悦诚服二师,而诗境并不与相同,自喜其诗,终身不改易辙,尤自负其艳体之作。"又曰:"尝见其案头诗稿,用薄竹纸订一厚本百余叶,细字密圈,极少点窜,不数月又易一本矣。"在高拜石的《光宣诗坛点将录》中,也有类似说法。樊氏殁后,"遗诗三万篇",蔚为诗坛文豪。

数十年遐迩知名,领风骚晚清文坛的这个樊樊山,入了民国,虽然非官非民,仍是士林聚焦之才子;虽然无官无

雨中

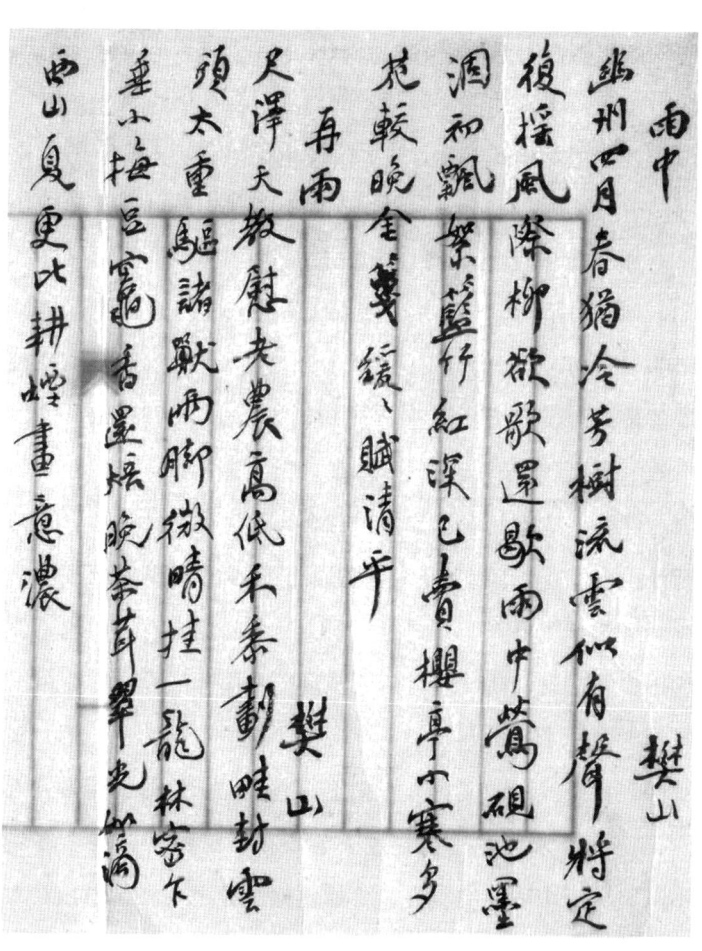

幽州四月春猶冷 芳樹流雲似有聲 將定
復搖風際柳欲歇還歇 雨中鶯砸池墨
洇初飄絮 籃竹紅深已賣櫻亭小寨多
花較晚金夔緩、賦清平

樊山

再雨

尺澤天教慰老農 高低禾黍勃畦封雲
頭太重驅諸歇兩腳微晴挂一虹 林密下
垂小梅豆窜鳴香還惦晚茶芽翠尖如滴
西山夏更比耕蜓畫意濃

樊山

樊樊山诗稿

职，仍是朝野瞩目的要人。一个才子，一个要人，让他从此杜门谢客，闭关守拙，在北京前门外打磨厂的寓所里，赋闲至死，看别人花红柳绿，自己坐冷板凳，看别人吃香喝辣，自己啃窝窝头，岂不要逼得他发疯？当代那些江郎才尽的作家，那些腹中空空的诗人，哪怕一辈子连响屁不曾放过一个，到了写不动，写不出，更写不好的晚年，也不肯退出文坛的。更何况樊樊山，三万首诗，饮誉京师；满腹文章，风流蕴藉；年虽古稀，精神矍铄；前清遗老，民国新贵。这些本钱，是他老人家不能退出历史舞台的原因。一个人的基因、性格，决定其命运走向；一个人的毛病、缺陷，影响其精神动态。樊樊山绝不是一盏省油的灯，注定了非闹不可。

此老当然要闹，不闹白不闹。一个啥也没有、屁也不值的拆白党，就靠胡吹海侃、投机倒把，而沐猴而冠，而祖坟冒烟者；一个"山间竹笋，嘴尖皮厚腹中空；墙头芦苇，头重脚轻根底浅"的文化人，精于作秀、勇于炒作，而人五人六，而满身朱紫者，无论过去、现在还是将来，都会屡见不鲜。樊樊山以他的实力，再加上他造势之功夫，请托之力度，走动之勤快，马屁之响亮，到底拿到民国政府的参政一职，也是瓜熟蒂落、实至名归的结果。前门外的打磨厂，是条不长的胡同，因老爷子一朝得意，满巷春风，顿时也车水马龙地热闹起来。

可是,一些前朝人士对其变节行为,大不以为然。叶昌炽的《缘督庐日记》甲寅五月初六,就有这样一条记载:"闻樊山已应聘,旧人新官,从此一钱不值矣",便是代表性的舆论了。樊樊山老脸皮厚,才不在乎别人抱何等看法。要知道,当过官员,尝到权力的甜头,必念念不忘官场;做过文人,领教名声的诱惑,必不舍淡出文坛。不甘寂寞、不甘冷落的樊樊山,背大清而投入民国怀抱,乃是其投机取巧的天性所致。老派人物的诟议,在他看来,这个既尊荣体面,又名高望重;既上达天听,又下视群伦的差使,可不是一钱不值,而是一本万利的买卖啊!

袁世凯本非善类,其老奸巨猾,其贼精狡诡,连孙中山都被他玩了,能被区区樊樊山这个糟老头子忽悠住,也令人费解。其实,袁的幕僚建议参政者首选人为王湘绮,而王湘绮也果然从上海启程北上就职。这个樊樊山眼疾手快,抢先一步,赶到火轮船上以大义劝阻:您可不能去,一去就是贰臣;再则,那袁大头是能成事的主吗?王湘绮一想有理,遂弃舟回府。袁世凯见王不买账,退而求其次,樊就得到梦寐以求的美差。

首先是樊樊山那张能将死人说活的嘴巴,猛灌米汤,猛上眼药，袁大头一介武夫，哪禁得起他溜须拍马的超级舌头？被哄得五迷三道，诓得七荤八素。连袁家几个公子，如袁克定、袁克文之流，喝酒看戏、吟诗作对、品评优伶、粉墨登场，也都给搞定了，在老子耳边说樊的好话。其实最主要的，是中国的统治者，只要屁股沾着龙椅，无不附庸风雅，无不自命风流，无不要在诗词歌赋上露两下。袁当然明细，乾隆的诗，臣下代笔者多，枪手捉刀者多，出于御笔者少。樊的三万首诗，虽非上乘，全系自撰，作为洪宪皇帝的他，自然要物色一个货真价实的御用文人；樊樊山更明细，你袁项城登上九五大位，若要舞文弄墨、粉饰升平，若要逢场作戏、吟风咏月，能陪陛下唱和联句者，舍我其谁？

于是，狼和狐一拍即合，沆瀣一气。

据刘禺生《世载堂杂忆·樊樊山之晚年》："袁世凯解散国会，设参政院，搜罗清旧臣，国内名流，特聘樊樊山为参政院参政。樊樊山亦刻意图报，故参政谢恩折有云：'圣明笃念老成，咨询国政，宠锡杖履，免去仪节。赐茶，赐坐，龙团富贵之花；有条，有梅，鹊神诗酒之宴。飞瑞雪于三海，瞻庆云于九阶。虽安车蒲轮之典，不是过也。'"樊用了"安车蒲轮"这个典故，马屁拍得就太露骨了。此典故出自《汉书·武帝纪》，车轮用蒲草包裹，迎送德高望重之人，以防颠簸，表示优礼有加的意思。樊一方面将袁比作汉武帝，一方面水涨船地抬高自己。在座者无不感到肉麻，但洪宪皇帝却很受用，立刻"谯樊樊山诸老辈参政于居仁堂，谯毕，游三海，手扶樊山，坐于高座团龙缕金绣牡丹花椅上，樊山视为奇荣。大雪谯集瀛台，举酒赋诗，世凯首唱，樊山继之曰《瀛台诏宴集》，故谢恩折及之"。袁世凯这一扶，樊樊山受宠若惊。回到打磨厂寓所，兴奋得夜不能眠，赋长诗一阕，其中有句曰："长安大雪一昼夜，金鹍鹊为白鹭鸶，闭户索句陈无已，慕三公者宁非痴。上殿昨用故人礼，严光无改羊皮披，归来得诗即属和，老翁酬戏犹童儿……"直到东方既白，老爷子还摇头晃脑，吟哦不辍，喜不自禁，窃窃而乐。家人以为他撞了邪，要驱秽气。

这也不足为奇，无论何时，无论何地，只要沉渣泛起，无不伴着难闻气味，令人掩鼻。

然而，好景不长，袁世凯当了83天的"中华帝国大皇帝"，就宣布退位。樊樊山也随着袁的垮台而从参政的高位摔下来。按人情之常，樊与袁如此投契，袁对樊如此高抬，至少也应该作出同进退的姿态，从此退出政界，不蹚浑水，也对樊的人格有些许的尊敬。可这位大清王朝第二高产诗人，他看到黎元洪当上临时大总统，弯子转得比谁都快，马上改换门庭。原来挂着的洪宪红日旗，也改为共和五色旗，老爷子既不做大清王朝的臣民，也不做洪宪皇帝的部属，而要投奔革命，走向共和了。"美不美，家乡水，亲不亲，故乡人"，樊樊山从这句民谚里，看到了希望，看到了光明。

他以同乡前辈的身份，给黎黄陂上书："大总统大居正位，如日主中，朱户重开，黄枢再造，拨云雾而见青天，扫槐枪而来紫气，国家咸登，人民歌颂，愿效手足之劳，得荷和平之禄。"恭维一通之后，狐狸尾巴露了出来，"如大总统顾问、咨议等职，处栖一枝，至生百感。静待青鸟之使，同膺来凤之仪。"黎元洪对他这位老乡，半点不感兴趣，而且相当反感，将这封伸手要官的信，让在座的人传阅，无非是当做笑话看的，并且说："看，这个樊樊山又在发官瘾了。"有人问："你拿他怎么办？"黎元洪一瞪他那大眼珠子："不理！不理！"

等候佳音的樊樊山，在打磨厂寓所里，总竖着耳朵倾听，是否有人拉他家的门铃。那时没有手机，不能发短信，只好干等。十天半月过去，他实在沉不住气了，托人去打探。这就是老而不知其老，老而失去自知之明地讨没趣了，竟然不顾面皮，觍颜责询，袁世凯请我作参政，为什么就不能当你的顾问？黎元洪反唇相讥，我不是汉武帝，也不是汉光武，你为什么不找他们去要官做？据刘禺生《世载堂杂忆》："元洪严词拒之，且加以责难。樊山恚甚，又函致元洪，大肆讪骂。"黎元洪收到这封骂他"自惭无德，为众所弃，唯有束身司败，躬候判处"的信，一笑，又交给在座的人传阅。大家也都觉得这个樊樊山，一不知丑，二不知耻，忘乎所以，也太能闹了。为省心计，有人建议，干脆每月支给他一点薪金算了。黎元洪还是老一套，瞪眼珠子："不给！不给！"

老先生着实郁闷了好一阵子，幸好，军阀统治的北洋政府是一个狗咬狗，一嘴毛的政权。段祺瑞赶走黎元洪，冯国璋代理两天总统后，北洋大佬徐世昌被推到这个位置上。因为徐世昌为前清翰林，号"水竹村人"，发起"晚清簃诗社"，与林琴南、王国维唱和，乃诗、书、画俱晓的通家。樊樊山一看此公上台，大喜过望，一是名儒，二是同道，必有空子可钻，立刻使出看家本领，不知写了多少阿谀奉承的诗篇，献给这位新科大总统。文人起家的徐世昌，到底与行伍出身的黎元洪不同，颇有些雅量，晓得此人讨厌，可也不愿惹他，官虽不给他做，但钱倒是按月支付的。这个明不白的既非束脩，也非薪俸的百十块大洋，让前门外打磨厂的樊府，又成为市井小民饭后茶余的笑料谈资。

"民国七年徐世昌任总统,樊山又为贺表。京师遍诵其贺函,且目为三朝元老。予友陈颂洛,搜集北京旧物之有关掌故者,曾在徐世昌家获得樊山亲笔贺文,并媵以诗云:'明良元首焕文阶,会见兵戈底定来。四百余人齐署诺(两院议员四百余人),争扶赤日上金台。''南北车书要混同,泱泱东海表雄风,七年九月初三夜,露泣槃珠月帐弓。'曲尽颂扬之能事。"(据刘禺生《世载堂杂忆》)

由袁世凯,到黎元洪,再到徐世昌,这位不甘没落的老文人,一而再,再而三地沉渣泛起,也一而再,再而三地贻人笑柄,其匪夷所思地执着不二,其没完没了地死不罢休,也许确实与他上了年纪有关。人一老,表现有二:其一曰木,其二曰呆。为什么木?思维僵化。为什么呆?反应迟钝。为什么思维僵化?是脑细胞在萎缩。为什么反应迟钝?是感觉神经在失灵。于是,他只能记住他想记住的东西——光荣,而忘记了他绝对不应该忘记的东西——缺失。

说到底,文人的没落,是再正常不过的事情。樊樊山的三万首诗,与他主子乾隆的四万首诗,像插在历史照相簿的夹页中,那一张张发黄褪色的照片,除了收破烂的、淘古董的感兴趣,除了到潘家园旧货市场光顾者,再也无人问津。这也是绝大多数文人的最终宿命,谁也难以逃脱。不管你老人家生前如何声名鼎沸，如日中天；不管你老先生死前如何张牙舞爪，努力抓捞；不管你老前辈活着时爬得多高，混得多红；不管你老爷子健在时面子有多大，脸皮有多厚，死了死了，死即是了，这是颠扑不破的真理。

当一位作家离开这个世界以后，他的那些曾经掌声雷动，曾经满城传诵，曾经上排行榜、得文学奖，曾经封为不朽，誉为绝响的作品，其保鲜程度，其耐久程度，怕是比不上罐头食品的保质期长。很多情况下，作家还在，作品已死，送到造纸厂化为纸浆，再生为擦屁股的手纸，也是这多年来屡见不鲜的事情了。

大幕即将落下，阁下的戏已经演完，那就没有必要再从大幕缝中挤出一个脑袋现眼了。所以说，一个文人，倘不自量自尊，无论作什么样式的沉渣泛起，除了搞笑外，屁也不顶。

孤直梁鼎芬

广州市越秀区的榨粉街,早年就是喧嚣的市廛。而在辛亥革命时期,更一度热闹得不得了;由于这里居住着的一位前朝大佬梁鼎芬,所以声闻遐迩。因为他执一不二地死忠大清皇帝,因为他自始至终地坚持保皇立场;曾经发难参奏李鸿章,劾其罪当砍头,以谢国人;还曾一怒之下按住章太炎,动手打他屁股,施以笞责。故而时人以怪物视之,对他有"梁疯子"之称。榨粉街住着这样一位极具争议性的人物,好奇者,好事者,好慕者,纷至沓来,络绎不绝。那时广州,盛行木屐,这条踢踢踏踏、拖泥带水的街道,自然也就成为羊城的一道风景。

不过,花开花谢,往事如烟,百年过去,别说榨粉街,恐怕在他的原籍广东番禺,这位保皇派也早已被人遗忘。

梁鼎芬,字节庵,号星海。自幼天资聪颖,禀赋出众,堪称博学多识,腹笥丰赡。舆论认为:在岭南,论才智英锐,唯南海康有为;论笔墨翘楚,唯新会梁启超;而论政治作为，论文学成就，差可比拟的人物，恐怕也就这位番禺的梁鼎芬了。辛亥革命，清朝变为民国，皇帝变为总统，善变的中国人，尤其文人，在这场巨变之中，无不粉墨登场，尽兴表演。剪掉辫子，咸与维新，旧派变为新派，朝秦暮楚者有之；长袍马褂，托古改制，新派变为旧派，首鼠两端者亦有之；维新派成复辟派，

梁鼎芬手书（一）

保守派成反动派者则更有之。只有这位梁鼎芬，以不变应万变，从前怎样，现在仍是怎样，在那个令人眼花缭乱的变局中，他本着我就是我，我永远是我的主张，压根不变。也许正因为这个不变，所以，榨粉街上总是断不了想一睹尊容的粉丝。

梁鼎芬天分极高，年纪轻轻，就脱颖而出。学历、科场、登籍、仕途，无不一路拾芥，连中连捷。试想，光绪二

年（1876年）乡试，18岁即中举人。光绪六年（1880年）会试，22岁又中进士。随后殿试，授为翰林，散馆授编修，享七品衔，这等发迹的快速度，能不让人刮目相看？再加之他才气夺人，笔墨出色，傲居岭南，锋芒毕露。第一，诗写得不错，汪辟疆《光宣诗坛点将录》云："其髯戟张，其言妩媚。梁髯诗极幽秀，读之可令人忘世虑，书札亦如之。"第二，字写得漂亮，麦华三《岭南书法丛谈》云："笔力则力透纸背，而墨彩则凸出纸上，秀逸之气，扑人眉宇，匪唯用笔之精，兼处用墨之妙。"第三，楹联更是他的拿手好戏，"独坐须成霜，那有高名惊四海；多年襟似铁，勉修苦节过余生"，这副楹联，看得出来，颇

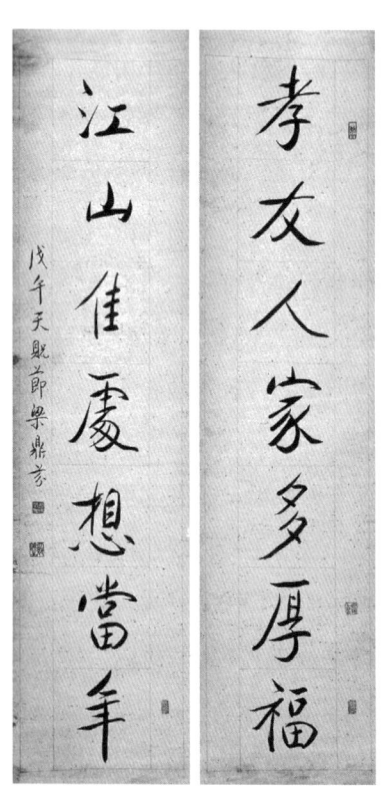

梁鼎芬手书（二）

有一点牢骚，大概是他晚年的手笔了。

中国文人都喜欢玩这种文字魔方，虽然对偶排比，拿手就来，但高下精拙，却大有分别。这个梁鼎芬，不但诗写得好，字写得好，楹联写得格外的好，信笔而就，潇洒从容，脱手即得，语惊四座，也难怪他目高一切，睨视众生，顽固坚持，始终保皇，很大程度上在于他实在太有学问了。在中国，有学问的人不难找，但如梁鼎芬这样有学问还有头脑的人，就难寻难觅了。所以，湖广总督张之洞经营惠州书院，非要聘他为主持院务的山长不可；而紫禁城要为逊帝溥仪找老师，看准了他就是最适当的太傅人选。

辛亥前后，他的学问人品，为朝野推重；他的行动举止，受时人瞩目，也就可以想象得知了。梁鼎芬一生，总抱着这个天子门生的情结，总认为应该为这个天子鞠躬尽瘁，死而后已。其实，在中国科举制度中，金銮殿上的所谓殿试，是以帝王钦点的方式优中选优，拔擢最佳俊秀，而赋予殊恩的设置。凡殿廷入式者，都称为天子门生，也就那一时的风光，那一阵的风头罢了。可梁鼎芬却特别在意，特别当真，一生以天子门生自居，顶礼膜拜光绪皇帝。清朝未亡时忠，入了民国还忠，你可以不赞同他的这份忠，但对他忠到老，忠到死，死了以后，还要将自己骨骸埋在河北易县清西陵梁格庄的一抔土中，守望着光绪崇陵，你不宾服也不行了。在这个充满聪明人的世界上，对那些聪明到滑头的人，对那些不但聪明滑头而且变化无端的人来说，像这样一辈子不变初衷、一根筋到底的梁鼎芬，应该说是一种稀有动物了！

光绪十一年（1885年），中法战争结束，由于李鸿章一味主和，迁延观望，坐失良机，本是胜方的中国，却在签约中输于败方的法国，舆情大哗，民怨沸腾。时年27岁的梁鼎芬，作为天子门生的他，认为自己责无旁贷，义不容辞，上疏光绪皇帝，参奏李鸿章。他在奏稿里称，有"六大可杀之罪，请明正典刑，以谢天下"字句。消息一出，整个北京城目瞪口呆，不知天高地厚的他，立刻闯下泼天大祸。

一个翰林院的新科编修，竟敢对直隶总督兼北洋大臣李鸿章，西太后最为倚重的枢密顾问发难，简直就是太岁头上动土了。而且，这年适逢慈禧五十大寿，她要李鸿章尽快结束这场战事，免得破坏她做寿的兴致，李鸿章才签订这个对法国人放水的《中法新约》。那时京城既无互联网，也无QQ、微博；既无手机短信，也无电视新闻，一夜之间，年纪轻轻就留着大胡子的梁鼎芬出了大名，敬他者尊称髯翁，臭他者直呼梁疯子，成为京城第一新闻人物。

一方面，由于李鸿章搞洋务，历来多以割地赔款了事，不满者颇多，对梁之敢摸老虎屁股，大为赞赏，甚至比之明朝嘉靖年间的杨继盛参奏严嵩。一方面，胆小怕事的满汉官员，从来是护着卵子过河，小心过肾（甚）之辈。这个梁疯子，倘不是鬼迷心窍，就是脑袋进水，耗子抓猫，螳臂当车，岂非找死不成？那时，顿成众矢之的的梁鼎芬，好不尴尬，到宣武门虎坊桥湖广会馆访亲问友，奚落者有之，排揎者有之。他只好回到广州，把自己关在榨粉街的居屋里，闭门不出，静候处置。

据黄濬《花随人圣庵摭忆》，梁之参劾李鸿章之举，似有另外隐情："节庵何以劾合肥，相传顺德李若农侍郎（文田）精《子平风鉴》，有奇验，且谓节庵寿只二十有七，节庵大怖，问禳之术，曰：必有非常之厄乃可。节庵归，闭门草疏，劾李鸿章十可杀。其舅张某力阻，不可，意谓疏上必遣戍，乃竟镌五级，二十七岁亦无恙。此说流播已久，存之而已。"

我不大相信梁之劾李鸿章，只是为了禳解。其实黄濬也持保留态度，故说"存之而已"，大有未足凭信的意思。因为这位光绪皇帝的死忠者，不光弹劾过李鸿章，嗣后还弹劾过袁世凯，弹劾过奕劻，甚至对连慈禧欲废光绪而立的大阿哥溥俊，也曾上书参奏过。看来，梁鼎芬不一定爱大清王朝之所爱，却一定要恨大清王朝之所恨。在攸关社稷安危、疆土完整、国体民本、帝制长远这类大是大非的问题上，他是要做忠臣的，也是不怕杀头的。"襄解"一说，可能是奏劾李鸿章的因素之一，性格决定命运，他一心要做天子门生，才是起决定作用的必然结果。

晚清时期，民谚如此说："左宗棠做事，曾国藩做人，李鸿章做官"。在中法战争中杀得法国远征军丢盔卸甲的，恰是左宗棠的湘军一部黑旗军刘永福，谁知攻下谅山，即将收复河内之际，李鸿章签署和约，下令撤军，气得左宗棠大拍桌子，"对中国而言，十个法国将军，也比不上一个李鸿章坏事。""李鸿章误尽苍生，将落个千古骂名。"梁鼎芬所以跳出来弹劾，不能排除他受到左宗棠的影响，更主要的是他天子门生的心结，跳出来上书，闹得满城风雨。

中法战争，主和者实为西太后。老太太不点头，李鸿章敢把安南的宗主权出卖？一个会做官的人，一定会以顶头上司的意志为意志。李鸿章洞穿老太太的内心活动，一是她的五十大寿，二是她怕法国因败而怒，加派军舰北上，重蹈第二次鸦片战争覆辙，于是这场战争遂以败方法国成为胜者，胜方中国成为败者而终结。所以，梁鼎芬惹毛的不是李鸿章，而是西太后。慈禧一看这篇奏折，勃然大怒。这是一个什么阿物儿，竟敢说三道四。"旋又追论妄劾，交部严议，降五级调用"。

翰林院重新给他安排工作，当然是奉旨寒碜梁鼎芬了，任太常寺司乐。所谓"司乐"，就是管理十来个乐工的吹鼓手头儿，他哪是笙箫管笛、吹拉弹唱之人？一气之下，辞职不干，光绪十三年（1887年），刻了一枚闲章"二十七岁罢官"，回广东去了。

时任两广总督的张之洞，一直关注梁鼎芬的动向。一开始对他好奇，哈！这小子真浑。随后就是惊骇，喝！这小子真敢。接下来，不但敬佩他的人品才学了得，道德风范了得，而且很能理解他的所作所为，果是天地间一丈夫，马上引为知己，大有相见恨晚之憾。张之洞，晚清的杰出政治家。他主张改革，不主张革命；主张师夷之所长，不主张动摇王朝之体制，更反对洋务派的卖国主义。一听说这个梁疯子竟不自量力地挑战李鸿章，更是渴慕敬重不已。

梁节庵告别京城，甫回广州，马上收到张的邀请，要他出任广雅书院讲席，希望他能从事一些他愿意做的事情。随后不久，张之洞即去惠州见他，从一早谈到中午，又从下午谈到夜晚，意犹未尽，接着隔日再谈，可见宾主投契的程度。一为封疆大吏，一为免职官员，品级悬殊，地位不一，但在维护封建制度，巩固王朝正统，引进西方工业，藉以强国固防等一系列话题上，两个人却能达到高度一致。

张之洞，字香涛，号壶公，河北南皮人。是一位有抱负、有胸襟、有胆识、有能力的帝国栋梁，也是一位立志救国、主张新政、力图中兴、匡扶大清的封疆大吏。他之赏识梁鼎芬，因为他在光绪五年（1879年）清政府与俄国签《里瓦几亚条约》时，也曾经是一个强烈的反对派，曾上疏奏劾过丧权辱国的三口通商大臣崇厚。所以他对劾李鸿章有十可杀之罪的梁鼎芬，视为同道之友、忘年之交，惺惺相惜，也就不奇怪了。不仅函件往返，还亲自造府敦请，这当然是很犯忌的事情。首先李鸿章反感，其次老太太不高兴，但张之洞不畏得罪权贵，不顾朝野侧目，硬是将梁疯子纳入幕下。

张之洞待梁，从善如流，言听计从，大胆放手使用；梁鼎芬对张，倾心吐胆，出谋划策，以报知遇之恩。时人有言，梁是张的影子，也就了解张之如何重用，梁之怎样卖力了。梁鼎芬在张之洞幕下，长达16年之久，同声相应，同气相求，相互默契，得心应手。光绪十五年（1889年），张之洞调补湖广总督，梁也随之赴武昌，任两湖书院山长。光绪二十年（1894年）张之洞署理两江总督，梁又去南京主持钟山书院。《清史稿》据此称张之洞凡"言学事惟鼎芬是任"。其实张南皮一生始终抓紧的三件大事，一办教育，二建实业，三练新军，哪一桩都少不了梁的调和鼎鼐。

光绪二十四年（1898年）的戊戌变法运动中，张南皮能够立于不败之地，很大程度得归功于这个一点也不疯的梁疯子。民国初年，拖着一条清朝辫子，在北大讲学的辜鸿铭，在张之洞湖北任上造汉阳兵工厂，引进德国克虏伯公司的设备和技术。因为他精通多国文字，也曾被张重金敦请入幕。辜就说过："凡张文襄的是处，大家都不提及梁节庵的作用；凡张文襄的不是处，大家无不以为是梁节庵的主意。"在辜汤生看来，梁鼎芬岂止是张之洞的一个智囊、一个文胆，实际是张之洞的高级政治顾问，人称"小之洞"，可见其位置之重要。

百日维新，是晚清最后一场政治决战，是垂死王朝回光返照的挣扎。变法成功，不能扭转乾坤；变法失败，则覆亡得更快。然而，摆在每个官员面前的是道选择题：是帝党，还是后党，二选一，这是必须回答的。此时已是两江总督、南洋大臣的张之洞，自然是要两面下注，这是其政治动物的保护本能，也是其官场老手的投机手法。一方面对老太太竭诚效忠，一方面也跟维新派联络拉拢。

其实，张之洞先就对维新派投注了，早在光绪二十一年

（1895年），公车上书后的康有为来到上海，张之洞就将这个炙手可热的大人物接到南京，上宾款待，导师视之。强学会的成立，《强学报》的发行，实际是得到过张之洞的解囊相助。这时的康有为，如日中天，不可一世，但小人得志，终究浅薄，文人有权，头脑膨胀。据《康有为自编年谱》："入江宁居二十余日，说张香涛开强学会，香涛颇自任。隔日一谈，每至深夜。香涛不信孔子改制，频劝勿言此学，必供养。又使梁星海来言。吾告以孔子改制大道也，岂为一两江总督供养易之哉？若使以供养而易其所学，香涛奚取焉？"又，"在江宁时，事大顺。吾曰，此事大顺，将来必有极逆者矣。与黄仲弢、梁星海议强学会章程，出上海刻之，而香涛以论学不合背盟。电嘱勿办……"为什么谈崩？为什么决裂？根本分歧在于：洋务派主张师夷人之所长，维新派主张实施西方政治体制。在强国这个大目标下，洋务派和维新派是一致的，怎么强？如何强？往哪个方向强？张之洞和康有为就找不到共同语言了。

康的自编年谱中，多次出现梁鼎芬的名字，可以想见，他所扮演的消防队这个角色，所起到的灭火作用。

光绪二十四年（1898年）五月，以"四品卿衔在军机章京行走"的维新派，谭嗣同、杨锐、林旭、刘光第等人，以光绪的名义发出一道道诏书，下令各地方推行学堂、商务、铁路、矿务……短短三个月，其颁发的新政谕旨，达280多道。这几位新贵，暴得权力，浪得大名，就忘乎所以，就不知自己吃几碗干饭？这就是中国文人成不了气候的致命伤了。其雷厉风行，其迫不及待，连宋朝的改革家王安石也自愧不如吧。维新派脑袋一热，不但忘了可能的友军洋务派，也忘了退缩到颐和园里，围着老太太转的保守派。如此肆无忌惮，毫无顾忌的大动作，实际上也加速将自己推上宣武门外菜市口的断头台。

戊戌失败，大开杀戒，秋后算账，砍头一堆。而张之洞，这个百分百的帝党，这个维新派的后台，这个掏出五千大洋给康有为办强学会的金主，竟然毫毛也不损一根。第一，他的"中学为体，西学为用"的《劝学篇》，乃梁鼎芬参加策划、共同合作的产物。《劝学篇》最早版本，付梓时书名为《强学篇》，但在维新派组织"强国会"，创办《时务报》以后，梁鼎芬为了避免误会，立刻采取措施，改书名之"强"为"劝"，一字之易，泾渭分明，恪守祖宗规矩，立场坚定，为张之洞与维新派划清界限。第二，康有为的只保中国，不保大清，让梁鼎芬大为恼火。撰《康有为事实》一文，列罪状32款，批判其政见，揭露其隐私，称康有为乃是一贪鄙狂悖、苟图富贵之人，才庸质劣、招摇撞骗之徒，焉能与他同流合污？让老太太明白，我张之洞与康有为一直是划清界限的。

西太后本是人精，她会弄不清谁该杀头，谁该关押？她会不在意哪几位大臣，背后搞鬼？不过，她也不想扩大打击面，于是轻轻放过，不予追究。尤其吊诡的是，在帝、后摊牌的前夕，光绪突然以急电召其进京。不知为什么，张之洞竟未成行。是有人给他打了什么招呼，要他小心谨慎，还是他自己害怕去蹚浑水，欲行又止？这其中，梁鼎芬又会给他什么建议呢？这一切，大概是永远的谜了。

躲过戊戌政变一劫，张之洞很是感激梁鼎芬，说报答也好，说酬庸也好，让这位追随自己十多年的部属，得到他应该有的一切，便是唯一能做、必须要做的事情了。梁鼎芬当年参劾李鸿章，惹恼过慈禧，被罢了官。这个前科，使张之洞未敢造次行事。第一步，光绪二十六年（1900年），他先请托其同僚湖北学政王同愈奏荐，试探上峰的态度。当年十二月，学部居然点头，赏还其"翰林院编修"的原衔，这就等于当下的平反改正，不再打入另册。第二步，光绪二十七年（1901年），他再拜求他的同事，时为布政使的满洲大臣端方保举，起复为直隶州知州，虽非实缺，级别待遇因此相应提高,很有一点落实政策的意思。第三步,这年的三月,张之洞亲自出马,上"保荐人才折",称其"学富五车,才高八斗,赤胆忠心,直言敢谏。大清朝不兴,正是缺少此类人才也"。建议送部引见,优与录用。于是,梁鼎芬官运亨通,数年间,"用知府,发湖北,署武昌,补汉阳。擢安襄郧荆道、按察使,署布政使"。(《清史稿》)

27岁罢官,并镌印章存念的梁鼎芬,是张之洞大胆容纳了他;42岁复出,获得布政使相当于省长的职务,又是张之洞鼎力斡旋的结果。对张之洞这一份天高地厚之恩,世间难得之情,能不刻骨铭心而没齿不忘吗?所以,宣统元年(1909年),张之洞病逝北京,作为知己、知遇、知友、知音的梁鼎芬,能不急如星火地由南方奔丧而来吗?据说:一进什刹海旁白米斜街三号张府,二话不说,扑到恩公的寿材前面,号啕大哭,长跪不起。大家以为他哭两声,站起来该劝张家后人节哀顺变的。谁知他一哭,就不可收拾,就大张旗鼓,其间有执事附耳提醒,梁大人,您稍微压一压嗓门,您哭的声音太响,正经八百的孝子哭声,反倒听不见了。通常在这样的奉劝下,也应该就此打住。大胡子不,眼睛一弹,我是哭给死人听的,也没要你听,用你管什么闲事。反而呼天抢地,哭得更加厉害。然后就是安葬,从京城到南皮二庙村张之洞老家，200多里，一路扶灵，一路恸哭。下葬以后，他还坚持按古礼"居倚庐，寝苫枕块"，非要在墓前守制，露天寄宿。谁也劝不住，谁也拦不住。嗣后，梁节庵往返京鄂、京粤之间，乘坐火车，路过南皮，他一定会从座位上站起，在车厢里向东肃立，以示敬意，直到列车开过南皮以后，他才肯落座。你可以说他演戏，也可以说他作秀，但是，倘无一点真情，很难做到，更难坚持。他做到了，他坚持了，这就得另眼相看。

光绪三十二年（1906年），梁鼎芬升任湖北按察使。这位怀大清情结的天子门生，认为当前列强欺凌、内乱纷起、时政日坏、败象丛生的国难，纯系朝廷中虎狼当道，豺狗主事，结党营私，欺君蒙上所致。他要值此谢恩入觐面奏的机会，将败类面目揭穿。也有人劝他，你不讲话，人家不会将你当哑巴卖掉的，他不听。更有人说他，好容易得归正果，没必要瞎折腾，再弄得血本无归，他还不听。那时，张之洞尚健在，已还京，即将任体仁阁大学士，就宰相之位，他也不去征询一下意见。这个梁疯子，与当年弹劾李鸿章一样，谁脑袋大，弹谁；谁块头大，弹谁。他上朝谢恩仪毕，应该退下，谁知他节外生枝，袖出一纸奏章，"面劾庆亲王奕劻通贿赂，请月给银三万两以养其廉。又劾直隶总督袁世凯

'权谋迈众，城府阻深，能诰人又能用人，自得奕劻之助，其权威遂为我朝二百年来满、汉疆臣所未有，引用私党，布满要津。我皇太后、皇上或未尽知，臣但有一日之官，即尽一日之心。言尽有泪，泪尽有血。奕劻、世凯若仍不悛，臣当随时奏劾，以报天恩。'诏呵责，引疾乞退。"（《清史稿》）

辛亥革命以后，他不出什民国，做大清遗民。既为天子门生，就为光绪效力。"自愿留守陵寝，遂命管理崇陵种树事。"人称"种树大臣"。他就住在崇陵旁边的梁格庄，每天一早起来，拖着一条病腿，扛着一把铁锹，在陵墓周围的山上，刨坑栽树，如是数年如一日地坚持不懈，确也应该得到尊敬。由于经费不足，不得不到处筹款。后来，他想出一个绝招。自掏一千光洋，在琉璃厂烧制瓷瓶两百，让家人装上崇陵的雪水，拉进城来，礼送给那些王公贵族、高官豪门，求其赞助。多给者，他感谢；少给者，他骂街。谁也不愿惹这个梁疯子，纷纷解囊。这样，募得一大笔善款，终于使崇陵绿树成荫，松柏常青。

民国三年（1914年）隆裕太后死，合葬于崇陵，梁鼎芬主持这场送葬仪式。最后礼成，当地宫石门将要掩闭时，人们这才发现操办葬礼的种树大臣，还在地宫未出来。赶紧提着灯笼，打着火把，进去寻找，终于找到了他，跪在棺椁前，决心殉葬。官员们拿他没有办法，只好下令工匠强行将其扭出地宫。这一回，他没能坚持得住，终于被强抬出来，在太阳底下，操劳过度的他，因严重缺氧，那张出现紫绀的脸，面显死色。人们也看得出来，这个梁疯子，也将走到生命尽头了。

我估计，从此而后，像他这样来自广州榨粉街的一根筋式认死理的怪物，大概是不会有了。不过，作为一介文人的他，能够守着自己所信仰的主义，做着自己想要做的事情，难道不应该为他的孤直精神，喝一声彩吗？

嚣张叶德辉

长沙的岳麓书院门口，挂有一副令湖南人感觉很爽的楹联，叫做"惟楚有才，于斯为盛"。这八个字，口气之大，底气之足，常为湘人自豪地提及。

如果就晚清咸同以来的湖南而言，其时人才成批量地涌现，以至有"文武湘军"之说，可见这副楹联，倒也是不算夸张的描写。然而，任何事物的发展变化，总会有其兴灭盛衰的规律，这种似不可捉摸，可也隐隐左右着气运的走势，的的确确存在着。有高必有低，有低才有高，国之运如此，省之运如此，人之运也同样如此。我认为，到了清末民初，自打那位嚣张文人叶德辉，闹得不亦乐乎之后，1927年夏历三月初十日，终于被农民协会五花大绑，押赴刑场，这位从岳麓书院走出来的湖南一流、全国也一流的"版本目录学家、藏书家、刻书家"（鲁迅先生语），饮弹而倒，伏尸法场，曾经在湖南出现过的人文荟萃、才秀迭出的盛况，也就从波峰跌到谷底，文湘军从此黯然失色。

有什么办法呢，文人之好出风头，喜爱表现，固然有过瘾的一面，但也有令人讨厌的一面。偶尔狂飙，稍稍嚣张，属于风流本性，可以理解，也就不必计较。但嚣张过分，嚣张到不知天高地厚，嚣张到连地球都装不下他，难免就要付出代价。这也是古往今来，文人找骂，乃至找不痛快的由来。如果叶德辉不那么嚣张，如果他能活到王闿运的83岁，王先谦的75岁，而不是被毙时方年过花甲，才63岁，则有将近20年工夫做学问，其学术造诣，其文化成就，肯定会在同为长沙人的"二王"之上，当无疑问。

然而，此时的湖南，恰逢"一切权力归农会"的第一次国内革命战争时期，谁有枪，谁为王。叶德辉一介文人，只有一张嘴，一支笔，哪是人家的对手？这些在"毛选"首卷首篇里，被肯定的"革命先锋""痞子英雄"，虽然与后来的红卫兵、造反派，相隔半个多世纪，但他们仇恨文化，敌视学人，反对文明，拒绝知识的"革命"基因，堪称一奶同胞，血缘相通。于是，这位嚣张文人，在劫难逃。凡经历过"文革"十年的过来人，可以想象那一天下午4点钟时的情景，打着农民协会旗帜的一彪队伍，杀气腾腾地出现在长沙街头；前面筛锣喝道，后面放鞭放炮，而中间跟跟跄跄地走着的，就是马上要奔赴黄泉的叶德辉。

那阵势，很大；那声势，很壮。但对看得太多杀人场面的中国人来说，不免有点悲哀。1927年的农民协会，怎么说也是新生的革命政权，但其镇压反革命的手段，仍承袭着古老的菜市口秋决的做法，多少有点可笑。颈插草标，上书打倒土豪劣绅叶德辉，整个程式，显然受到京剧《铡美案》的启发。同样，1967

叶德辉像

年，红卫兵和造反派横空出世，以"四新"反对"四旧"，这个百分百的新生事物，其游街、示众、声讨、批斗，照葫芦画瓢，还是沿用封建王朝三堂会审那个套路，毫无新意。原来插草标，现在挂木牌，过去五花大绑，如今双手反剪；台上坐着的小将，派头很像衙门的官老爷，就差手里拿惊堂木，左右站着的专政队，绝对相当京剧里的龙套，只是不嗷嗷叫着耍小旗转场子罢了。呜呼，40年来，这些"革命群众"的"革命手段"，原地踏步，毫无长进，说明某些中国人脑子里的黑暗、无知、愚呆，是多么根深蒂固了。

这支执法队伍，浩浩荡荡，来到长沙郊外的浏阳，在名叫识字岭的地方，对叶执行枪决。选中识字岭杀识字人，有点黑色幽默。据说，开了两枪，一中头部，一中心脏，随着枪响，曾经盛极一时的"于斯为盛"气运，便告终了。但是，也许是巧合，也许更是谶示，此次枪杆子压倒笔杆子的非正常死亡，"惟楚有才"的才，由"子曰诗云""之乎哉也"的才，变为大刀长矛、梭镖红缨枪的才，那可是"天翻地覆慨而慷""层林尽染""满山红遍"的湖南，嗣后成为中国革命家的摇篮，元帅风起云涌，将军层出不穷。最后，枪杆子出政权，不但改变中国，甚至影响世界。回过头来，看看文化这一块，相形见绌，这个领域呈日益萧条之势。辛亥以后，迄今为止，在国学方面，就湖湘而言，如叶德辉这样鲁殿灵光的学问家，可一而不可二，终成绝响。

毛泽东对于当年农民协会杀掉叶德辉，有过"不宜"和"不那么妥当"的说法，很难猜测这其中是否有一点惜才之意？但却使我联想到汉武帝刘彻的了不起，其整肃司马迁的措施，宫其下体，留其脑袋，比前之秦始皇，比后之康雍乾，对文人之坑之埋，之杀之绞，之株连之清算，之挖地三尺斩草除根，之踩上一只脚万世不得翻身，要"伟大"得多。虽然此举相当残酷，很不人道，但时至今日，后人犹能读到《史记》这部中国的第一大书，中国犹能拥有如此辉煌的文化瑰宝，从人类发展史的角度衡量，你不得不承认汉武帝，有其"英明"而且"正确"之处。

所以，在这班屠夫的统治下，该有多少绝代之才，该有多少不朽之作，随着身首分离，人头落地，而灰飞烟灭，化为乌有。可想而知，若1927年第一次国内战争时期的湖南农会干部，刀下留人，在识字岭绕一圈，吓唬他一下，饶恕他一命，令其在坡子街叫公和酱园的家里，按后来对待"五类分子"之策，只许规规矩矩，不许乱说乱动。我估计，用不了20年，叶德辉凌驾王闿运、王先谦之上，在湖湘文化史上的地位，与更早一些的大儒船山先生相颉颃，也不是没有可能。

叶德辉，生于清同治三年（1864年），字奂彬，号直山。祖先本系家道殷实的江浙望族，因避太平天国祸乱，移居湘潭。他出生于长沙，而且一直在长沙的坡子街居住。这条街为长沙市里有名的小吃街，火宫殿的臭干子，就在这里设店。可包括长沙本地人在内，如今走在这条街上，还能想到这位嚣张文人者，恐怕寥寥无几了。

据说，早慧的他，自幼入塾，即宗奉东汉许慎的《说文解字》，这是一部研究小学的重点典籍，他啃了一辈子，可谓吃深吃透，他之精于音韵、训诂、文字，由此获益良多。

所以，他以许慎居汝南郾地之故，自号郾园，以示师从。他这个人，行事嚣张，为人嚣张，思想嚣张，言谈则更为嚣张，可他做起学问来，却精诚投入，孜孜不息。17岁入岳麓书院，光绪十一年（1885年）中举，7年后再中进士，随后，循例授吏部主事。于是，他离开长沙到北京，想谋个仕途。然而，要他从这等极微末的官做起，什么时候才能熬出个头。心气很高，加之嚣张不羁的叶德辉，自然不安于位。在北京待了不到一年，"吊儿郎当"而已，除了八大胡同声色犬马外，大部分光阴消磨于琉璃厂、隆福寺，成为书肆常客，以淘书为乐。上司不喜其放达自任、不务正业，同僚不喜其倨肆傲慢、目中无人，他自己也不喜等因奉此，官样文章。于是，"拂衣归隐"，也就是卷铺盖走人，请长假回长沙养亲。

中国文人，嚣张者多，但过去的文人，肚子里有干货，其嚣张是有真正本钱的。而当下的文人，肚子里就未必有多少货色了，新书读得不多，旧书读得更少。一辈子文章写得乌鸦鸦，一辈子改不了学生腔，一辈子用字、用词、用典，处于囫囵吞枣状态。不过，自我感觉甚好，造势能力甚强，牛皮水平甚高，竟然也敢十分嚣张。座谈会上，装腔作势；镁光灯下，张牙舞爪；麦克风前，大言不惭；电视机里，信口雌黄。肚皮之空、脸皮之厚、出丑之多、丢人之甚，也真是令人不敢恭维。但是，天子脚下待过，吏部衙门混过，从京师返回故里的叶德辉，拥才高八斗之望，具学富五车之名，众望所归，声誉日隆，在家乡人看来，与王湘绮比，与王葵园比，大有枇杷晚翠，平起平坐之势。

此人不可按捺地嚣张起来，而且一直嚣张到死，也就不必奇怪了。

若以他从北京卸职的光绪二十年（1894年）到他被农民协会处决的民国十六年（1927年）算，除掉辛亥革命时，避难南岳衡山僧寺的短时期，将近30年，一方面，他的嚣张行径，将他一步步推向死路；另一方面，他的文化贡献，称得上荦荦大端，卓有建树。这多少有点类似杜甫咏李白的诗句，"世人皆曰杀，吾意独怜才"，在叶德辉身上也有二律背反现象。也许西谚所云，"上帝的归上帝，撒旦的归撒旦"，只是西方人用来看问题的方式，而讲求精神洁癖的中国士人，却对这位嚣张分子很难一分为二，区别对待，这也是他这多年来一直游走于学界视线以外的原因。很简单，只要一提叶德辉，就得多费若干口舌。正如有人非常努力地要给汉奸周作人一个牌位，一种名分那样，提倡文归文，人归人，主张就义论义，而不及其人，难免要说一箩筐连自己也不相信的废话。无论如何，一个被枪毙，一个做汉奸，是抹煞不了的。好在如今文责自负，你提倡就提倡吧，你主张就主张吧，人们也能想得开，时下连地沟油都上了桌，只能悉听君便。但一定要让大家买账，要让历史认账，我估计，不大容易。除非日本鬼子再次打进中国，我们重新沦陷一回，想在光天化日的当下，洗白周作人，恐怕那是痴心妄想。

但叶德辉的国学成就，用"其德辉煌"形容不为过头，非周作人那数十册散文集子，那几本希腊文译作，可以比拟的。如果乾隆再世，重开四库馆的话，他的入选典籍，肯定要在"二王"之上。他这30年，除了嚣张外，还是给这个世界留下不少东西的，其毕生用力的正业，完全放在书上。一是藏书，二是著书，三是编书，四是刻书。其专注，其执着，其精益求精，其赀财投入，靡所底止。在收藏上，其子叶启倬说过："家君每岁归来，必有新刻旧本书多橱，充斥廊庑间，检之弥月不能罄，生平好书之癖，虽流离颠沛固不易其常度也。"据称，清末民初，他的观古堂，其高达4000余部，20万卷的古籍收藏，号称湖南第一，在全国范围内，也是数得着的藏书家。在著述上，他的一部《说文解字故训》，人称精博；他的一部《书林清话》及其续作《书林余话》，为治版本目录学者的必读之书，人们视其与张之洞的

《书目答问》，与叶昌炽的《藏书纪事诗》，为鼎足而立的书目学经典。在编刻上，那就更是洋洋大观，令人高山仰止了。他的《观古堂所著书》《观古堂汇刻》《郋园全书》《双梅景暗丛书》，俱是鸿篇巨制，俱是浩大工程，俱是具有很高学术价值的书籍。而且他兴趣广泛，所学多门，无不博洽融通，得心应手。据《传略》："郋园大而经史四部，小而词曲，无书不购，无学不通。东京盐谷温从之间曲二年，于南北曲剧之变迁，声律雅俗之分辨，手书口授，语焉必详。家有梨园部，承平歌舞，游客恒得饫闻。"

就以唐人白行简的《天地阴阳交欢大乐赋》为例，若非

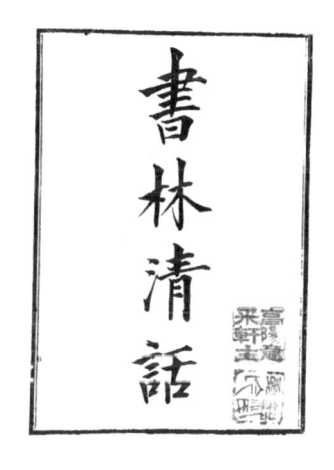

叶德辉所著书

经他之手得以传世，恐怕至今雪藏不为人知。此文本藏敦煌千佛洞，1900年因法国人伯希和盗买而流失国外。清末，巡抚端方出洋考察期间，在巴黎国立图书馆发现这部中国性文学的发轫之作，不惜重金，拍摄复本，后罗振玉用珂罗版影印，存世极少，遂为藏家私窝，均秘而不宣。叶德辉的功劳，在于精心校订、补缺、注释之后，编入《双梅景暗丛书》，公之于世，使其重见天日。白行简为白居易之弟，在这篇赋里，虽以男女性行为为描写对象，但不肮脏，不下作。文字之绮丽，词章之华彩，情爱之荡佚，声色之艳靡，是一篇无与伦比的美文。此文早于《金瓶梅》800年，却无鲁迅先生诟病《金瓶梅》之"专在性交，又越常情，如有狂疾"的无耻。当代作家写性，都是走《金瓶梅》的路子，类似动物发情，不离脐下三寸，要是格调高一点，品位高一点，学一点《大乐赋》那雅而美，艳而洁的笔风，少一点"儿童不宜"，那可真是"善莫大焉"的进步了。

对叶德辉而言，这套性学典籍《双梅景暗丛书》的问世，给他带来好色之徒的恶谥，颇遭白眼。不过，他本来就荒淫糜烂，小妾讨了好几个，兼之龙阳之兴、断袖之癖，也就不算诋毁，何况他也并不在乎。他在建湖南筹安会时，为袁世凯选秀女，先一个一个地睡过，曰之"为君分忧"，可

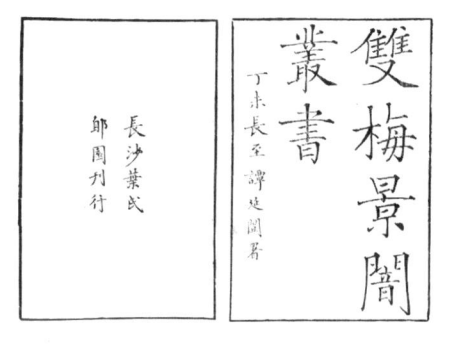

叶德辉所编书

见其是如何的不可救药了。至少在他身前，就有人为他总结出八大罪状：一曰反对维新，二曰对抗革命，三曰傲视群贤，四曰口出不逊，五曰爱财如命，六曰为富不仁，七曰淫靡好色，八曰草菅人命。宣统二年（1910年），湖南大水，灾民饿殍，充街塞巷，坡子街他家产业"叶公和酱园"院内，囤积居奇了大量稻米，惜价不售，以致长沙市爆发抢米风潮。湖广总督瑞澂，对其不择手段地贪婪渎利，曾褫夺其功名，削去其顶戴，并行文司院，公布其恶行。"叶德辉性情狂妄，武断乡曲，包庇娼优，行同无赖。当米贵时，家中积谷万余担，不肯减价出售，致为乡里所侧目，实属为富不仁，猥鄙可耻。"其秽行之昭著，其恶名之狼藉，从官府到民间，一致认同他是个败类。由此来看叶德辉，学问是一回事，为人则是另外一回事。

所以，钦佩其书，唾弃其人，是情理中事；因人废文，不耻谈及，也可以理解。但是，这个叶德辉若仅止于嚣张，尚在文人闹事范畴之内，应属人民内部矛盾；而思想反动、立场对立，则是敌我矛盾、大是大非的问题了。他这个人，正如"文革"大批判的经典名言所云，书读得越多越反动，学问愈大，反动愈甚。在政治上是个不折不扣的反动派。

其对维新，对变法，对康梁，对辛亥革命，对成立民国，一直到农民协会，无不持反对、抵制、敌视、唱反调的态度；对复辟，对帝制，对袁世凯，对筹安会，一直到劝进，到为洪宪皇帝遴选秀女，无不竭诚拥护，鼎力支持，真抓实干，起到一个铁杆反动派的作用。

嚣张加之反动，终于使他走到了人生尽头。叶德辉之死，有多种说法，而流传最广的，莫过于他为农民协会写对联，公然调侃污蔑，触怒"一切权力归农会"的领导人，才被处决的，这当然是"姑妄听之"的传言了。虽然，时为乱世，不过，革命党人还是依据《湖南审判土豪劣绅特别法庭组织条例》和《湖南省审判土豪劣绅暂行条例》，判处其死刑，没收其财产的。不过，这个写对联的桥段，很带有叶德辉那种嚣张的"搞怪"风格，为颇多野史所记载。

1927年，叶德辉时为长沙市商会会长，他尽管长袖善舞，盘剥有道，仍以大儒身份出现。当时，王闿运、王先谦先后弃世，"湘中三士"只剩下了他，成为硕果仅存的前朝进士，国学大师。如果"二王"健在，农会也许就不给叶德辉这个脸了。故事就从这里开始，农会干部来到坡子街，敦请商会会长，泼墨挥毫，好让农会蓬荜生辉。当时，省农民协会的秘书长，也就是"我失骄杨君失柳"的柳直苟，时年30岁不到，因为是长沙高桥乡人，自然熟知这位本土老乡为何许人也。可以想象，这位革命家很大程度是看其满肚子学问，才对他礼敬三分的。但嚣张成性、反动到底的叶德辉，不但不把农会的示好放在眼里，更不把他倚老卖老直呼"伢子"的柳直苟当回事。于是，大笔一挥，一副对联摆在大家眼前，顿时，把大家看愣了。

上联写"农运宏开稻粱菽麦黍稷一班杂种"，下联是"会场广阔马牛羊鸡犬豕六畜满堂"。加入农会者，也许是泥腿子，但领导农会者，就未必是泥腿子了。柳直苟脸色立刻铁青，屋子里的空气马上凝固起来。问题在于这个嚣张的叶德辉，浑不察觉。大概文人嚣张，感觉器官就会失灵，他意识不到自己的脑袋，离枪口的距离正愈来愈近，反而有一种"骨鲠在喉久矣，今日一吐为快"的酣畅感，于是，兴致顿起，接着往下写横幅，这下，他可把自己的老命赔进去了。

清代褚人获所著的《坚瓠广集》，其中一篇题名《激祸》的文字，颇有见地。他写出了有启衅之心、无了事之力的中国文人，逮不着狐狸惹一身骚的苦境，从其一幕一幕的历史话剧看，不能说没有道理。"历代缙绅之祸，多肇于语言文字之微。是故诽谤激坑儒之祸，清议激党锢之祸，清流激白马之祸，台谏激新法之祸，东林激逆阉之祸。祸生于激，何代不然？其始也，一人倡之，群众从而和之，不求是非之归，而谨狂到底，牢不可破。其卒也不可收拾，则所伤多矣。"

所谓"谨狂"，就是嚣张。所谓"谨狂到底"，也就是嚣张至死。

他还来劲了，犹如狂病附体，饱蘸墨汁，疾笔横书，写下"斌尖卡傀"四字，然后，搁笔抱拳，等人叫好。谁知周围略无回应，因为这四个字，拆开来看，乃"不文不武，不小不大，不上不下，不人不鬼"之意，对在场的农会干部讲，不啻当众被扇了一记响亮的耳光，是可忍，孰不可忍？这简直是在明目张胆地挑衅了。叶德辉这时才感觉到屋内异常之冷，冷得彻骨。长沙的四月，早已过了春暖花开季节，哪有倒春寒这一说。他看着那一张张冷脸，一双双冷眼，他知道,这一下子,只有吃不了兜着走了。这就是褚人获所言,"历代缙绅之祸,多肇于语言文字之微"了,逞一时口舌之快,而要付出生命为代价,一个如此有大学问的人,竟如此儿戏似的招来杀身之祸,你说他是聪明,还是糊涂?你说他是英勇,还是混球?

叶德辉有两句诗:"九死关头来去惯,一生箕口是非多。"说明他不十分嚣张的时候,对自己是有一点点认识的。所谓"箕口",解释起来比较绕弯子。"箕",即"畚箕",畚除垃圾的工具。按《礼记·曲礼上》所说:"凡为长者粪之礼,必加帚于箕上……以箕自向而扱之",以及郑玄注:"箕,去弃物",以及孔颖达疏:"箕是弃物之器"。所谓如"箕"之"口",用老百姓的话说,乃是一张"臭嘴"罢了。

南北朝后期贺若父子的"针舌"的故事,说明"箕口"也好,"臭嘴"也好,不光是文人的专利,武人也概莫能外。贺若敦(516~565),北周名将,主力攻陈,不利而归。当时,南军强,北军弱,而且贺若敦深入陈境,陷泽乡水国之中,能够全军而返,也实是不易。两军交战,攻守固难,撤则更难。北周大主宰宇文护对他不感冒,因为他率性直言,屡屡忤犯,有损尊严,遂以师老无功为由,革了他的

· 291 ·

职，除了他的名。据《周书》："敦恃功负气，顾其流辈皆为大将军，敦独未得，兼以湘州之役全军而返，不蒙旌赏，翻被除名，每怀怨望，属有台吏至，乃出怨言。晋公（宇文护）怒，遂征敦还，逼令自杀，时年四十九。"他的儿子贺若弼，也在军中服役，上下器重，前途可望。贺若敦想到自己祸从口出，因嘴害身，可不能让儿子重蹈覆辙，也许知其子莫若其父，他知道他儿子那张嘴靠不住，"临刑呼之弼曰：'吾必欲平江南，然心不果，汝当成吾志。吾以舌死，汝不可不思。'因引锥刺弼舌出血，诫以慎口。"

贺若弼（544～607）因为"针舌"之故，颇为谨慎了一阵，很得杨坚重用。杨坚篡北周为隋后，为统一中国，消灭南陈，遂提上日程。贺若弼上渡江策，甚得隋文帝的赏识，拜东线指挥，陈亡，后主陈叔宝降，贺若弼立了大功，不用说，西线指挥韩擒虎也立了大功，因为先攻进建康城。于是，俘虏了陈叔宝的韩擒虎，功为A^+，晚了一步的贺若弼，功为A^-，这下子贺若弼不干了，争功摆好，坚执不让，不仅嚣张，甚至抓狂。据说，人之身体器官，以舌头的愈合能力最强，大概是好了疮疤忘了疼，其父之"针舌"，其父之警告，统统置之脑后；对上对下，"箕口"不已，对内对外，"臭嘴"如故。

《隋书》说他："弼时贵盛，位望隆重……弼家珍玩不可胜计，婢妾曳绮罗者数百，时人荣之。弼自谓功名出朝臣之右，每以宰相自许，既而杨素为右仆射，弼仍为将军，甚不平，形于言色，由是免官。弼怨望愈甚，后数年下弼狱，上谓之曰：'我以高颎杨素为宰相，汝每倡言云此二人唯堪啖饭耳，是何意也？'弼曰：'颎，臣之故人；素，臣之舅子，臣并知其二人，诚有此语。'公卿奏弼怨望，罪当死。上惜其功，于是除名为民。岁余复其爵位，上亦忌之，不复任使。"

杨坚可以容忍他，杨坚的儿子杨广，就未必念这份旧了。"炀帝之在东宫，尝谓弼曰：'杨素韩擒虎史万岁三人俱称良将，优劣如何？'弼曰：'杨素是猛将，非谋将；韩擒是斗将，非领将；史万岁是骑将，非大将。'太子曰：'然则大将谁也？'弼拜曰：'唯殿下所择。'弼意自许为大将。及炀帝嗣位，尤被疎忌。大业三年，从驾北巡，至榆林，帝时为大帐，其下可坐数千人，召突厥启民可汗饗之，弼以为大侈，与高颎私议得失，为人所奏，竟坐诛，时年六十四。"史官总结说："然贺若功成名立，矜伐不已，竟颠殒于非命，若念父临终之言，必不及斯祸矣。"

连舌头锥了个洞，也挡不住"箕口"之是非，看来武人的嚣张，未必弱于文人。但是，文人这张嘴，好像更容易惹是生非，而且，请神容易送神难，惹祸容易免灾难，最后，还得将自己搭将进去。所以，清代最后一位重臣张之洞，对这个叶德辉有个评价，四个字："叶某不庄"，可谓的论。

何谓"庄"？庄重也，庄正也，庄静也，端庄也。一个人，无论为文，无论为武，本领有高低，成就有大小，地位有上下，气运有盛衰，若都能做到庄重自敬，庄诚自肃，也许我们所处的这个人文环境，要更加绿色环保一点。

从哈渥斯到多赛特

中国的作家出国访问,东道主方面好像也有了惯例,在安排日程时,总要插进几项与文学有关的主旨活动。不外乎两项:一项是去参观已经故去的作家故居、遗址和展览;一项是去拜访、会见目前尚健在着的外国同行,进行所谓的文学交流。由于东、西方文化的隔阂,语言的障碍,真正进行交流,事实上是很困难的。据我所知,去外国访问的作家,能不靠翻译和对方直接对话者不多。因此,也只能见个面,握个手,泛泛地谈谈而已。而且,有时还难免尴尬,想晤面的作家,见不到;晤面的,又是并不很想见的。自然,也就更谈不出个所以然了。

由于这项活动通常不大容易达到理想的程度,参观名作家的故居,作为客人,收获较大;作为主人,也不太麻烦,便是重头戏了。于是,到德国,谁能不去魏玛,在歌德的那幢宫殿般的府邸里,流连忘返呢?到俄国,谁能不去喀山的亚斯纳亚,朝拜那座托尔斯泰生活过的大庄园呢?到英国,谁能不去艾玛河畔的斯特拉特福小城，瞻仰那幢莎士比亚居住过的小楼呢？

给我留下印象最为深刻，并产生许多感触的，莫过于那年在英国，从哈渥斯（Haworth）到多赛特（Dorset）的旅行了。因为哈渥斯小镇是《简·爱》的作者夏洛蒂·勃朗特和《呼啸山庄》的作者艾米莉·勃朗特的故乡；而多赛特那个小城，则是哈代的出生地和死后的归宿所在。

到达这些作家的故居或者旧址，我感到只有真正称得上不朽的作家，只有真正可以传世的作品在，参观遗址、遗物及其周围环境，才具有很特殊的意义。我们可以从眼见到的曾经是作家足迹所至的地方，再联系作家所写作品中的场景、氛围、细节，以及自然风貌和人文状况，便会浮想出文字以外的许多体会。这种作家故居，不像我们这里，人尚健在，离死还远，就忙不迭地在家乡建起的生祠。尤其那些生于农村，写过农村的老少同行，最热衷于这种树碑盖庙、立祠修传的事情。第一，他们有名；第二，他们求名；第三，他们不但求生前的名，还要求身后的名。所以，地方政府、家乡父老，拨地皮、盖馆舍、藏著作、收遗物（有的作家本人健在，"遗"物已经纳入库藏）。其实，这些成立自己文学纪念馆者，目前赫赫扬扬，有点名气，至于能否真的传世和不朽,还是未知之数。所以,这班人要是有这份好心情做这种未免太过超前的事情,还不如多在作品上下点功夫呢?如果没有留得下来的名作,即使修成一座宫殿,也难令后人在其中感知出什么文学氛围的。据说,这几座建得离北京不远的作家纪念馆,本应不至于到门可罗雀的冷清程度。我想:一、中国人对文学、对文人,从来感觉一般;二、这些盖庙者本来也就不过如此,一老一死以后,能记住他们,能想起他们,就更寥寥了。

从伦敦去多赛特的途中,经过那个很出名的原始石阵。根据哈代的小说改编的影片《苔丝》,那个不幸的女人最后香消玉殒的镜头,就是在这风景点拍摄的。如果说,这和哈代老先生的小说,还有某些距离,那么,我们去哈渥斯,路经配尼(Pennine)荒原的时候,那一片肃杀的景致,让人马上想起《呼啸山庄》里描写的场面。老实说,未见到这种遍布在荒原的灌木、石头和那瑟瑟海风,以及那种寥落和冷漠的气氛,很难体会小说中主人公因这种特定的地域环境,所造成心灵上的压迫感。现在站在荒原上,回想小说中的细节,就觉得斯情斯景,是多么融合了。

能够到哈渥斯去,倒是我一个久藏在心头的愿望。

在文学史上,有白朗宁和白朗宁夫人这样的夫妇诗人,有大仲马和小仲马这样的父子作家。然而，一家三姐妹同是才华横溢、文质优异的文学家，却是文学史上一种罕见的现象。如果说，太阳系的九星联珠是难得一见的天文奇观，那么，在1847年英国文坛上，31岁的夏洛蒂·勃朗特写出了《简·爱》，29岁的艾米莉·勃朗特写出了《呼啸山庄》，27岁的安妮·勃朗特写出了《阿格尼斯·格雷》，一家三姐妹的作品联袂问世，则恐怕是文学史上的奇迹了。

一个天色阴霾，偶尔还飘来些凄风苦雨的早晨，我们驱车从利兹出发，驶过起伏的丘陵地带，向属于约克郡的小镇哈渥斯奔去。一踏上这块寒浸浸的三姐妹故乡，年轻时读《简·爱》时的感受：教堂的阴冷、寄宿学校的瑟缩、人世间的冷漠、弱者无以诉求的悲哀，尽管相隔了半个世纪之久，却一下子涌了上来。走出汽车的那一瞬间，我好像体味到留在脑海里那严酷的、刻板的、沉重的、冰冷的气氛，我发现同来的人，大概与我的体验相同，都把衣服裹紧了。

我不知道这是否就是文学的感染力？任何一个读书人，在他的一生中，不知读过多少部文学作品，但能够刻骨铭心地保留在记忆里，很久很久也不忘记书中的人物、故事、情节、氛围，那总是有限的。其实，50年来，我再未翻读过《简·爱》，但在这里，竟会旧梦重温地体味一遭，或许这就叫做不朽了。哈渥斯是一个偏僻冷落的小镇，坐落在配尼荒原的边缘，其实，应该说是穷乡僻壤才对。在这里，同时出现三朵文学奇葩，究竟是一块什么样的文学土壤，这正是我们一定要到哈渥斯的原因。

经过铁路爱好者办的微型铁路展览馆，后面的小山包上，便是寂寥的街市，沿着砾石路，顺着坡势，步步登高地建筑起来。路两旁，是那种英国到处可见的两层楼独立住宅，红砖房子，白色窗框，窗台都种着花草，窗帘几乎都是拉开的。也许我们来得早了一点，也许天色过分阴沉，店铺尚未开门营业，小镇似乎还在沉睡。镇里行人寥落，寂无声息，静谧得使人产生出好像来到了《简·爱》里所描写的罗切斯特庄园的感觉。

同行的英国朋友不无得意地说："我是看了气象台的预报，作出这次安排。必须在这种可以说是英格兰很典型的多雾天气里，来到哈渥斯，才能理解勃朗特姐妹的生长环境，对她们的作品，才会有更贴切的体验。"

在故居里，从悬挂的照片看，老勃朗特牧师，肯定是一位严肃、古板的神职人员。他的六个子女，除了两个夭折外，余下的，也都是短命早逝。这使我想起开车路过《呼啸山庄》里所描写的那种荒芜的原野时，那树木的枝杈，由于海风一年四季强劲地吹着，都朝着一个方向生长。因此，在这种恶劣的生长环境里，草木的花季非常短促，但一旦开放，却又非常炽烈，或许倒是她们姐妹命运的写照了。夏洛蒂活了39岁，艾米莉刚到30岁就患肺结核病去世，而小妹妹安妮，28岁就离开人世。唯一结过婚的，就是夏洛蒂，但不幸的是，婚后9个月，她也结束了自己并没有多少欢乐的一生。

勃朗特牧师一家，就住在他供职的派立兹（Parich）教堂附近。从堆满楼上楼下十几个房间的家具杂物，特别从衣橱里的服装、餐厅里的陈设观察，她们家的日子，应该说是相当清寒的。在楼上俯窗远望，便是那座古老的，长满了苔藓的，然而又是矮小的，粗陋的教堂。在教堂与她们家之间的大块空旷地里，则是一片矗立着十字架和碑石的墓地。在这人鬼神共居的非常气氛里，连古树都不能直挺挺地生长，弯曲扭斜，何况终日索居的三姐妹？

在故居里陈列的她们的手工，是那样精致小巧，令人赞叹；她们的手迹，娟秀文弱，纤细的笔触，落墨在纸上，近乎微雕的程度，让人惊讶。可以相信，这充满灵性的三姐妹，实际是生存在自己心灵的天地里。她们作品中那些强烈的爱情、倔傲的男性、跌宕的故事和悲伤的历程，都是她们将现实与梦幻相交织起来的意境。

所以，在她们姐妹书中那种凄凉的、压抑的、神秘的，乃至阴冷的文学质素，大概是和这古老的房屋、教堂、墓地的建筑群所造成的心灵压力分不开的；她们笔下的孤独无援感，从人物身上所表现出来的对压迫、对残暴、对恶劣环境的反抗之心，也是和清寒岁月里，从她们母亲的早逝开始，家庭成员一个个相继离去，所笼罩着的死亡阴影分不开的。应该说，文学是一种心灵的升华，正是这种幽闭紧锁的外部世界，才使得她们的幻想之翼、灵性之轮、形象之梦、智慧之花，得以飞扬升腾，于抑郁中爆发出文学，犹如地火之涌向天空，这才更绮丽、更炫目。

离开了故居，我们专程去艾米莉生出无限灵感的Moor（荒原或是荒野），看到莽莽苍苍的浩瀚景象，不由得赞叹真正的作家，像不死鸟一样，在公众心目中永存的地位。100多年过去了，这大片的丘陵地，还刻意保持着艾米莉眼中的那Moor的原样，足有几十平方公里的土地，从不加以开发，仍旧是三姐妹生活的那个时代的灌木林、荒草甸，斑驳的小径、乱蹿的雉兔。尤其在这种多雾季节，那低沉的铅灰色的烟云，斜掠过来的雨丝，直朝脖子里钻的冷风，我似乎听到了远远驶来的马车声和那三姐妹的细语……夏洛蒂一生写了《简·爱》《雪莉》《维莱特》《教授》《爱玛》（未完成）等六部小说，艾米莉只有一部《呼啸山庄》，而小妹妹安妮却在短短的生命里程中，写了《阿格尼斯·格雷》等两部小说。若不是肺结核夺走她们三姐妹的生命，她们还会写出更多，这是可以肯定的。然而，当告别哈渥斯这偏僻的小镇时，我们向这不起眼的地方致敬了，因为，它为文学史贡献出三位天才，人杰地灵，被全世界注目，不是理所当然的吗？

文学就应该这样不拘一格地多姿多彩，有壮阔的人生体验，自会产生震撼的文字；有激烈的搏击奋斗，必会出现时代的强音；有优美的风颂雅歌，当然也会谱出家弦户诵的美文。同样，有像三姐妹这样才华洋溢、体贴入微的纤细心灵，也必然会写成永远与读者共鸣的不朽之作。当我们看到了她们的住房，她们父亲供职的小教堂，夏洛蒂·勃朗特写作《简·爱》时，所刻画的女主人公孤苦无告的境状，其灵感肯定是受到她家周遭的景物的影响。虽然，那房子有点寒酸，那教堂有点简陋，不过，那里的人比"文革"期间的大破"四旧"，砸烂一切的红卫兵小将，要多一点文化素养。他们明白，人虽然可以创造一切，但无法使时光倒流。历史遗迹一旦失去，你哪怕有再多的钱，也不可能复原。所以，直到今天，包括教堂附近的树木、坟场、石子路，也没有因为破旧阑珊而毁掉。但在我们这里，景山公园里有一棵吊死崇祯皇帝的歪脖树,对谁也不产生妨害,但一定要砍掉,这种心态,实在是匪夷所思。害得如今不得不找一棵类似的树木,栽在那儿顶替,尽管是一棵一模一样的树,那也不能说是真迹了。

我特别佩服那些国家,花了很大本钱来维护修缮故居,并使其能够展览。外貌和躯壳,看上去还是原先的样子,但内部已经装修一新。为了使当代人能对过去的生活状况有所了解,还要在屋内保存一面墙壁,一个房间,作为标本;原汁原味,丝毫不变。这样,我们能够在那块保留的墙上,看到她们最小的妹妹安妮涂抹的笔迹,遂有了更切身的感受。壁炉依旧,如今只是形式和摆设了,取暖则完全是现代化装置了。

在多赛特,哈代的农家小屋,仍旧像当年一样存在着,供游客观赏。这种木结构、茅草顶的三层楼房(《中国大百科全书·外国文学卷》上有这间房屋的图片),能够保护得如此完好,可见外国人对于自己的文化,是多么重视了。

哈代成了作家,就在多赛特小城的市中心里,有了自己的房子。这幢房子,至今仍归私人拥有,庭院深深,林木阴翳。我们从门口经过,钉有一块"Private"(私有的)的木牌,表示谢绝入内的意思。但是,在这个小城的博物馆内,我们看到了一个陈列在大玻璃展厅里的哈代使用过的书房。

其中书籍、桌椅、文具、手杖、眼镜,以及包括哈代比较热衷的有关航海方面的实物,都是真品。这些都是从那幢属于私人的房屋里原封不动地搬过来,以供观众参观研究。连埋葬哈代一部分尸体的小教堂,也还是旧日的模样。他们能不惜工本地做到这样具体而微的程度,可谓苦心孤诣。

从哈渥斯到多赛特,包括在伦敦市区里的诗人济慈的故居,我发现这个国家(虽然有许多方面,我是不敢恭维的),对于在文学史上占一席之地的作家,是相当重视的。有关这些作家的故居、遗物、资料都设立专门的管理机构和学术研究单位。而且,我还发现这些机构和单位里工作的人,都十分敬业。他们认真其事,一丝不苟,从来不是混事的、养老的、赋闲的,不是在那里做做样子的,也不是高兴开门,不高兴关门地应付其事。这就值得我们尊重了,至少在这方面,我们国家的这些单位,还是有努力改进之处的。

当然,更令我惊讶的,是这个国家的普通老百姓,具有尊重文化、热爱文学的素养。虽然有朋克,有嬉皮士,有吸毒者这些消极现象,但我在那些作家故居参观时,发现比我们北京城里的鲁迅博物馆、郭沫若故居、茅盾故居,有多出若干倍的参观者。这也使我们看到英国人的另一面,除了小学生是由老师带领集体参观者外,绝大多数,应该说是相当踊跃的观众，都是自发的。而且他们对于这些作家的小说也好，诗歌也好，基本能够了解，能够说出子午卯酉，能够产生感知上的呼应，这种高素质的民众文化程度，也是叫人刮目相看的。

像我们这样的文化古国，应该更能表现出一种对于文化的关怀，也许有一天，在我们国土上，营造出这样一个氛围，将会是不足为奇的事情。

在这里，我想起一张刊登在报纸上的照片，一张拍摄北京胡同的艺术照片，就不禁生出了一些思索。从照片中，我们看到了北京城的四合院；也看到了生活在这条胡同、这座四合院里的北京居民；还看到那修自行车的小摊和那些零乱放着的车胎、打气筒、工具，以及待修的几辆车子。这在京城胡同里，倒是常见的景象。但是当你看到，在这座四合院的门旁，却有着一块非常正式的铭牌，很醒目地写着"蔡元培故居"五个魏体大字，和紧挨着的那写着印刷体"修车"二字的幌子相辉映，这位五四新文化运动中的杰出人物旧居的一块牌匾，和我从哈渥斯到多赛特所见到的那种尊崇，真是难相比拟啊！

但愿这只是极个别的现象。

他为什么迷上巴黎?

你去过巴黎吗?

在这个世界上,也许只有这个城市,文学不是停留在书籍里、纸面上、文字中的一种属于精神方面的东西,在巴黎,文学是活生生地存在,是触目所及都能感觉到的物质存在。一个屋顶,一扇窗户,一间阁楼,一块墓碑,一把路边咖啡店的椅子,一家老式面包房的烘烤炉,一株我们称之为法国梧桐的悬铃木,都可能与某一部小说的某个章节,某一首诗歌的某几句诗联系起来。在这个世界上,无处不可以接触到文学,独独巴黎,是文学在接触你。当你行走在街道上,下榻在旅馆里,进餐在饭店中,乘坐在游艇上,你很可能感觉到身边的某位先生、某位女士,也许就是一位作家或者诗人,因为生活在巴黎的法兰西人,都不约而同地拥有一种文学素质,那就是浪漫。

你也许想不到,你拾级而上的某个街区,某条小巷,也可能正是海明威1921年到1926年所徜徉过的地方。你大概更不会想到,那时还属无名之辈的他,正是由你所走的这条上坡路开始发迹,开始领受什么叫做成功的滋味,也开始将文学、将浪漫、将爱情,与艰辛的日子糅合在一起的文人生活。

海明威后来的所有一切,都是与他在巴黎的这个开始分不开的。"物华天宝,人杰地灵",是王勃《滕王阁序》里大家耳熟能详的句子,用来形容这座城市,也许再合适不过了。人杰地灵,反过来,就是地灵人杰。于是,我们无妨这样来理解:在优越的外部条件下,人才得以出头的机会,要比在恶劣的环境中好得多。而对人杰来说,好的机遇,也就是地灵,可以为他提供更大的发挥余地。人们常常惋惜天才的命运不济,生错了地方而被毁弃,生错了时代而被埋没,碰不上名师而浪费才华,碰到了小人而永劫不复,说明外部世界对于一个人的成长发展,具有非同小可的重要性。

巴黎,这座世界之都,为海明威登上文学舞台提供了一个阶梯。

他的回忆录《流动的圣节》记述了这段历史。假如20世纪20年代,海明威没有作为《明星日报》常驻欧洲的记者到巴黎来,在这座世界文化名城开始他的文学生涯,而恰巧又极其幸运地接触到这座名城里一群文化艺术界精英的话,也许,结局将会是另外一个样子。按他那种硬汉精神,有可能去当斗牛士，然而在巴黎的这段生活，使他决定与文学奋斗，一直到最后开枪自杀，始终轰轰烈烈。

人的周围状态，可是不能漠然视之、掉以轻心的。中国古代的第二位圣人孟子的母亲，为了使她的儿子有良好的学习环境，曾经搬了三次家，可见这位女性懂得一个好的周围能起到"玉汝于成"的作用；反之，周围比赛着谁更多一些小市民的无聊和庸俗，即使有一番振作之心，周围一张张安于现状、惯于苟且、得过且过、浑浑噩噩的肉脸，也会像那沉重的尾巴拖住了你，想逃也难。在充满腐蚀性的空气中，即使黄金也会失去应有的光泽，更何况懒散堕落、习惯势力、无谓消耗、虚掷时光，都是在消磨着人们的意志呢！一位哲人这样说过："宁肯被恶狼撕得粉碎，也不愿和一群癞皮狗苟活在一起。"这话很有道理，老跟着鸭子走路，早晚会落下罗圈腿的毛病。也许这位先贤整日与癞皮狗为伍，实在受不了周围的狗腥醒龊之气，所以，才愤然呐喊的吧？

周围是谁，你是谁，这是一个定律。出污泥而不染者，有，但很少。

同样，一个不大不小的作家，周围一圈拉拉队，为他摇旗助威，为他制造声势，为他涂脂抹粉，为他冲锋陷阵，估计这位作家，也是难能免俗的热闹中人起哄架秧子的货色，没有多大起子的瘪皮臭虫,而不会是其他。

海明威是幸运者,如果没有巴黎,海明威不会走向世界。巴黎平静地接受了这位大师,没有捧到天上去,也没有打进十八层地狱,大方而慷慨地给了他最初登场的舞台。

最近,他的百年诞辰,文化界照例热闹了一小阵。很不幸地,中国读者已经被太多太烂的信息垃圾,搅得昏头涨脑,弄不清谁是真的大师,谁实际上不过是冒牌货的大师。于是,主持人雨过地皮湿地走了一回过场戏,也就礼成退席了。过去也就过去了,估计下一次再提海明威,该是100年后的今天。

没有人提到这本薄薄的回忆录,其实,它倒是了解海明威成为大师过程的一把很关键的钥匙。不过,这本小册子被冷落,倒也不奇怪,那些正经八百的海明威小说,又有多少人在捧读?如今,在一般读者心目中,这位大师的名字,已经不那么闪亮了。这不怪读者,而是应该责备那些不三不四的评论家、教授、报章杂志的主编之流,他们总是按捺不住一种近乎手淫的下流嗜好,有事没事地爱搞些什么20世纪经典,什么百年排行榜之类的游戏,误导读者。把一些猪下水、羊杂碎,当做满汉全席,推荐给一心想读些名著的年轻人,实在害人不浅。

也许这个圈子，是一块小丑容易称王的地盘，越没有学问，越显得学富五车；越没有本事，越显得全挂子武艺，样样精通。这些人以没吃过猪肉，也没见过猪跑的敢想敢干的大无畏精神，对20世纪那百年的文学精华妄加褒贬、信口雌黄。海明威说过："对于优秀作家来说，是不存在任何等级的。"唉，你拿这些在大师著作上随地大小便的人有什么办法？一个个还做出庄严肃穆、苦思冥索、痛苦得要命的样子，真让人恶心。

这本小册子，据海明威的太太说，是从1957年在古巴开始写作的，1958年冬到1959年初在爱达荷州的凯奇姆继续写作，1959年赴西班牙，带去了原稿，1960年春才在古巴写完。然后，在这年的秋天，又在凯奇姆作了一些修改。我所以抄录下来这些写作日期，只是想说明海明威本人对这部作品的重视，他甚至建议大家无妨当小说来看。

我想，每个人，在他一生中，总有一些特别的记忆——或温馨、甜蜜；或苦痛、酸涩；或印象深刻、弥足珍惜；或难以磨灭、永志不忘。海明威在巴黎的岁月，是以上两者兼而有之的情感产物，所以他格外重视，并不仅仅是他成功的第一步。

20多岁到巴黎的海明威，带着他刚结婚的妻子，度过了六七年在生活上很窘迫、精神却异常充实的日子。近30岁离开巴黎时，他已和第一个妻子哈德莉·理查森离婚，这或许是他抱憾终身的事情。因此，他无比珍惜他和他的妻子、他的一系列朋友们在巴黎度过的7年美好时光：他坐在雨中的咖啡馆里，用铅笔写他的电报文体语言的小说，或是到罗浮宫去欣赏名画，或是看街头画家的绘画，或是在拳击馆里发泄他那无穷的精力，或是到塞纳河去钓鱼，或是外出滑雪，或进行采访，有机会坐火车到巴黎以外的地方去……他过的是清苦而快乐的生活，那只能吃廉价食品的感觉，那冬天火炉冷冰冰的感觉，那口袋里只剩下硬币叮当作响的感觉，对他来讲，都不在话下。这一切都无碍于这个硬汉，一步一步走向文学。

他成功在巴黎！因此，这记忆对他来讲，很不一般。

大凡一个胜利者，到了接近人生旅程终点的时候，到了不再把辉煌视作生命必需品的年纪，到了孔夫子说的"从心所欲不逾矩"的阶段，便可以坦然面对走过来的道路。既不需要回避是非、维护尊严，也不需要用特别的笔墨，一定把自己或者别人描绘成自己认为的那种样子。他之所以念念不忘在巴黎的日子，是因为他生活的周围，是一些睿智的诗人、作家、艺术家聚集在一起的环境，他们中的每一个人，都像物理学上所说的"场"那样，与他产生过或重或轻的撞击，使他由并不非常出色的战地记者，蜕变成为一位出类拔萃的小说家。他满怀深情然而又客观真实地追述着这种场与场的精神世界的运动，使我们懂得周围，除了物质条件以外，人的因素对于一个作家来说，何其性命攸关！

20世纪20年代与海明威一齐生活在巴黎，环绕在他周围的那些朋友们，既有名声响亮的菲茨吉拉德、庞德、刘易斯，也有举足轻重的斯泰因、帕辛；既有当时闻名，后被时间磨蚀得毫无光彩的诗人、艺术家，更有那些穷困潦倒的无名之辈。虽然，他们谁也不是大师，但在海明威成为大师的起跑线上，这些人所表现出来的对于艺术的信念，对于文学的忠诚，对于批评的执着，对于创作的自信，起到了"大师"式的撞击作用。合金钢之所以坚韧，就由于它的成分中，有其他稀有金属。这些掺入物，本身也许是极一般的矿物，然而与钢铁溶化在一起，便产生出质的变化。

他们是真正的文学接触，没有依附，没有臣属，更没有谄媚；也不存在打压，尤其没有"顺我者昌，逆我者亡"的霸道，"老虎屁股摸不得"的唯我独尊、唯我独革。倘若周围有了这些乌烟瘴气的东西，文学便成了果戈理笔下的那个彼得堡的十二等文官，夹着公文包永远向长官鞠躬的小员司。

所以，他怀念那一时期他所拥有的极其正常的和健康的周围，他视那段日子为"流动的圣节"，这本书是他死后由其妻子（他四位太太中的最后一位）玛丽·海明威整理出版的。书前引用了海明威在1950年写的一首《赠友人》中的几句诗：

> 假如
> 你有幸在巴黎度过青年时代
> 那么
> 在此后的生涯中，无论走到哪里
> 巴黎都会在你心中
> 因为
> 巴黎是一个流动的圣节。

从这里，我们更了解海明威对于巴黎那圣节般记忆中的文学精神，是何等的萦思不已了。

不过，我们读一读他对自己国家的那些作家的议论，再来品味这首《赠友人》的诗，对他怀念的文学精神，就会有更深的理解。他谈到美国文坛时，总是运用愤世嫉俗的语言："我们国家没有伟大的作家，我们的作家一到了一定的年龄，就准要出点什么毛病。"

这样"出了毛病"的周围，他肯定掉头不顾而去。

对于美国的同行，他出语惊人："这是一些装在玻璃里供作钓饵用的蚯蚓，它们极力想从彼此间的交往中和从同瓶子的交往中摄取知识和营养。""凡是进了瓶子的人，都会在那里待上一辈子，一旦离开那个瓶子，他们会感到孤独。"

而且，他还认为：美国的某些作家，"活到了古稀之年，但是他们的智慧并没有随着年龄而增长。我不知道，他们究竟欠缺什么。""关于过去的事我无从谈起，因为那时我还没来到这个世上，不过，在我们这个时代，作家是什么都可能发生的。男性作家到了一定的年纪会变成婆婆妈妈的老奶奶；女性作家则变成圣女贞德，但却不具备她那种战斗精神。无论前者还是后者，都以精神领袖自诩。至于是否有人跟着他们走，这并不重要。如果找不到追随者，他们便臆想出几个追随者。"（以上均见《非洲的青山》）

所以，他大概庆幸自己的青年时代，是在巴黎度过的，因此，他要写这部《流动的圣节》。如果，海明威在美国，他有可能不钻进这只瓶子里么？既然进去了，他有办法使自己不成为蚯蚓么？那恐怕很困难。假如只有一个作家成为蚯蚓，大家也许会觉得这个成为蚯蚓的作家很好笑；一旦所有的作家都钻进了瓶子里,那个没成为蚯蚓的作家,有可能成为众蚯蚓嘲笑的对象。

因此,人与周围的互动关系,是一种必然现象。人,作为存在的个体,类似物理学上所说的一个"场"。这个个体与周围无论近在咫尺,还是远在天边的其他个体,凡能构成一定关系者,都存在着场与场之间相吸或是相斥,亲密无间或是不共戴天的场效应。

这样,一个人影响着周围的人,同样,周围的人也影响着这个人,这是永远的事实。除非你自我封闭,否则,这世界上没有与周围完全绝缘的人;同样,除非你画地为牢,这世界上也没有丝毫不受周围影响的人。正常情况下,你周围全是精英分子,谅你不会是白痴;你周围全是一等一的混蛋,估计你也圣贤不了。所以,周围很重要。看你的周围,便大致可以称出你的斤两。

我国旧时文人,很在乎周围,应该有谁,应该没有谁,是很在意的。"谈笑皆鸿儒,往来无白丁",刘禹锡先生追求的就是这种精神胜于物质的周围。房子虽然陋,境界相当高,在他心目中,澄清周围的质素,保持一定的格调,谁到我这里来,我到谁那里去,要有一点考究。

《世说新语·排调》载:"嵇(康)、阮(籍)、山

（涛）、刘（伶）在竹林酣饮，王戎后往，步兵曰：'俗物已复来败人意！'王笑曰：'卿辈意亦复可败邪？'"又，《世说新语·简傲》："钟士季精有才理，先不识嵇康，钟邀于时贤隽之士，俱往寻康。康方大树下锻，向子期为佐鼓排。康扬锤不辍，旁若无人，移时不交一言。"

阮籍对王戎的不欢迎，嵇康对钟会的不搭理，除了情绪成分之外，也有一种保持个人周围纯净的意图在。古人这种追求百分之百的洁癖，也是从汉代党锢之祸到明代东林之争不断发生的原因。一旦到了绝对化和极端化的时候，清流浊流，就会绝对地泾渭分明。不但不往来、不应对、不为伍、不通婚，甚至不坐在一条板凳上。

南齐的一位幸臣纪僧真，有士风，但非士族，很遗憾，也很痛苦。他已经给自己儿子娶了一位出身华族的女儿，门望有所改善，还不满足，便向齐武帝提出来，要求改变一下本人的周围状态。皇帝感到为难，卿要做什么官，朕可以给卿，但卿定要做士大夫，却不是朕说了算的。卿不妨去找一下江敩吧！《南史》记了一段他去拜访江敩的经过："僧真承旨诣江敩，登榻坐定，江敩便命左右曰：'移吾床让客。'僧真丧气而退，告武帝曰：'士大夫非天子所命。'"纪僧真本打算敦请这位文化巨擘江敩给他一个面子，让他名列士林，能够参加笔会——哪怕掏腰包补贴一二，想不到那位自视甚高的文化名流还挺古板，叫佣人把胡床挪得距离来访者远些，不愿沾他的边。看到这样，纪僧真也就没了兴头，垂头丧气地走了。

因为记史的官，自是士大夫无疑，所以，对一心要挤入知识分子行列的纪僧真，是以一种嘲笑的口吻讲述他的故事的。但我觉得这位先生提高个人周围文化档次的努力，值得尊敬。要是中国历史上所有大老粗出身的干部，都有这份进取之心，中国肯定早就大为改观了。他没有打皇帝的旗号，硬逼着人家认可他是文学的行家里手；也没有通过上级指定的办法，混迹文坛，要指导作家。即或说他附庸风雅、企慕高尚，也没有什么好笑的，总比铁定一颗心去做贪官污吏、奸臣贼子强呀！他希望从此可以使自己的周围，多一些知书识礼之人、博学鸿儒之士，提高自己的精神境界难道有什么不妥么？

但许多人，包括一些智商不低的作家，也未必有纪僧真先生这份自觉。一旦成为这个瓶子里个儿最大、分量最重、自我感觉最好、谁也不能与之抗衡的蚯蚓，他不想听赞美诗也不行了。

海明威在《非洲的青山》里，写到一位叫康迪斯基的人。他告诉海明威："我现在买不起新书，但我们彼此可以随时交谈。谈话、交流思想，这是多么有趣的事！我们在家里什么都议论，简直是无所不谈，我们的兴趣广泛。从前，在我们有一块耕地那个时候，我一直订阅《横断面》杂志，这使得我们感到自己属于、跻身于团聚在《横断面》周围的显耀人物之列，我们很想能够与这些人物交往，假如这种可能性完全取决于我们的意愿的话。"

从短短几句流露出优越感的表白里，这位乡愿的面目轮廓，也就烘托出来了。他比咱们南朝的那位纪僧真，自觉性差得太远，纪先生不满足于周围，因而要求改善周围，这位洋人却满足于周围，怡然自得于周围，也就不想改善周围。显然，这也是钻进了瓶子里以后出不来的必然心态了。

我不知道海明威挖苦的瓶中蚯蚓，在我们这块文学土地有还是没有？

司马迁在《史记·西南夷列传》中写到这样一个细节："滇王与汉使者言曰：'汉孰与我大？'及夜郎侯亦然。以道不通故，自以为一州主，不知汉广大。"由此可见，不知周围之广，世界之大，乐在"瓶"中，自鸣得意者，是古已有之的现象。所以，多少年来，故步自封而自视甚高，狭隘排斥而自大成瘾，孤芳自赏而自怨自恋，井底之蛙而自我封王，诸如此类形形色色局限于瓶子里的文坛人物，大概不会没有。否则，我们这块文学沃土上，早就该有海明威那样震撼世界的大师了。

本色文丛·散文随笔

（柳鸣九主编　海天出版社出版）

《往事新编》许渊冲 / 著

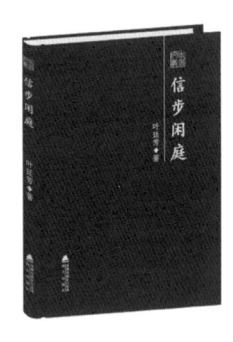

《信步闲庭》叶廷芳 / 著

《岁月几缕丝》刘再复 / 著

《子在川上》柳鸣九 / 著

《榆斋弦音》张玲 / 著

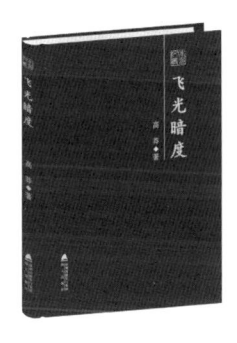

《飞光暗度》高莽 / 著

《奇异的音乐》屠岸 / 著

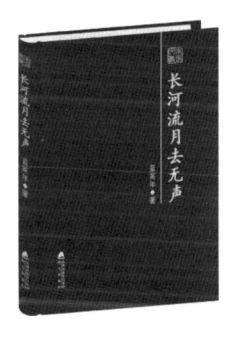

《长河流月去无声》蓝英年 / 著

《青灯有味忆儿时》王春瑜 / 著

《神圣的沉静》刘心武 / 著

《纸上风雅》李国文 / 著

《母亲的针线活》何西来 / 著

《坐看云起时》邵燕祥 / 著

《花之语》肖复兴 / 著

《花朝月夕》谢冕 / 著

《无用是本心》潘向黎 / 著

本色文丛

本色文丛是我社策划的系列图书，持续组稿编辑出版。丛书力图给喜欢品味散文随笔、全民阅读与图书文化、名人日记与学术札记、海外文化的人士，提供良书与逸品。

本色文丛·散文随笔（柳鸣九主编）

《往事新编》	许渊冲著	29.00元
《信步闲庭》	叶廷芳著	29.00元
《岁月几缕丝》	刘再复著	29.00元
《子在川上》	柳鸣九著	29.00元
《榆斋弦音》	张 玲著	29.00元
《飞光暗度》	高 莽著	29.00元
《奇异的音乐》	屠 岸著	29.00元
《长河流月去无声》	蓝英年著	29.00元

《青灯有味忆儿时》	王春瑜著	28.00元
《神圣的沉静》	刘心武著	30.00元
《纸上风雅》	李国文著	30.00元
《母亲的针线活》	何西来著	28.00元
《坐看云起时》	邵燕祥著	28.00元
《花之语》	肖复兴著	30.00元
《花朝月夕》	谢　冕著	28.00元
《无用是本心》	潘向黎著	28.00元

本色文丛·日记（于晓明主编）

《读博日记》	张洪兴著	31.00元
《问学日记》	王先霈著	26.00元
《文坛风云录》	胡世宗著	29.00元
《原本是书生》	于晓明著	32.00元
《紫骝斋日记》	马　斯著	31.00元
《梦里潮音》	鲁枢元著	31.00元
《行旅纪闻》	凌鼎年著	即将出版

《微阅读》	朱晓剑著	即将出版
《从神州到世界》	张　炯著	即将出版
《丹青寄语》	崔自默著	即将出版
《文坛边上》	吴昕孺著	即将出版
《书事快心录》	自　牧著	即将出版

本色文丛·图书文化

《书香，也醉人》	朱永新著	29.00元
《纸老，书未黄》	徐　雁著	29.00元
《近楼，书更香》	彭国梁著	29.00元
《书香，少年时》	孙卫卫著	29.00元
《阅读，与经典同行》	王余光著	29.00元
《淘书·品书》	侯　军著	32.00元
《西风·瘦马》	沈东子著	32.00元
《书人·书事》	姚峥华著	28.00元
《谈笑有鸿儒》	刘申宁著	即将出版
《闲人，书生活》	胡野秋著	即将出版

《域外，好书谭》	郭英剑著	即将出版
《斯文在兹》	吴　晞著	即将出版
《文学赏心录》	杨　义著	即将出版
《文学哲思录》	杨　义著	即将出版

本色文丛·海外文化

《半岛之半：居韩一年散记》
　　　　　　　　许　结著　　　30.00元
《西行漫笔：一个远足者的异国寻觅》
　　　　　　　　王兰仲著　　　29.00元
《哈佛周记》（暂名）　郭英剑著　　即将出版